NOTORIOUS "TALKER",
RUNE THE WORLD'S GREATEST CLA

「無論要犧牲什麼……我絕對要成為最強的探索者（seeker）……」

我對著化成焦土的城鎮一直重複著這句誓言。被我抱在懷裡的爺爺已經嚥下最後一口氣，再也不會對我露出笑容或開口說話。與爺爺之間的回憶如洪水般在腦中湧現，並化成泡沫逐漸消失。

也不知過了多久，高升的朝陽異常刺眼。強風捲起由灰組成的沙塵，不斷打在我的臉頰上。我輕輕放下爺爺，緩緩站了起來。

「我已經一無所有了……」

自己唯一血親的爺爺過世了，從小生長的故鄉也化為灰燼。我環視一圈後，明明感到無比哀傷且痛苦，卻又驚覺內心深處竟是十分平靜，就連自己也發現大腦正在冷靜地分析狀況。

「這就是【話術士】的職能（job）特性吧……」

職能不光是可以讓人施展非比尋常的力量──技能，還會讓當事人的體能提升，並賦予職能固有的特性和抗性。【話術士】固有的就是精神異常抗性，除了更能抵抗來自敵人的精神攻擊以外，也容易讓心情平靜下來。

「真沒想到自己有朝一日會對這個職能心生感激。」

我實在無法不這樣嘲諷自己。原因是我身上顯現的職能——【話術士】是輔助職業（buffer），它的確擁有強大的支援能力，代價是自保手段遠比其他戰鬥職業缺乏，很容易在戰場上喪命，所以在探索者業界裡被評為最弱職能。我的夢想是成為與爺爺一樣出色的探索者，卻因為這個職能的緣故，令我至今不知有多少次為此感到自卑。

但我並沒有輕言放棄，經過生前是英雄的爺爺嚴厲指導，即使自己是【話術士】，依然有能力與敵人一戰。我精通各種格鬥術跟兵法，以及探索者眼中的宿敵兼獵物，來自魔界（void）的侵略者——惡魔的相關知識。我現在的實力足以匹敵中堅探索者。

「話雖如此……」

話雖如此，我對爺爺來說仍舊算不上是一名戰力，而是個拖油瓶，因此爺爺才決定隻身踏入惡魔在此城鎮製造出的活動空間——深淵（abyss），去挑戰又被稱為魔王（lord）的惡魔。

倘若我並非【話術士】而是其他戰鬥職業，是否就能夠幫上爺爺的忙……？不對，恐怕還是非常勉強。我的職能階級只有C，反觀爺爺是EX階，對於最終跟爺爺打到同歸於盡的魔王而言，我這點力量與螻蟻無異。

「這個目標當真是太遙遠了……」

我決心成為最強的誓言絕無一絲虛假，不過這是一條既艱辛又漫長的道路，更別提自己的職能是【話術士】。身為【話術士】的我，究竟該怎麼做才能夠成為最強的探索者……？在我不停轉動思緒之際，忽然察覺一件事。

「……沒有？」

理當應該存在於現場的東西不見了。一個是爺爺愛用的戰斧，另一個是——魔王的屍體。

「豈有此理！究竟消失到哪裡去了!?」

我連忙四處尋找，但還是沒找到戰斧。明明隨處可見其他惡魔的屍體，卻唯獨可能是魔王的屍體一直沒能尋獲。

「不會吧……」

我茫然地愣在原地。理當必須殺死成為核心的惡魔，才有辦法淨化深淵。儘管城鎮還是毀了，但深淵依然有被淨化。換言之，爺爺有打贏魔王才對。

「難道是未能給予對方致命一擊？」

一股不祥的預感閃過腦中，令我不寒而慄。可是，眼下就僅剩這個可能性。恐怕是魔王與爺爺一戰後身負重傷，趕在喪命之前逃回魔界了。

「簡直是糟透了……」

一如人類在歷經戰鬥後會越來越強，惡魔也同樣會隨著戰鬥經驗的累積逐漸變強。這隻魔王在經過與爺爺——與外號不滅惡鬼(over death)的大英雄驚天一戰之後，到底會進化成怎樣的存在，我光是想像就不禁腦袋發昏……

距離那場慘劇過了一個月，我召集活下來的僕人們，遷移至其他城鎮生活，並使用爺爺留下的遺產租了一間豪宅，開始經營公司。

我並沒有放棄成為最強探索者的夢想，而是打算等事業步上正軌後，就將公司交給僕人們打理，我則是踏上旅程前往這個國家——威爾南特帝國的首都・艾特萊。

不管怎樣，想成為探索者也必須等到成年之後。我目前是十四歲，還有將近一年的時間，因此我打算持續進行成為探索者的訓練，同時為僕人們開創新事業。

我家原本是經營頗有名氣的葡萄酒廠，不過如今已失去釀酒廠和葡萄園，重建酒廠太花時間，於是我決定先開創一間釀酒顧問公司，販售釀酒技術與經營酒廠的訣竅。

我經營公司的努力沒有白費，事業蒸蒸日上。與此同時，我也重建自家的葡萄酒廠，並且開發新商品。當我準備踏上旅途時，公司已成長到光靠僕人們也可以經營下去。雖然我確實具備相關知識，但我還是挺佩服自己明明是個創業新手，居然能讓事業發展至這等境界。看來我的確擁有活用人才和經營事業的才能。在我注意到此事之際，也覺得自己已經找到答案了。

就在某天，帝都探索者協會（seeker guild）派了一名監察官來見我。

「幸會，我是探索者協會二號監察官哈洛德・詹金斯，今後請多指教。」

這位身穿黑色燕尾服的長者，站在玄關前表明身分。說起探索者協會的監察官，便是探索者的正規組織——戰團（clan）的管理者。

這位自稱哈洛德的長者看似已有七十歲，外表慈眉善目，並露出柔和的神情，感覺像是一名親切的老先生。不過他身材高䠷，即使十分年邁仍擁有厚實的胸膛。即使隔著那套燕尾服，也能明白他接受過非比尋常的鍛鍊，腰間還插著兩把手槍。

探索者既是民眾崇拜（偶像）的對象，也是以暴力為業的野蠻之輩。負責管理這群人的監察官，自然也需具備高強的身手。

根據爺爺的解說，至少得擁有A階職能的人才能夠勝任監察官。原因是監察官的其中一項工作，就是負責鎮壓或掃蕩不守規矩的戰團。站在我面前的哈洛德，肯定也是此等強者的其中一人。

我領著哈洛德與狀似隨從的男子前往會客室。

「那麼，協會的監察官事到如今才來找我，究竟有何貴幹？」

當年我身為慘劇倖存者的代表，已對帝都憲兵團交代完所有知道的事情。我坐在沙發上不解地歪著頭，哈洛德忽然把一張照片放在桌上。照片裡是一隻人形惡魔，它全身覆蓋著狀似鎧甲的白色甲殼，額頭上長有一對犄角，手中則握著一把眼熟的巨型戰斧。雖說我是第一次看見這隻惡魔，卻立刻就明白它的真實身分。

「這是利用最新投影機拍攝到的魔王。依照它手中的戰斧來研判，想必是當年毀滅你所住故鄉的那隻魔王。」

「……這是何時拍攝的？」

「是協會的調查員於日前拍攝的。當時是由大型戰團夜之狂熱（night rage）負責討伐，結局是吞下慘敗，所有人皆有去無回。」

「喔~是夜之狂熱啊……」

夜之狂熱是帝都數一數二的大型戰團，相傳整體實力足以與皇帝賦予各種特權的七大戰團——七星（regalia）平起平坐。

「你似乎沒有很驚訝？」

「我是很驚訝，但一如我接受偵訊當時說的，我很清楚這傢伙還活著，所以也無須大驚小怪。那麼，這隻魔王已經被討伐了嗎？」

「沒有。在夜之狂熱全滅之後，七星一等星戰團的霸龍隊立刻趕赴現場，可是該魔王已返回魔界了。」

「你說它又離開了？」

強力惡魔是需要超高濃度的魔素（mana）才能夠來到人界，理應無法多次來回於人界與魔界之間，因此它乾脆離去的理由著實令人匪夷所思。

「相傳惡魔之所以侵略人界，是因為它們無法違抗自己的本能。」

哈洛德露出微妙的表情繼續說：

「所以不光是低階惡魔，高階惡魔也會現世。偏偏這隻惡魔並非基於本能，而是看似透過自身堅定的意志在行動，因此我們決定重啟調查。」

我懂了，簡單說來就是他們懷疑我謊報真相。

「抱歉，我已將自己所知道的事情都交代清楚，絕無刻意隱瞞事實。」

「我們也不覺得你在接受偵訊時抱有這類意圖，只是眼下情況相當嚴峻，該魔王已與人類交戰過兩次，而且對手是不滅惡鬼跟夜之狂熱，因此它很可能已汲取這些經驗成為深度十三——也就是全新的『冥獄十王（valat）』。相信你也很清楚冥獄十王是何等可怕的存在。畢竟其中一隻就是令祖父所屬的戰團——血刃聯盟打倒的。」

冥獄十王是深度十三的大魔王們。有史以來，人類觀測到的數量總計十隻，也就是十位冥王，它們個個都擁有足以毀滅人界的強大力量。

第一界·骸界之靈薄獄（Limbo）
第二界·愛蝕之縱慾者（Francesca）
第三界·星喰之冥界神（Pluto）
第四界·禁咒之悔恨河（Styx）
第五界·黑死之死者城（Dis）
第六界·偽神之異教徒（Photinus）
第七界·凶飢之熔岩江（Phlegethon）
第八界·渾沌之罪惡囊（Malebolge）
第九界·銀鱗之悲嘆川（Cocytus）
第十界·炎獄之滌罪界（Purgatorium）

冥獄十王的力量蠻橫到足以體現神話中的世界。由於它們太過強大，需要比起一般魔王高上數百倍的魔素才能夠現世，而且一旦降臨，就會給人界帶來各種災禍。就算人類誓死奮戰，光是將之趕回魔界就已相當勉強。

在人類史上，冥獄十王最後一次現世是於幾十年前。那條巨大到足以覆蓋整片天空的巨龍——銀鱗之悲嘆川在降臨的轉眼間，就毀了三個國家。

國內民眾皆已不抱希望，但爺爺所屬的血刃聯盟最終創造奇蹟，是人類有史以來首度成功討伐冥獄十王。

爺爺說過那場戰鬥驚險萬分，簡直是與死神共舞，他也多次提到自己能戰勝是純屬僥倖。至於爺爺講述此事時所露出的驚恐神情，我到現在仍記憶猶新。

「不論怎樣的情報都行，你是否還記得什麼呢？」

我搖頭否認。

「若是我知道些什麼，早就跟你們說了。」

「我們想說的就是你那些證詞不足以採信。」

坐在哈洛德身旁的男子語氣激動地插話說：

「因為你是不滅惡鬼的孫子，肯定會為了達成目的而不擇手段。」

「你說我有什麼目的？」

「就是報仇。」

男子一臉厭惡說：

「你之所以刻意隱瞞魔王的情報，就是想親手報仇吧？當然身為話術士這種最弱職業的你，根本沒有這等能耐，不過花錢雇用優秀的探索者就得另當別論了。聽說你開創的新事業賺了不少錢吧？你打算拿這筆錢去幹麼？」

面對男子措辭凌厲的逼問，我只能苦笑以對。

這是天大的誤會，不過傷腦筋的是他也並非完全猜錯。我秉持的原則就是千倍奉還，因此我是真的很想替爺爺一報血海深仇，但我並沒有隱瞞情報。更何況我真有這麼做的話，光憑我現在的能耐也無法出手。

「哼，真是膚淺的臆測。即便你是這種人，也別把我當成你的同類，而且這是對我的侮辱。你這個算不上是探索者的半吊子，奉勸你先搞清楚自身的斤兩再說話。」

「你說什麼!?」

男子氣得從座位上起身，哈洛德隨即伸手制止。

「冷靜點，我們不是來惹事的。」

「可是哈洛德先生！要不是這小鬼隱瞞情報的話，夜之狂熱也許就不會全軍覆沒啊!?」

「住口，我警告你下不為例。」

「唔……」

男子被哈洛德瞪了一眼之後，懊惱地緊咬牙根，不再說話。

「真不好意思，因為他是夜之狂熱的負責人，才那麼容易對此事失去冷靜。」

「那是你們的問題，與我無關。」

「哈哈哈，所言極是。」

哈洛德卻瞇起眼睛，追加一句但書。

「你方才說他是無法稱為探索者的半吊子，這句話我可就不能裝作沒聽見了。他究竟是否真是半吊子，你大可親自測試看看喔。」

在被人以蘊含怒意的眼神一瞪後，我聳聳肩回答。

「抱歉，是我說得太超過了。但終究是你們先對我做那種無關痛癢的刺探吧？總會令人想抱怨一下。」

我也沒必要怕他，畢竟爺爺生前再三叮囑過我，一個人若是被瞧扁就沒救了。我語帶嘲諷地說完後，哈洛德不由得露出苦笑。

「你這方面倒是與令祖父頗為相像。」

「此話怎說？」

「其實我是令祖父所屬戰團，也就是血刃聯盟的負責人。」

「是你？」

「是的，我與令祖父交情頗深。儘管血刃聯盟已不存在，但確實是個出色的戰團。」

哈洛德一臉懷念地低語著，並從上衣胸口口袋裡取出一包香菸。

「方便讓我抽根菸嗎？」

「其實屋內全面禁菸……看在祖父的面子上就讓你抽吧。」

哈洛德在徵得我的同意後，開始吞雲吐霧起來。

「……言歸正傳，你為何會決定創業呢？你目前才十四歲，即便結果是很成功，但一想到失敗時的情況，這是個風險很高的抉擇。依令祖父留下的遺產來看，就算不必這樣逞強，也足夠你逍遙一生了。」

「對我一個人來說的確是如此，可是考慮到僕人們今後的生活，我不能光靠祖父的遺產，而是必須創業才行。」

「為了僕人們的生活……？恕我冒昧，你看起來不像是那麼博愛的人。」

「這與人格無關，而是身為上位者的義務（noblesse oblige）。我只是在做自己該做的事。」

「原來如此。」哈洛德露出一個好奇的笑容。

「雖然這想法非常出色，卻又有些令人難以置信。」

「我想也是，所以我已決定將此事業交付出去。如此一來，你們總該會相信了吧？畢竟我可不想被可怕的協會給盯上。」

儘管令人不爽，但引來協會多餘的猜忌絕非良策，眼下我是該抽手了。雖說現在就把公司託付給僕人們經營是挺令人不安，若是因為我而給他們的將來造成負面影響，也就本末倒置了。即使我立刻拍拍屁股走人，到時只要從爺爺的遺產裡多撥一點錢至公司的營運資金上，相信不會有問題才對。

「你對於自己的這項決定沒有一絲後悔嗎？」

看著哈洛德露出試探的眼神，我嗤之以鼻回答。

「有什麼好後悔的？這話題到此為止，如果你們沒別的事就快滾吧。」

「好的，眼下就暫且先相信你吧。」

跟班男見哈洛德起身後，急著詢問說：

「您當真相信那小鬼說的話嗎!?」

「沒錯，回帝都吧。你也別害我一起蒙羞。」

男子本想勸阻，但被哈洛德狠瞪一眼之後，不敢再多說第二句話。

「那麼，打擾你了。我衷心祈禱布蘭頓——令祖父能得到安息。」

哈洛德背對著我說完後，領著男子往會客室的門口走去。

「相信日後還會再見到二位，建議你們趁現在記清楚我的長相。」

兩人聞言轉過身來，我語氣堅定地開口說：

「因為我會成為最強的探索者。」

一章：善惡的彼岸

The most notorious "TALKER", run the world's greatest clan.

我在搖晃的馬車內閉目養神。

關於我成為探索者之後的各種記憶，逐一化成了夢境。比方說蒼之天外(blue beyond)成立當時、與成員們四處活躍而被稱為專挑強敵的新人、遭成員背叛、與成員拆夥、結識名為亞兒瑪的天才、和岡畢諾黑幫開戰、戰勝該黑幫的過程、結識並成功拉攏來自極東島國的男子・昊牙加入隊伍——

我以夢境的方式回憶完近來發生的事情後，緩緩地睜開雙眼。

「親～～～」

「咦!?」

只見一名女子嘟起嘴唇，正慢慢逼近至我的面前。在嘴唇即將接觸的瞬間，我使勁把額頭往前撞。

「呀!?」

被頭槌直接打中鼻梁的褐色肌膚銀髮女——亞兒瑪痛得用雙手摀住鼻子。

「你幹麼使出頭槌呀!?」

「都怪妳趁我睡覺時想偷親啊！別逼我宰了妳喔！」

我指著亞兒瑪破口大罵，只見她無奈地搖搖頭。

「只不過親個嘴就這麼緊張，看來諾艾爾你還是個小朋友呢。」

「沒錯沒錯，我是個小朋友，所以禁止妳對我性騷擾。倘若妳再犯，我就直接把妳扭送給憲兵，妳這個矮冬瓜花痴。」

「矮冬瓜花痴⁉」

亞兒瑪顯得相當錯愕，但她身材嬌小，身上的衣服又頗為暴露卻都是事實。從她的身高和常識來看，一點都不像是已經二十一歲，唯一成熟的就只有胸部而已。

「哇哈哈哈！矮冬瓜花痴！」

坐在一旁身穿胭脂色東洋鎧甲的男子——昊牙不禁捧腹大笑。

「昊牙，你這小子為何沒阻止亞兒瑪？」

我壓低嗓音責問後，昊牙臉色發青地解釋。

「如、如果老子出面制止，亞兒瑪會拔出短刀威脅老子！所以老子並沒有錯！」

「原來如此。若有下次，就算會兩敗俱傷也給我上前制止，畢竟這就是前鋒的職責。」

「咦咦⁉這、這未免太強人所難——」

「你有異議嗎？」

「沒、沒有……嗯。」

奴才個性根深柢固的昊牙沮喪地點頭同意。

「哈哈～挨罵了吧，你活該～」

「明明就是妳害的啊!!」

昊牙因亞兒瑪的挑釁氣得衝口回嗆。縱使整輛馬車上的乘客只有我們三人，我依然對兩人幼稚的反應感到汗顏。

「話雖如此，總比緊張得全身僵硬好多了……」

我望著窗外喃喃自語。穿過這條閒適的街道，就會抵達與惡魔以命相搏的戰場。不論是亞兒瑪或昊牙，都深刻明白此行十分凶險。

「昊牙，現在來複習一下，你說說我們這次要對抗何種惡魔。」

「咦……？那個～記得是小鬼(goblin)吧？那個——」

昊牙對我突如其來的問題感到有些困惑，但還是乖乖說明小鬼的特性。

小鬼在分成十三階的威脅度之中，是深度只有一的惡魔，也是魔界裡最普遍的品種。它們身材矮小，有著綠色皮膚。儘管文明水準低落，卻發展出獨特的文化，特徵是與人類一樣會使用戰術和武裝。

小鬼的戰鬥員共有四種。

首先是數量最多的低等兵，會使用棍棒、木盾或弓箭等武器的小鬼士兵(goblin soldier)。

再來是會使用火、雷等屬性魔法的小鬼魔導師(goblin mage)。

另外還有小鬼突然變異後，肉體變強壯且身高超過兩公尺的大鬼(hobgoblin)，以及配戴重型裝備的大鬼重裝兵（goblin champion）。

在所有大鬼之中，又有肉體與智慧都更進一步提升的指揮官・大鬼將軍（goblin general）。

它們會透過上述四種類型，組成數量從幾十隻至幾百隻的軍隊。

「──老子有說對嗎？」

「嗯，基本上都說對了。」

我笑著對一臉不安的昊牙點點頭。我們三人組成的隊伍──蒼之天外從其他戰團那裡接到討伐小鬼的外包委託。我之所以會挑選小鬼這種低階惡魔來當對手，目的是為了確認新成員們之間的團隊默契。

【斥候（scout）】亞兒瑪跟【刀劍士】昊牙都是蒼之天外的新成員。他們皆是非常出色的戰鬥人員。經過訓練，兩人非凡的才華變得更加洗練。雖然他們還是C階，但實力已與B階不相上下。不過這其中仍存在一個問題，那就是兩人都沒有與惡魔戰鬥過的經驗。

「探索者之間流傳著一句諺語，就是取笑小鬼者將被小鬼啃得屍骨無存。」

我端正坐姿，開始對兩人講解。

「小鬼的戰鬥力相較於其他惡魔的確是低了很多，不過它們會使用武器和戰術，太輕敵的話反而會成為對方的獵物。就算當事人的身手不錯，但若是不懂得團隊合作，很可能還來不及還手就已經慘死。沒就讀過培養學校的探索者之所以那麼容易喪命，就是因為缺乏這類知識。」

兩人在聽完我的說明後都換上嚴肅的表情，一副像是準備上戰場的樣子。

「我很清楚你們的實力，但你們目前尚是一顆原石，最終能否成為璀璨的寶石，或是淪為一顆路邊的石子……就讓我來鑑定看看你們真正的價值。」

「交給我吧。」「小菜一碟。」

面對鬥志高昂的兩人，我不由得揚起嘴角。馬車停止後，窗外能看見一個圓頂狀的紅色空間。

那是魔素濃度達到一定數值時就會產生，被魔界侵蝕的空間——深淵。深淵內會有一隻身為核心的惡魔，直到殺死核心之前，深淵會不斷侵蝕周圍的空間。這次的核心是大鬼將軍。深淵所在地點是小山丘上的一處堡壘。那是一座廢棄許久，已變成遺跡的堡壘，自從深淵產生便成了小鬼的棲息地。

「那麼，接下來準備開戰（玩遊戲）了。」

我走下馬車，對著身後的兩人如此宣布。

†

我們遭遇並交戰的小鬼軍隊，數量約莫兩百隻。儘管兵力已接近現有官方資料最大值的兩倍，不過對於新興隊伍的出道戰而言，這等規模算是剛剛好。

「指令！亞兒瑪，妳去殺死城牆上的弓兵和小鬼魔導師！」

「收到！」

亞兒瑪聽從我附加話術技能《戰術展開（tactician）》的指令，把大量鐵針同時投擲出去。在斥候技能《投擲必中（perfect throw）》的效果下，鐵針勾勒出擺脫物理法則的軌道，將城牆上的弓兵與魔導師全數射殺。

好，這下子就不會遭敵人從上方狙擊了。

「昊牙，衝進敵陣！我跟亞兒瑪會幫忙撕出一道破口！」

「好！」

昊牙以電光石火般的速度往前衝。有兩隻大鬼重裝兵阻擋在前，它們舉著厚重的鐵製大盾，為了攔阻昊牙嚴陣以待。

「亞兒瑪，使出《穿甲破彈（armour piercing）》！」

亞兒瑪又一次擲出無數的鐵針。斥候技能《穿甲破彈》——這是能讓目標防禦力減半的投擲技能，再加上我附加的增益（buff），鐵針輕鬆貫穿厚實的鐵製大盾，直接秒殺大鬼重裝兵。

其他大鬼重裝兵連忙想補位堵住隊伍的破口，但我先一步大吼。

「停下!!」

這是話術技能《狼之咆哮》。在小鬼們暫時無法行動之際，我將魔槍（silver flame）的槍口對準它們。

「昊牙，把頭低下！」

奔走的昊牙迅速壓低身體，我發射的魔彈從他頭頂飛過。魔彈在命中敵人的瞬間，伴隨爆炸聲產生一陣強烈的電擊。魔彈——雷擊彈（thunder bullet）將附近的小鬼們炸飛出去，化成一個個焦黑的屍體。

敵陣已被撕開一道破口，前方能看見身為此深淵核心的大鬼將軍。

「昊牙，殺了將軍！」

「知道了！」

昊牙大腳一跨，以更快的速度衝向大鬼將軍。人高馬大到足足有三公尺的大鬼將軍，將手中武器的大劍對準昊牙劈下去。

「太慢啦！」

昊牙輕鬆閃過將軍的一擊，並使出神速的拔刀術——刀劍技能《居合一閃》，斬斷將軍的雙臂。

「得手了！」

昊牙順勢對準將軍的頸部補上一刀，但在刀刃即將砍中時——

亞兒瑪神出鬼沒地從旁竄出，先一步以短刀取下將軍的首級。

「妳、妳怎能這樣為所欲為!?」

「哼哼~誰叫你動作太慢，我只是順手幫個小忙。」

「妳說什麼!?」

只見這兩個笨蛋竟在潰敗的敵軍前開始鬥嘴。

「那兩個傢伙在幹麼啊……」

在我大感傻眼之際，失去核心的深淵已開始淨化。所有小鬼都停止動作，原本瀰漫著硫磺味的空氣也漸漸變清新。

我發出一聲嘆息，然後下達最後的指示。

「作戰……結束……」

「深淵似乎沒有想像中那麼可怕耶。」

當我們結束戰鬥稍作休息時，昊牙笑著說出感想。

因為遍地都是小鬼的屍體，現場瀰漫著一股惡臭，不過我們必須等待交付此委託之戰團所派遣的素材回收班前來。在簽訂契約時，有說好約莫三十分鐘就會過來。只要我們完成討伐，即可透過小鬼的屍體來換取報酬。由於鍊金術經常會使用到小鬼的肝，因此需求量很大。這次的報酬是一百萬菲爾。

「你是笨蛋嗎？只不過打倒最弱的惡魔就開始耍威風，真叫人難以置信。」

昊牙在聽見亞兒瑪犀利的提點後，不禁皺起眉頭。

「是、是這麼說沒錯啦……」

「明明你也沒能砍下敵方頭目的腦袋呀。」

「那是因為妳跑來搶功！」

「瞧你揮劍那麼慢，找藉口倒是挺快的。」

「諾艾爾，這女人簡直是瘋子！滿嘴胡說八道！」

我本想表示別把我牽扯進去，最後還是把話嚥了回去。既然身為隊長，消弭成員間的不和也是工作之一。

「無意義的鬥嘴到此為止。亞兒瑪，不准妳在今後的戰鬥中擅自行動。昊牙，你也一樣別得意忘形。都聽懂了嗎？」

「……是。」「……明白了。」

看著坦率反省的兩人，我不禁露出苦笑。他們這種直率的個性倒是值得讚許。

但我還是不能讓這兩人擔任隊伍的第二把交椅，原因是無論他們的身手再好，性格上都有太多瑕疵。其中我最不滿意的部分，就是對我言聽計從。

倘若第二把交椅對我唯命是從，將會失去多樣性，導致組織停滯不前。第二把交椅需要的資質，就是懂得尊重領袖的意見，並在緊要關頭有能力提出替代方案。顧慮到隊伍今後的發展，我應該盡早尋覓能擔任第二把交椅的人才。

「不管怎麼說，你們都表現得很好，以出道戰而言是完全及格。能跟你們成為同伴，我是打從心底感到慶幸。」

「嘿嘿嘿。」

兩人開心地搔了搔自己的頭髮。他們與其說是直率，不如說是單純吧。

「經此一戰我已能肯定，我們的確具備創立戰團的能力。等到返回帝都後，我打算向國家提出成立戰團的申請。在那之後我們就不再是隊伍，而是戰團了。」

「所謂的戰團，簡單說來就是得到官方承認的探索者組織吧？」

面對昊牙的詢問，我點頭以對。

「沒錯，唯有得到正式認可的戰團，才可以向國家接取深淵的相關委託。並非隸屬於戰團的探索者，就只能透過外包的方式接觸深淵。比方說此次的委託，就是國家交付給其他戰團的。」

「戰團基地呢？若想通過申請的話，總是需要有個根據地吧？」

看似閒得發慌的亞兒瑪開始把玩短刀，並歪著頭提問。

「屋子已經買好了。」

「買了!?」「真的嗎!?」

「嗯，就在不久前。」

我在很早以前就看上那棟屋子，光是頭期款便幾乎花光我的積蓄。儘管日後還得繳納貸款，不過那片土地與屋子都已登記在我的名下，相關權狀也歸我所有。

「你怎麼都沒跟我們商量!?」

「因為這筆錢全都是我出的，自然不必跟你們商量。」

「唔～！」

亞兒瑪不滿地鼓起雙頰，並將雙手交叉於胸前。我之所以說得這麼冷漠，並不是想藐視兩人。我沒找人商量，純粹是因為一定會遭到反對。

「是怎樣的房子呢？等返回帝都後，老子想去看看耶。」

昊牙的反應不同於亞兒瑪，似乎並未感到不滿，反倒是雙眼發亮地充滿期待。

「目前還在改裝中，等完工後就帶你們去看。」

「沒問題，老子就拭日以待囉。」

我站直身子，依序看向兩人。

「戰力、根據地、強制保險金等成立戰團的準備都已完成。等戰團成立後，我不打算繼續狩獵蝦兵蟹將來賺小錢，而是專挑強悍的獵物。你們兩個，今後的戰鬥幾乎都得以命相搏，記得要繃緊神經。」

「知道了！」「好！」

兩人神采奕奕地大聲回應。不愧是天生的主戰派，能看出他們並沒有因為我的話語心生怯意，反倒還顯得熱血沸騰，當真是非常可靠。倘若他們擁有出色的人格就無可挑剔了，不過老天爺總是公平的，正所謂有一好無兩好……

「諾艾爾，那是啥？」

昊牙忽然指著我的右手發問。我不解地扭頭觀察右手，發現手背上浮現一個書本形狀的圖紋。

「這是可以升階的證明。」

當職能滿足條件時就可以升階。身體某處會出現圖紋來做為證明。能肯定我右手背上的圖紋就是此證明。老實說句心底話，只不過是能升上B階，我完全感受不到任何喜悅。

「喔~那真是恭喜你啊！」

「恭喜喔，諾艾爾。既然諾艾爾也可以升階，就只剩下昊牙還不行囉。」

昊牙在聽見亞兒瑪的數落後，不由得瞪大雙眼。

「咦，亞兒瑪妳也能升階了？」

「對啊，小菜一碟。」

「諾艾爾，這、這是真的嗎？」

看著一臉焦慮的昊牙，我以點頭做為回應。

「這、這樣啊……」

昊牙在得知此事後顯得相當沮喪。因為他的表情太有趣了，我只好忍著笑意說：

「別露出這麼窩囊的樣子，你也很快就能夠升階了。」

「難道升階都那麼簡單嗎？」

「倒也不是，但聽說B階是只要滿足條件，就有很高的機率可以升階。」

我之所以對升階沒有太多感觸，就是基於這個理由。當然機率再高，也未必保證能升階，畢竟滿足條件卻無法升階的探索者仍大有人在。不過憑昊牙的才華肯定沒問題。

「比如【話術士】的升階條件，就是以輔助的方式參與戰鬥，累計取得一萬點的經驗值。」

「這一萬點是要如何計算呢？」

「按照統計來看是與同級次的對手戰鬥一次就有一點，該數值會隨著敵人的強度與數量呈現指數增長。換言之，若是只參與安全的戰鬥將需要花費大量時間才可以升階，反之透過危險的戰鬥即可縮短時間。」

「原來如此，那老子應該很快就能升階吧？畢竟我們接下來都會面臨與死亡相鄰的惡鬥吧？」

「沒錯，況且昊牙你還參加過地下競技場，把這部分算進去，相信無須多少時間就能升階了。」

我曾被稱為專挑強敵的新人，再加上這一年來幾乎沒有休息地不斷戰鬥，才好不容易出現圖紋，因此升階必定是條坎坷的道路。不過條件是只要數量達標即可，所以不怕戰鬥的人都絕對能夠跨越這道門檻。只是說起升至A階，情況就得另當別論……

這時，遠處終於傳來馬車接近的聲響。

「看來是回收班抵達了。終於可以擺脫這個臭氣沖天的地方。亞兒瑪，我回帝都後就會去升階，妳呢？」

「……抱歉，我想再考慮一下。」

「知道了，等妳做好決定再跟我說。」

職能升階是不可逆的，一旦決定晉升的職能，事後就無法反悔。因此不光是亞兒瑪，許多探索者都會感到迷惘，我也不會對此感到任何不滿。無論亞兒瑪升階成哪種職能，相信她都一定能駕馭的。

「昊牙你就挑選兩腿中間會散發七彩光芒的職能吧。」

「這是為什麼!?」

亞兒瑪唯一的瑕疵就是人格……

†

一如顯現職能需要【鑑定士】的幫忙，職能升階也同樣如此。

【鑑定士】是全職能裡的異類，這股力量是與生俱來，無須經由鑑定，並且無法升階。出生後具備【鑑定士】能力的人，將會經由各地自治團體集中至帝都，在鑑定士協會裡接受專業教育。

【鑑定士】在學成後，主要工作就是在帝都或各地自治團體中幫人顯現職能。在沒有工作時，就會針對至今鑑定出來的職能研究。就連各種技能的參數，也是透過【鑑定士】珍藏的研究資料計算出來的。

基於上述原因，【鑑定士】與社會發展密不可分。不過說句老實話，我非常厭惡【鑑定士】。

「歡迎您本日的光臨，諾艾爾．修特廉大人。」

在走進一棟如神殿般莊嚴的白色建築物——鑑定士協會館之後，經過漫長的等待時間，我終於被帶進有專人服務的房間，房間內有一名年輕的女地精。

「您想要升階對吧？這真是一件美妙的事情。能親眼見證您踏入全新的境界，身為

【鑑定士】的我由衷感到高興。」

負責的【鑑定士】笑著說出這段話，但事實上是皮笑肉不笑。

大概是這群人從小接受特殊教育的緣故，他們對人完全不感興趣，一切的求知慾都灌注在職能研究上。因為他們與人相處時總會露出看著實驗生物的眼神，所以我還是喜歡不了這群人。

「諾艾爾大人是【話術士】，我這就向您告知可以升階的職能，分別是【吟遊詩人】、【戰術家】跟【魔獸使】。」

內容一如我事前查到的情報。【話術士】能夠升階的職能一共有三種。

【吟遊詩人】是可以藉由歌唱來提升支援效果的職能。

【戰術家】是擅長各式各樣的支援，精通團體戰鬥的職能。

【魔獸使】是能夠與變異種(monster)溝通並馴服它們的職能。

首先是【吟遊詩人】，儘管能提升增益效果這點非常吸引人，不過唱歌時難以兼任指揮官的工作，所以此職能不納入考量。

接下來是【魔獸使】，在能夠使喚變異種之後，將能彌補輔助職業欠缺自保手段的最大弱點。這是很大的優勢。另外騎乘大型變異種戰鬥也挺浪漫的。不過讓變異種聽令行事是相當困難，而且就算它願意服從命令，直到它真正執行命令的時差會比人類更久，在配合上講究分秒必爭的戰鬥裡，可說是完全派不上用場。到時就算能克服弱點，終究沒有多少助益。

如此一來，最適合讓我在指揮作戰上發揮實力的職能，想當然就只有一個了。

「請問您想挑選哪個職能？附帶一提，我推薦的是魔獸──」

「我想選【戰術家】，麻煩妳了。」

【鑑定士】本想提供建議，我卻硬生生打斷並說出自己的意見。

「……您想選【戰術家】啊。原來如此，確實對於探索者來說，大多都會偏好高靈活度的【戰術家】，不過魔獸──」

「我要選【戰術家】，除此之外都不考慮。」

「……嗯，但我還是想提醒一下，我推薦的是──」

「妳的推薦關我屁事，我就要選【戰術家】。」

我不耐煩地開口催促後，【鑑定士】哀傷地垂下柳眉。

「……無論如何都不改變心意嗎？」

「沒錯。」

「……啐。」

這個狗屎地精，她竟敢對我發出咂嘴聲。對方之所以推薦我挑選【魔獸使】，單純因為關於【魔獸使】的資料十分缺乏。若是有人挑選稀罕或冷門的職能，對【鑑定士】而言是絕佳的研究對象。

「唉～我明白了，您想選【戰術家】是嗎？」

「就跟妳說那麼多次了，麻煩妳快一點，我可是很忙的。」

「好的，那我來解說升階的詳細內容。」

根據【鑑定士】的說明，升階後會提高體能增長值，已學會的技能會獲得強化，並且獲得新技能等優惠。

可是職能的本質並不會產生改變，就算我成為【戰術家】，終究還是【話術士】。就像水結冰後還是水，水沸騰後也同樣是水。

「一般來說，升階後依然會以原來的職能名稱為主。即便獲得新力量也不要得意忘形，畢竟這世上不存在萬能的力量。」

「這種事無須妳來提醒，我比誰都清楚自己的極限在哪裡。」

「那就好，說明到此為止，我開始舉行儀式。」

【鑑定士】張開雙臂，使用有別於通用語的語言開始歌唱。因為我不是專家，對此所知不多，但歌詞似乎源自地精古語。相傳【鑑定士】這個特殊職業是始於地精族。基於這個原因，【鑑定士】有將近八成都是地精。就算裡面也有其他人種，追溯祖先時都會發現他們混有地精的血統。

至於歌詞的內容如下——

「吾為汝敞開全新的大門，吾為汝敞開全新的大門。欲獲得偉大力量之人啊，請審視心中的那片汪洋，睿智之光將照亮幽暗的水面。光明將化為大門，並通往塵世。吾為汝敞開全新的大門，吾為汝敞開全新的大門——」

接著我被藍色的燐光籠罩全身，並從體內湧現出一股不可思議的力量——

†

【話術士】系列B階職能【戰術家】，其特性是大幅提升思考速度。

【話術士】提升的智力本來就是全職能之冠，在獲得新的特性後更是如虎添翼，我現在還可以將思緒分割出多個虛擬人格，在維持相同的思考速度之下一心多用。只要利用這個特性，我能即時從多個視角來分析戰況，推算出近乎預知未來的結論。儘管只能預測出極短時間內的未來，此特性依舊非常符合【戰術家】的戰鬥風格。

而且能否把此特性活用於戰鬥之中，終究操之在我。即使能看見未來，想提早一步做出應對仍相當困難。另外將預知結果傳達給同伴們所產生的時差，同樣也是個問題。換言之，我與只會服從命令行事的亞兒瑪及昊牙該如何配合，將會比以往更加重要。倘若任誰都能做到這點，【話術士】就不會在弱勢職能裡獨占鰲頭了。

結束升階的我走出鑑定士協會館，朝著探索者協會前進。目的是為了辦理創立戰團的手續。途中，忽然遇見不斷開心尖叫的一群人。

「呀～！好帥！請看這邊～！」

「我們一起去吃頓飯嘛！這頓我請客！」

「不好意思！能請您在這個劍鞘上簽名嗎!?」

被團團包圍的那個人似乎很受女性歡迎。從少女到婦女都有，而且不光是一般民眾，裡面還有明顯是探索者的女性。

探索者是全民偶像，不過能受到同行歡迎的就相當有限。心生好奇的我，踮起腳尖尋找位於中心處的那個人。由於周圍全是女性，因此我很快就捕捉到目標人物的身影。

那是一位頂著亞麻色捲髮的美男子，年齡應該是二十五歲上下，身材比我高一個頭。此人總是瞇著眼露出親切的表情，身上那件紺碧色的長大衣與髮色十分匹配，腰間則掛著一把長劍。

我知道這名男子的身分。原來如此，也難怪他會被女性們團團圍住。此人隸屬於帝都最強戰團．七星一等星戰團的霸龍隊。他年紀輕輕就擔任戰團裡的副團長，再加上又是一位天才【劍士】，在帝都內無人不知他的大名。

「玲瓏神劍（innocent blade），吉克．范斯達因。」

我低語說出這個名字的瞬間，吉克恰好將目光對準我。

「咦？你是諾艾爾．修特廉吧？」

在一片尖叫聲中，能聽見吉克以清脆的嗓音喊出我的名字，接著他穿過人群接近我。

「果然是諾艾爾。哇～真是好巧呢～」

吉克那平穩卻又做作的語氣，便足以證明他打從一開始就是來找我的，而且理由不難想像。

✝

「這女人是誰？怎麼好像跟吉克大人很熟的樣子？」

「咦，他是男生而非女生吧？」

「不會吧⁉居然有著一張這麼漂亮的臉蛋⁉」

「我知道他是誰！他是蒼之天外的隊長！」

「雖、雖然不清楚他的來歷，卻能清楚感受出他那絕美的氣場！」

「我也一樣，姊姊大人！我能看見他們背後那盛開的玫瑰呢！」

周圍的女性們七嘴八舌地熱烈討論著。儘管能感受到自己的太陽穴在微微發疼，我還是正眼看向吉克，露出微笑說：

「這不是帝都最強霸龍隊的副團長，吉克・范斯達因嗎？能見到你是我的榮幸。而這確實是我的肺腑之言。」

「沒想到你居然認識我，我也同樣感到很榮幸喔，諾艾爾。」

吉克露出一個爽朗的笑容。這是想挖苦人嗎？天底下有哪個探索者不認識你啊。

在帝都裡，有達到EX階的就只有三人。

分別是七星三等星戰團・百鬼夜行的團長，人稱噬王金獅子(king slayer)的里奧・艾汀。

七星一等星戰團・霸龍隊的團長，稱號是開闢猛將(beginning one)的維克托爾，克勞薩。

最後就是霸龍隊的副團長，也就是眼前這名男子。

按照亞兒瑪喝醉時說溜嘴的情報，暗殺者教團的教團長似乎也是ＥＸ階，但因為我從未見過，真相也就不得而知了。

總之最重要的一點，就是探索者之中只有三人達到ＥＸ階。

由於維克托爾已接近花甲之年，早就過了全盛時期，即便身為ＥＸ階，實際戰力就只有Ａ階水準，可是他擁有長年培養下來的知識、經驗與技術，因此是個綜合實力遠在其他Ａ階之上的佼佼者。

目前正值顛峰時期，可以將ＥＸ階能力發揮至淋漓盡致的探索者，就只有里奧跟吉克而已。換言之，帝都內最強的探索者就在兩人之中。

這種人表現得過於謙虛，就只會像是在挖苦人。先不提吉克是否天生就有著這種個性，但言行間都能讓人感受到強大的自信，證明他非常清楚自己的立場。曾耳聞表面上相當爽朗的他，私底下其實心機很重，看來此事並非空穴來風。

「那麼，理當每天從早到晚都十分忙碌的吉克先生，來找我這位名不見經傳的探索者是有何貴幹？」

「此話差矣！我們戰團可是經常聊起你喔。你不光是傳說中的探索者．不滅惡鬼的孫子，竟然還僅憑兩人就打敗赫赫有名的岡畢諾幫呀。」

「我是不滅惡鬼的孫子是不爭的事實，但是岡畢諾幫一事我就沒有印象了，應該是你記錯人了吧？」

吉克見我裝傻不認帳，稍稍加深臉上的笑意。

「我並沒有認錯人，畢竟有許多探索者親眼目擊你與岡畢諾幫之間的糾紛。另外我還掌握了一個鮮為人知的情報，就是岡畢諾幫的幫主已經換人。確實無人親眼見證你打倒亞爾巴特，卻也有充足的情報能讓人猜出一二吧？」

「假如你所言屬實，我不就成了帝都內的頭號危險人物？原因是身為總幫的路基亞諾幫絕不會善罷干休。」

「沒錯！我在意的就是這件事！」

本來總是瞇著眼睛的吉克，此刻稍稍將眼皮撐開。在那雙銀色的眼眸裡，蘊含著一股如悶燒般平靜又深沉的熾熱。

「理當只是一般探索者的你，究竟是變了什麼魔術才完成這等壯舉，真叫人好奇呢。」

「哎呀哎呀，你嘴上說是巧遇，話題卻充滿煙硝味，實在讓人納悶你是想打聽什麼？雖然我對此是很好奇，但我即使再名不見經傳，也同樣是非常忙碌。假使方便的話，請容我先行告辭了。」

在我轉身之際，吉克將手搭在我的肩膀上。

「喂，你少亂碰我。」

「抱歉，不過我的話還沒說完。」

「那跟我有啥關係？難道因為你是帝都最強戰團的副團長，就自以為很了不起嗎？」

「這句話還真刺耳耶。」

吉克放開我之後，向後退了一步。

「的確如你所言，此次相遇並非偶然，而是我有事專程來見你。如果惹你不悅，我願意向你道歉。」

「道歉就不必了，畢竟我跟你不熟。」

「別走別走，你先等一下。我接下來要提的事情，對你來說不是什麼壞消息，總之先找個能喝茶聊天的地方，讓我們慢慢聊——」

「你有在聽我說話嗎？我很忙，沒空陪你浪費時間，無論是現在或往後都一樣。」

「你還真頑固耶。」

「哼，那又怎樣？我打從一開始就明白你為何來見我，說穿了就是想挖角吧？」

大型戰團拉攏有發展性的隊伍加入是十分常見。此舉不只可以強化自己的戰團，還能夠削減將來的對手，可說是百利而無一害。接受挖角的一方也能得到更好的待遇，實際上也並無不妥。不過，我的答覆打從一開始就決定好了。

「你還真是惹人厭耶。」

「你說什麼？」

「依照你這種強勢的作風，根本覺得自己很了不起吧？難道你以為任誰都會乖乖服從你嗎？一個人再自作多情也該有所限度。」

吉克總是散發出『我就放下身段跟你好好相處』的傲慢氛圍。要我服從這種人，就算是打死我也敬謝不敏。

「雖然我沒有惡意，不過我的態度好像冒犯到你了。」

「並非『好像』，是的確冒犯到我了。」

「你說對了，我的目的是拉攏蒼之天外加入霸龍隊，但你有一點搞錯了。」

「啥事？」

「我並沒有自以為很了不起，而是真的很了不起。」

下一秒，吉克散發出滔天的鬥氣。很明顯是準備開戰。若說現役EX階散發出來的殺氣不嚇人，那肯定是騙人的。話雖如此，我還是冷笑一聲。

「明白說服不成，就打算硬來嗎？真是個心胸狹隘的人。」

「沒錯，我這個人就是心胸狹隘，所以我秉持的原則是任何時候都不會手軟，並且不擇手段得到想要的東西。」

意思是吉克很清楚自己在心理層面的弱點。說起探索者無論強或弱，大多都很愛面子，難以承認自己的軟弱。但是吉克似乎不一樣，即使面對我這樣的新手，也毫不掩飾自己的弱點，甚至還選擇大方承認。身為帝都內數一數二的強者，理當都有傲氣或矜持，他的心態卻比我想像中更加能屈能伸。

這樣的對手難以透過話術擺平，原因是不管我說什麼都無濟於事，他最終會不惜動用武力逼我就範。

「我並不想動粗，而且知道有間店的蛋糕很好吃，我們就去那裡談談吧？」

吉克以開朗的笑容對我下達最後通牒。這種對手的確不好惹，但我非常清楚無論怎樣的強者，都有著絕對無法充耳不聞的話題。

「我竟能得到帝都最強戰團副團長這樣的賞識，也算是探索者的一種幸福。ＯＫ，我明白你的意思了，可是我有個絕對無法讓步的條件。」

「嗯，這也是理所當然，你有任何條件儘管開。即便是難以實現的條件，我也會以積極的態度與戰團成員們討論。」

「沒關係，此事無須和戰團成員們討論。」

「嗯？你的條件是什麼？」

「我這個人是死都不想服從於任何人，但假如當真得服從他人的話，就必須是我所認同的最強存在。我說吉克先生啊，你跟里奧是誰比較強啊？」

我提出的這個話題效果顯著。吉克原先那遊刃有餘的表情，慢慢布上困惑與厭惡感等難以形容的情緒。

「……換言之，你的條件是我必須證明自己比里奧更強嗎？」

「沒錯，這很合情合理吧？要我服從區區的第二名，我可是敬謝不敏。貴戰團之所以會成為第一名，全都拜團長維克托爾所賜，既然要我服從你，你就必須證明自己是最強的人。」

帝都最強究竟是誰？這話題並非僅限於一般民眾，就連探索者之間也經常討論。

倘若包括舊人，至今有好幾人都夠格稱得上是最強，不滅惡鬼也是其中一位。不過大家最感興趣的，終究是現役的最強之人。相信不光是局外人，就連被視為候補的當事者們也同樣如此。

雖然吉克的個性是能屈能伸，但自尊心還是很高，要不然也不會這麼堅持想得到我，所以他無法草草帶過此事。

偏偏這兩人不可能輕輕鬆鬆就得以證明自己是最強的，理由是就算吉克想與里奧一分高下，假如對方不肯也毫無意義。

況且實力在伯仲之間的兩人大打出手，勢必會導致一方受重傷或慘死。先不提尋常的探索者，倘若此人擔任組織裡的要職，也就無法意氣用事了。

當然依舊可以堅稱自己是帝都最強，不過口說無憑，即便是吉克也做不出如此厚顏無恥的行徑。

換句話說，吉克基本上絕無可能實現我開的條件。

「……我明白了，原來你有著這樣的個性。也難怪敢與岡畢諾幫對著幹。」

「謝謝誇獎。那我已經開完條件，等你實現時再來找我。我就拭目以待囉，拜拜。」

我笑著揮手離開現場，而吉克這次就沒有再叫住我。偏偏就在這時，不知哪個笨蛋從旁插嘴說：

「喂，快看，是帝都第二強的探索者吉克耶。」

人常說龍的逆鱗，此話是指在龍身上的大量鱗片之中，唯獨一片龍鱗是逆向生長，假如有誰亂摸，龍就會暴跳如雷。

「剛才那句話是你說的嗎？」

吉克指著聲音傳來的方向。該處站著一名平凡且年輕的男性探索者。想來是剛從培養學校畢業的菜鳥吧。

「咦，是、是我沒錯，難道我有說錯什麼嗎？」

這位不會看臉色的男子完全沒道歉，就只是納悶地歪過頭去。

「是沒說錯什麼，但你清楚說出我是第二強對吧？這是為什麼？我可從來沒跟里奧交手過喔？」

「啊，因、因為里奧是戰團的領導者……」

「所以你想表達只因為我是副團長，就算沒有實際交手過，終究比不上里奧是嗎？」

「那、那個，我不是這個意思……」

男子終於看出情況不妙，但為時已晚。即便他立刻跪地求饒也太遲了，因為他已位於吉克的攻擊範圍內。

「那你是什麼意思呀？」

「那、那個，吉克先生……請、請你先稍微等一下——」

「不行，我不想等了。」

剎那間，我完全搞不清楚發生了什麼事。

只知道那名說錯話的男子飛到半空中，然後重重地撞在建築物的牆壁上。

之所以能肯定是吉克揮劍將男子有如路邊石子般擊飛出去，是因為他右手正握在收於鞘內的長劍握柄上。

吉克似乎有拿捏好力道，並未下殺手。

男子就只是被打飛至牆上，能看出他還有呼吸，可是四肢都轉了一百八十度，明顯受到非常嚴重的傷害，即使是高明的治療師(healer)也無法輕易治好。

我利用手錶內藏的繩索跳到建築物的屋頂上，目睹事情始末。

「就算站在能讓憲兵閉嘴的立場上，仍然是在大庭廣眾面前動粗打人，還真是有夠嚇人耶。」

如果我繼續待在原地，難保不會遭到波及。一想到自己倘若踏錯一步，恐怕也會淪為相同的下場，就不禁背脊發涼。

但即使伴隨風險，我也必須以堅定的態度去面對吉克。理由是就算我堅定拒絕霸龍隊的挖角，倘若我當時有放軟姿態，還是很可能會被旁人誤解，從此出現各種傳聞，如此一來就與接受挖角毫無分別。

相信有其他人也抱持跟吉克一樣的想法。

若是我繼續待在這裡，難保不會牽扯進類似的麻煩事。

「我得趕在其他人來攪局之前，趕緊先創好戰團才行。」

我從屋頂跳到另一個屋頂，直往探索者協會而去。

†

我在探索者協會提交戰隊申請書的三天後，於住宿的星雫館收到回信，內容寫著為了最終確認，要我帶著同伴們前往協會。

「總、總覺得有點緊張耶……」

昊牙嗓音顫抖地說完後，亞兒瑪忍不住嗤之以鼻。

「若是你會怕的話，可以負責看家啊。」

「妳、妳說誰會怕啦！」

「閉嘴，這裡還有其他人，少丟人現眼。」

我遵照信上的指示，領著亞兒瑪和昊牙造訪探索者協會館。探索者協會館是帝都內最大的公共設施。此建築物華麗得宛如宮殿，正門上方還有一座鐘臺，規模巨大無比。由於我已來過好幾次，自然不會像昊牙那樣感到緊張，但我依然記得自己在第一次造訪時受到不小的震撼。

「走吧。你們兩個記得要安分點啊。」

我們穿過正門，向櫃檯表明來意後，很快就被帶到一間豪華的會客室。我們一走進房間，便坐在一張藍絲絨的沙發上。

當我喝著館內服務人員端來的紅茶時，昊牙用手肘頂了頂我說：

「那、那個，諾艾爾。」

「怎麼啦？想去廁所嗎？」

「不是啦，老子在來之前就上過了。」

「那你想幹麼？」

「接下來……會有監察官的人過來對吧？等結束面試後，我們就是得到正式承認的戰團對吧？」

「是啊。」

「到時不光是你，老子也會被問話是嗎？」

「或許吧。」

「老、老子是第一次碰上這種情況，不曉得自己行不行耶。」

「安啦，對方不會詢問過於複雜的事情。」

如果對方真會提問，原則上脫離不了『為何想成為探索者？』跟『今後將以何種探索者活動為主？』這兩個問題。說穿了就是簡單的性格評量，目的是想確認成員裡有沒有問題人物。

倘若組織內真有素行不良的成員，只要擔任團長的人沒有太大問題，申請應該都會通過。畢竟探索者原則上都是火爆浪子，如果專挑好寶寶的話，協會根本無法運作下去。

昊牙在聽完我的解釋後，依然顯得相當不安。

「這、這是真的嗎？老子當真沒問題嗎？」

「就叫你放心啦。」

「真的不會出現老子回答時誤觸監察官的逆鱗，導致戰團申請沒通過吧？老子當真可以相信你說的話嗎？」

「安啦，你就儘管放心相信我吧。」

這小子只要碰上戰鬥以外的事情，就會變得有夠孬。雖然一想到他的過去這也是莫可奈何，但我還是希望他表現得大方點。

「諾艾爾真溫柔。我曾聽說一旦惹怒監察官，戰團申請會立刻被取消。假如我們沒法成立戰團，全都是昊牙害的。」

亞兒瑪突然信口開河，在我做出應對之前，昊牙便亂了分寸。

「果、果然是這樣沒錯！若是老子搞砸的話，將導致諾艾爾的夢想就此斷送！老、老子該怎麼辦⁉究竟該如何是好⁉」

「那就只能以死謝罪了。昊牙，雖然我們相處的時間很短暫，但還是謝謝你。接下來的事情交給我，你就安息吧。」

「假如切腹謝罪就行的話，要老子怎麼切都行！這樣子就可以了嗎⁉諾艾爾！老子能做的就只剩下這個！」

「我說你們兩個啊～……」

聽見笨蛋雙人組的對話，我感到腦袋一陣發疼。面不改色瞎扯蛋的亞兒瑪，以及不經大腦隨意輕信的昊牙，簡直就是毫無智慧可言的一對活寶。

「你們再繼續胡鬧，別逼我真的抓狂——」

就在這時，門外傳來一股強大的殺氣。當我起身擺出戰鬥架勢之際，亞兒瑪和昊牙早已拔出各自的武器，護在我面前瞪向門口。

接著房門緩緩打開，一名身穿黑色燕尾服的白髮老者站在該處。

「哎呀，三位是怎麼啦？瞧你們一臉凶狠地拔出武器，難道是見到什麼可怕的東西嗎？」

老者一臉困惑地問著，但他擺明是在撒謊，因為方才的殺氣肯定就是來自這位老者。

「這還真嚇人耶，能請你們收起武器嗎？我不是你們的敵人，單純是為了成立戰團一事來幫三位面試，就讓我們好好相處吧。」

「你還真會睜眼說瞎話啊，哈洛德，先挑釁的人明明是你。」

我見過這位老者，他叫做哈洛德．詹金斯，是協會的監察官，也是過去負責管理祖父所屬戰團——血刃聯盟的臭老頭。

「好久不見，諾艾爾先生，我怎會斗膽向三位挑釁，純粹是為了不輸給前途有望的年輕人們，才稍微表現出些許幹勁罷了。就像這樣，一、二，一、二。」

看著哈洛德開始做起伸展運動，我不中得啐了一聲。

「你這個老先生還是一樣愛裝蒜。喂，你們都收起武器吧，身為人就應該敬老尊賢，畢竟若是對方老番顛閃尿的話，手裡拿著武器也不方便帶人去廁所吧？」

我揚起嘴角，哈洛德倒是尷尬地表情發僵。進入備戰狀態的兩人見現場氣氛緩解，這才終於放鬆下來。大概是先前如臨大敵的緣故，他們收起武器時都大大地鬆了一口氣。

「你這小子還是一樣欠缺對長輩的敬意耶……」

「我是基於尊敬，才不去介意年齡的差距親切示好啊。還是您希望我就像對待昂貴的雕像那樣呵護您啊？老爺爺。」

「看來【話術士】不光擅長輔助，還很會耍嘴皮子，真羨慕你這麼多才多藝。」

哈洛德恨得牙癢癢地輕咳一聲，接著便恭敬地開始自我介紹。

「請容我重新自我介紹，我是探索者協會的三號監察官哈洛德・詹金斯，請三位今後多多指教。」

「我是蒼之天外的隊長諾艾爾・修特廉。」

「嗯？這跟你寫在申請書上的戰團名稱並不一樣，你確定沒填錯？」

「是的，我決定成立戰團時想改個名稱。畢竟蒼之天外這個名稱，對我來說有點觸霉頭。」

「原來如此，我明白了。那我就詳細說明各種規章。」

我們端正坐姿，仔細聆聽哈洛德講解戰團的相關規定。內容大致上跟我所知的差不多。分別是戰團可以向國家接受委託、創立時和每半年都得繳納強制保險金，另外會定期評鑑，根據當時的功績變更委託內容。至於評鑑一事，哈洛德表示由他擔任我們的負責人。

說明結束後，哈洛德便對我們簡單提問。提問內容就如我所料，儘管昊牙多次吃螺絲，但還是有清楚說出自己的經歷與今後的目標。雖然亞兒瑪露出快睡著的樣子，仍然有針對提問好好回答。

兩人的目標都是『想把我推上頂點』，這的確是很令人高興，不過聽在第三者的耳裡又有點假惺惺，因此令我有些害臊。

「面試到此為止。嗯，三位看起來是個很棒的團隊，明明你們都還年輕，組成隊伍的資歷又淺，卻能感受到你們十分信賴彼此。即便實績不足，但參照各位過去的資歷，能力方面相信是沒問題。另外，我已派人確認過你們的根據地，你們也有繳清兩千萬菲爾的保險金。」

哈洛德面露微笑，取出一個印章。

「很好，我同意你們提出的戰團創立申請。只要我蓋下手中的印章，你們就是戰團了。我很期待你們今後的活躍。」

「謝謝你，哈洛德，今後請你多多指教。」

「我才該請三位多多指教。不過在此之前，有一個消息想告知三位。」

「何事？」

「接下來的內容都只是閒聊。」

哈洛德換上認真的表情，以嚴肅的口吻說：

「根據協會麾下調查班的報告指出，從現在起約莫一年後，帝國西方地脈將會噴發大量魔素。」

「……你說什麼？」

「所謂的地脈──就是流動於地底下的魔素，當它超過一定值時，就會一口氣噴出地表。此次的規模，將是幾十年至百年來前所未見。等魔素噴發後，地表將布滿極高濃度的魔素，到時必定會產生超大規模的深淵，換言之──」

哈洛德暫時止住話語，看了我一眼才繼續說：

「深度十三的惡魔──災厄化身．冥獄十王將會降世。」

一道冷汗滑過我的臉頰。

「……此話當真？」

「這種事我豈會亂說。數十年前瞬間毀滅三個國家的惡魔，將會再次現身於帝國境內。到時候，人類勢必會面臨存亡的危機。」

哈洛德露出苦笑，從胸口口袋裡取出一根菸叼在嘴上。

「原來如此……」

原本只是來創立戰團，竟獲得出乎意料的天大消息。坐在我兩旁的亞兒瑪和昊牙都是一臉困惑，我也同樣有些無法相信。

「難、難道沒有方法能預防嗎？」

昊牙提問後，正在吞雲吐霧的哈洛德搖頭以對。

「沒辦法。確實有著驅散魔素的魔法，偏偏預估的魔素量太過龐大，並非人類有辦法駕馭的。至於趕在魔素噴發前採取對策也同樣有困難，理由是地脈等同人類體內的血管，流動受影響將引發地震、火山爆發或土地汙染等問題。到時就算成功預防深淵產生，地表環境也會變得再也不適合人類居住。」

所以不存在任何預防方法——哈洛德雙肩一聳，隨即補上這句話。

「……我們有勝算嗎？」

這次是亞兒瑪提問，不過她罕見地語氣凝重。

「人類在過去曾多次擊退冥獄十王，因此才能夠繁衍至今沒有毀滅。而且在上一次，人類更是首次達成討伐的壯舉……可是老實說，一切都是運氣好罷了。」

哈洛德仰頭注視天花板，重重地呼出一口煙，才將目光移回至我們身上。

「這一戰將會投入所有戰力。不光是軍方，就連帝都數一數二的探索者們——七星也不會缺席。無論是一等星『霸龍隊』，二等星『白眼虎（khan）』與『太清洞』，三等星『劍炫舞閃』、『黑山羊晚餐會（goat dinner）』、『百鬼夜行』和『人魚鎮魂歌（Lorelei）』。上述戰團都是夠格掛上七星之名的頂尖組織。但要我以親眼目睹過冥獄十王的身分說句公道話，就算撕裂我的嘴巴，我也絕不敢打包票說這樣的戰力是必勝無疑。」

哈洛德不同於當年尚未出生的我們，是親身體驗過冥獄十王威脅的見證人之一，因此他的一字一句都蘊含著名為真實的重量。

即便帝國軍傾巢而出，再加上七星所有戰力也未必有勝算——不對，是勝算微乎其微的一戰，將於一年後爆發的事實，我聽完不由得全身汗毛直豎，並且不斷顫抖。

但我並非基於害怕，而是認為——這就是所謂的宿命。

「以上便是我想傳達的消息。那麼，關於創立戰團一事——」

「等等！」

在哈洛德即將替申請書蓋章的瞬間，我厲聲喝止。

「哎呀，你是怎麼啦？」

哈洛德不解地歪著頭，臉上卻掛著一個別有深意的笑容。他果真是個愛裝蒜的老爺爺。

「關於成立戰團一事，我想暫時延後。」

「我是無所謂啦，但這是為什麼呢？」

我從座位起身，低頭俯視哈洛德說：

「我會以結果來回答你的。」

「你為何突然放棄創立戰團啊!?」

才剛踏出探索者協會館，位於身後的昊牙便如此大喊。

「這不是你的夢想嗎!?」

我扭頭對昊牙一笑。

「你還不懂嗎？是為了一口氣飛黃騰達。」

「什、什麼意思？」

昊牙納悶地歪過頭去。一旁的亞兒瑪見狀後，發出嘲諷的笑聲說：

「昊牙你真笨耶，稍微用自己的腦袋想一下啊。」

「唔！反、反正老子就是笨，不必妳說老子也知道。」

「笨蛋，禿驢，廢物，包莖小牙籤，你這個馬屌臉趕快以死謝罪。」

「有必要罵得這麼難聽嗎!?」

因為被亞兒瑪罵得體無完膚，昊牙氣得眼角微微泛著男兒淚。

「妳別太超過喔！既然妳想炫耀自己很聰明，就別賣關子快說啊！」

「哼，回答這點小事也沒啥能炫耀的，畢竟任誰都想得到呀。」

「那妳有本事就快講啊。」

「別因為自己早洩就愛催促人，都聽我說了這麼多還不懂嗎？」

亞兒瑪眼神鄙夷地看著昊牙，並將雙手交叉於胸前陷入沉默，在經過大約三十秒的時間，突然對著我嫣然一笑。

「來，諾艾爾，快解釋給他聽。」

「所以妳也不知道吧!?」「原來妳也不知道啊!?」

儘管我早就料到會是這麼回事，但在確定後依然感到有些惱怒。

「喂，昊牙，我同意你在這個笨蛋女的臉上賞一拳。」

「因為當真是蠢到極點，害老子都懶得動手了……」

我發出一聲嘆息，然後開始解釋暫停成立戰團的理由。

「聽好囉，確實冥獄十王的降世將攸關人類生死，但與此同時，也是打響名聲的大好機會。就跟洪水氾濫或火山爆發後會令土壤肥沃，只要成功討伐冥獄十王，帝國今後將變得更加強盛。」

事實上在成功討伐銀鱗之悲嘆川，帝國便取得用之不盡的水源。因為帝國利用悲嘆川的心臟，順利開發出飲用水產生裝置。

多虧這個能無中生有產生飲用水的裝置，帝國的文明從此大幅成長。獲得永不枯竭的淨水，不只能隨時確保飲用水，還無須擔心農田乾涸。在沒有爆發洪災、蟲害或導致農作物枯萎的天災之下，都可以穩定地生產糧食。

至於悲嘆川的眼球，則具有汙水淨化功能。拜此淨水裝置之賜，帝都內再也不會排放汙水，環境衛生獲得飛躍性的改善，死亡率隨之大幅下降，而這就是文明蓬勃發展的主要理由。

「這片土地自古就容易產生深淵，因此帝國經常派人狩獵惡魔，並利用得到的素材發展出比任何國家都先進的魔工文明。」

不過也因為這裡容易產生深淵，有些方面不如他國，只是目前沒必要詳述這部分。

「以結論來說，這個道理也能套用在一年後降世的冥獄十王身上。就只是規模不同，但假如成功討伐，人類將能獲得莫大的福利，所以我們無論如何都非得參戰不可。不對，是必須站上最前線大展身手。」

在冥獄十王一戰裡是否有活躍的戰團，到時獲得的評價勢必有如天壤之別。不管一個人擁有再出色的能力，未能活用也只是暴殄天物。與冥獄十王的對決，對我們來說將是最佳的舞臺。

「一般戰團很可能只會被分派在後方支援，為了能上前線表現，我們必須盡早成為七星之一。如果擠進七星還能被任命為作戰的總指揮官，那就是再好不過。若能實現以上目標，我們絕對會以最強探索者之姿名留青史。」

亞兒瑪和昊牙聽完我的解釋後，都點頭如搗蒜。

「我記得你之前說過，要在一年內成為七星之一吧。」

「冥獄十王的確是空前的災禍，同時也算是天大的恩惠吧。就算人類戰敗會迎向滅亡，但老是杞人憂天也於事無補。話雖如此，這跟延後創立戰團又有什麼關係啊？」

「因為就這樣創立戰團，將在毫無實績與話題性的情況下站上起跑點，也就難以擠下其他前段班的戰團。若想一開始就接取報酬優渥的委託，便需要與之相符的評價。」

我想起一件事，不由得露出苦笑，追加解釋說：

「說起協會的調查員都很優秀，卻也是出了名的馬虎。如果他們預估魔素大噴發將在一年後發生，實際上最好當成只剩下八個月的時間。」

「你、你的意思是我們得趕在短短八個月內擠進七星嗎？」

「不對，即便擠進七星也有很多事情得籌備，少說需要兩個月的緩衝期，因此我們必須在半年內成為七星。」

「「半、半年⁉」」

兩人瞠目結舌地驚呼出聲。

「這怎麼想都太勉強吧！」

亞兒瑪臉色凝重地搔頭說：

「我在成為探索者之後也做過許多調查，自然明白七星都是些強如鬼神的戰團。就算再異想天開，我們也不可能光憑半年就與那群人平起平坐。」

「這一點都沒有異想天開，我已想好對策了。」

「對策？」

「就是打贏強悍的惡魔吧？最有效的方法終究是立下實績。」

亞兒瑪聽完昊牙的意見，不由得抱住自己的頭。

「這種事我自然是再清楚不過，問題在於無論多麼胡來，仍舊打不贏實力遠超出我方的惡魔。換言之，我們能立下的功績也改變不了多少目前的評價。」

「既然如此，就得先去拉攏新同伴來強化戰力囉。」

「你傻了嗎？哪可能這麼容易就找到如此優秀的人才加入我們。」

「這、這麼說也對……」

亞兒瑪說得很有道理，優秀的人才不是早已加入其他組織，就是成為組織裡的領導人物，絕無可能會接受我們這種新人的挖角。我光是能得到亞兒瑪跟昊牙，就已近乎奇蹟了。

我最想拉攏的【傀儡師】修格．柯貝流斯確實有機會成為同伴，但他目前因冤罪入獄，為了能讓他以清白之身回歸社會，事前的準備仍尚且不足。

也就是說，眼下是不可能以正當手段站上理想的起跑點。

「我們已無暇按部就班往上爬。為了以最快的速度擠進七星，我們必須一開始就具備足夠的知名度與實績，而這也是不可或缺的必要條件。」

倘若沒有冥獄十王降世一事，我也不會這麼操之過急，但計畫永遠趕不上變化。

「原因是為了應對與冥獄十王一役，不難想像協會將傾力培育優秀的戰團，所有優渥的委託都會交給有潛力在對抗冥獄十王時大展身手的戰團。至於缺乏知名度跟實績的新興戰團，肯定只會接到一些跟收破爛沒兩樣的委託。這麼一來，創立戰團也沒有多少意義。」

換言之，為了在接下來的動盪中脫穎而出——就算得不擇手段，也必須盡早讓協會認清我們的價值。

「眼下需要的是戲劇性，光有不滅惡鬼的孫子、傳說【暗殺者(assasin)】的繼承人、來自極東島國的無敵【刀劍士】依然不足。得要引發能夠吸引世人目光的事件才行，利用輿論壓力來左右協會的決定。」

我對著兩人招招手，壓低音量說：

「聽好啦，我的計畫如下——」

兩人聽完後，都目瞪口呆地向後退——

「無恥！」「這太無恥了！」

並且異口同聲地說出相同的感想。

「嗯~看來他們已經得出結論了。」

哈洛德目睹窗外的三名年輕人相互揮手道別並分頭行動後，瞇起雙眼喃喃自語。

「諾艾爾．修特廉，果然是一名有趣的人才。」

他不由得想起雙方在第一次見面時，諾艾爾說過的那句話。

——我會成為最強的探索者。

諾艾爾狂妄地如此誇下海口。

同事聽了只是啞然失笑，當成孩子的童言童語並未認真看待。不過哈洛德無法一笑置之。不光因為諾艾爾是大英雄的孫子，而是他年僅十四歲，就已漸漸展現出身為上位者的資質。

一如哈洛德的預料，諾艾爾在成為探索者的那一刻起，就算背負著與生俱來的不利之處——名為【話術士】的職能，依然逐漸嶄露頭角。

當然諾艾爾並非過得一帆風順。哈洛德知曉他遭同伴背叛，蒼之天外一度瀕臨解散的事情。不過此事的責任並非只出在同伴身上，諾艾爾本身也同樣有些問題。

但就算諾艾爾直面隊伍解散的危機，仍舊成功重新振作。在此過程中，甚至聽聞他戰勝帝國內的頭號黑幫——路基亞諾幫麾下的岡畢諾分幫。

就在今天，哈洛德的預感轉為確信。

諾艾爾在面對身為A階的哈洛德所釋放的殺氣竟冷靜無比，不僅展現出過人的膽識，甚至稍微洩漏冥獄十王的情報，他就立刻察覺哈洛德真正的用意。

其實就是關於協會今後的動向。哈洛德的用意並非單單傳達這次所面臨的威脅，而是想觀察諾艾爾在掌握情報後會如何利用。

哈洛德閉上雙眼，回憶起已故的那位英雄。

「布蘭頓，你可以安息了，那孩子絕對是你的孫子。即使沒有繼承你的才能，但他絕對會成為比你更偉大的英雄。」

「那還用說，混帳東西！他可是我最自豪的孫子喔？」

哈洛德對故人的記憶猶新，甚至還能產生上述幻聽。當年就是由哈洛德負責管理傳說中的戰團．血刃聯盟。縱使已過了幾十年的光陰，那段吵鬧又充實的回憶依舊從未褪色過。

「我回來了，爺爺！我可是特地來見你喔！」

當哈洛德沉浸於回憶時，房門被人粗魯地推開來。

「唉～累死我了，為何探索者全都這麼笨呢？真叫人受不了耶。」

剛走進房間就一屁股坐在沙發上的人，是與哈洛德同樣身為探索者協會的監察官，同時也是哈洛德的孫女，瑪麗翁．詹金斯。看她這模樣，恐怕是與負責的戰團大打出手過。她那套燕尾服底下的白襯衫上，還能看見斑斑血跡。

「辛苦了，瑪麗翁。瞧妳似乎剛忙完是吧。」

「誰叫他們對評鑑結果囉哩吧唆的，我就把所有人都海扁一頓。果然越廢的傢伙就越卑鄙，看了就令人反感。假如有意見的話，就給我拿出成果啊。」

「就是說啊，不過這也是監察官的工作喔，第二十六號監察官閣下。」

「我知道啦，拜託你別再對我說教了啦，爺爺。話說回來——」

瑪麗翁換上嚴肅的表情改口說：

「爺爺你要擔任新戰團的負責人是真的嗎？記得你將近十年都不曾負責過任何戰團吧？難道這支戰團真有那麼厲害？」

面對一臉好奇的瑪麗翁，哈洛德不禁露出苦笑，以點頭做為回應。

探索者協會的監察官一共有三十六人，每人都會負責一支以上的戰團。不過這十年來，哈洛德以年事已高為理由，不再管理過任何戰團。

年齡是很好用的藉口。哈洛德在年紀上早已不再是全盛時期，卻還是有能力履行監察官的職務。他之所以不斷推辭，純粹是沒有一位探索者能勾起他心中的幹勁。

「喲~我簡直快嚇尿了！對方是怎樣的傢伙啊!?」

「該戰團是由名為諾艾爾・修特廉的少年擔任團長。」

「我聽說過他！是那個明明身為不滅惡鬼的孫子，卻偏偏成了【話術士】的廢物吧！真的假的!?爺爺你當真想擔任由這種廢物團長率領的戰團嗎!?」

「是啊，有什麼問題嗎？」

哈洛德歪過頭去，臉上則掛著微笑，不過瑪麗翁緊張得神情僵硬。原因是她敏銳感受出隱藏在那張笑容下的慍火。

「……那、那個，爺爺你願意復出重回第一線，我自然是樂見其成，嗯……」

「瑪麗翁，反倒是妳那邊怎樣了呢？有管理好百鬼夜行嗎？」

「失敗了，此事我已無能為力。」

瑪麗翁雙手環胸，明顯露出苦澀的表情。

「說起百鬼夜行能擠進七星，說穿了就只是擔任團長的里奧強如鬼神，其他團員的實力就馬馬虎虎，偏偏這個里奧既高傲又懶散，唯有他滿意的委託才肯參戰。雖然副團長很努力在維持戰團，可是他的臉色已憔悴到讓人看了於心不忍。」

「這還真令人頭疼耶……」

「可惡！假如里奧肯認真起來，隨時都能登上一等星的說！」

「瑪麗翁，我能明白妳的心情，但是身為監察官嚴禁過度偏袒特定戰團。那麼做對雙方都沒有好處。」

「我知道啦！真囉嗦耶！」

依照瑪麗翁的態度，絕對是沒有搞清楚狀況。哈洛德不由得發出嘆息。

「言歸正傳，妳今天過來有什麼事嗎？」

「啊～我有事情想請教爺爺。」

瑪麗翁見哈洛德納悶地歪過頭去，便把話說下去。

「關於與冥獄十王一戰的總指揮官，到底該由何人擔任，監察官之間對此是意見分歧，於是大家推派敬陪末座的我來請教爺爺的意見。」

哈洛德釋然地露出笑容。由於他目前並未擔任任何一支戰團的負責人，因此重要的會議是從不參加。即便以排名而言他高居第三，但實際立場就只是個吃閒飯的。話雖如此，眾人仍需要他所擁有的知識。

「按理來說，由帝都最強戰團——霸龍隊團長來擔任是最為恰當……」

「可是維克托爾團長年事已高，總會令人不安對吧？」

「嗯……」

瑪麗翁似乎顧慮到哈洛德也同為高齡長者，只是輕輕地點了個頭。

「妳不必顧慮我。畢竟年紀一大，無論是身與心都會跟著衰老。相信維克托爾也明白這個道理。如此一來，由其他探索者擔任總指揮官會比較好。」

「既然一等星不行，就由二等星……」

「不行，白眼虎和太清洞都不適合。」

「咦，為什麼？」

「白眼虎是只由血族組成的特殊戰團，因此他們的默契遠在其他戰團之上，同時極度欠缺指揮血族以外之人的能力。」

「說得也是……」

「太清洞的團長是外國人，儘管算不上是無法信任，但在保家衛國的終極之戰裡，還是本國出身的探索者最能夠全力以赴，而此心態也會影響到接受指揮的其他人。」

「原來如此……那就只能從三等星裡挑選了……」

「在所有監察官之中，大多是支持誰呢？」

「主要還是支持霸龍隊，原因是即使有隱憂但依然值得信賴。如果撇開霸龍隊，二等星之間的支持者則是各占一半。」

簡言之就是為了避免事後遭到究責，大家都挑選不會有爭議的人選。明明攸關人類存亡的危機已迫在眉睫，這種態度實在讓人感受不到危機意識。身為人生前輩的哈洛德，不禁為這群人感到汗顏。

「……瑪麗翁，妳覺得呢？妳認為誰可以勝任？」

「我嗎？我……」

瑪麗翁在經過漫長的煩惱後斷言說：

「我認為百鬼夜行的里奧最適合。」

「理由是？」

「里奧確實是個王八蛋，但實力卻是歷代數一數二。其實我認為里奧才是史上最強的探索者。相信爺爺也相當清楚，那傢伙在十五歲成為探索者時，就已經是EX階喔。」

哈洛德對里奧的實力非常了解，也十分清楚他的英勇事蹟。即使他總在臉上戴著一張獅子面具隱藏真實身分，但他那身蠻橫的實力依然無庸置疑。

「可是里奧真能勝任指揮一職？」

「他沒必要負責指揮，只要帶頭衝鋒陷陣，眾人必會士氣高漲。反正七星個個特立獨行，根本沒人能駕馭他們。這麼一來，倒不如別坐鎮指揮，就讓里奧憑藉一身蠻力負責帶領眾人，這樣才是最適合擔任總指揮官的探索者。畢竟他就是擁有這等力量。如果對手是冥獄十王，相信他也會幹勁十足。」

「原來如此，這也不無道理……」

這提議倒也不錯，比起挑選時滿腦子只想避重就輕的那種人，此意見反而有考量到實際戰況。倘若在今天之前，哈洛德應該會支持瑪麗翁的提案。

不過他已遇見該名少年……

「爺爺你推薦誰呢？」

「我推薦諾艾爾・修特廉。」

「啥………？你說什麼～～～～～!?那小子不是今天才剛成立戰團的探索者嗎!?」

「準確說來是已經暫緩了。」

「所以他就連戰團都還沒成立吧!?這種貨色哪有辦法勝任總指揮官！爺爺你是老番顛了嗎!?」

哈洛德見瑪麗翁失了分寸後，忍不住放聲大笑。

「這有什麼好笑的!?」

「哈哈哈，抱歉，也沒什麼啦，純粹覺得妳會這麼驚訝也是無可厚非。」

「那還用說！」

「瑪麗翁，妳要跟我賭一把嗎？我們就賭我推薦的諾艾爾跟妳推薦的里奧，直到開戰那天到來之前，究竟是何人會站上適合擔任總指揮官的位置如何？假使妳贏了，我就把詹金斯家的宗主之位交給妳。」

瑪麗翁聽完哈洛德的話語後，眼神變得無比犀利。

「……爺爺，你是認真的嗎？」

「我當然是認真的。」

「……雖然就算萬分之一的可能性都沒有，但假如我輸了呢？」

「到時妳得去就讀新娘學校，要精通各種禮儀章法和家事，從此脫胎換骨成為最頂級的淑女。」

「咦咦!?真的假的!?」

哈洛德．詹金斯的孫女瑪麗翁．詹金斯，芳齡十八，是個繼承母親的美貌與姣好身材的少女，她將金巾帶橘的亮麗秀髮綁成馬尾，更加襯托出她與生俱來的健康美。

即便撇開為人祖父的偏袒，瑪麗翁仍屬世間罕見的美少女，不過她既粗暴又沒教養，就算擁有一副好皮囊，終究沒人敢娶她為妻。

哈洛德並非食古不化之人，不會要求孫女得遵守婦道，但他仍有個心願，就是希望孫女至少要具備最低限度的品行。

「如何？倘若妳怕輸的話，大可拒絕這個賭局喔？」

「別、別開玩笑了！你說誰怕輸啊！我就答應跟你賭一把！」

下個瞬間，哈洛德已換上一個得意的笑容。

†

離開探索者協會後，我隻身一人朝著豬鬼(Orc)棍棒亭走去。

在各間探索者專用酒吧裡，每個月都會舉辦一次由各隊隊長們才准參加的報告會。目的是互相分享工作內容，讓大家在做探索者活動時能避免節外生枝。至於酒吧老闆收集來的各種情報，也會趁此機會公開。

若是不想在情報方面落人於後，說什麼都得參加這場聚會。在洛伊德還是隊長的時候，曾說過從未有隊長缺席。原因是大家都深刻明白，情報的有無將左右生死。

由於洛伊德的背叛，我已與他恩斷義絕，因此今後就由我參加。雖說這是我第一次出席，卻也是最後一次。

我推開豬鬼棍棒亭的大門，發現其他與會者都已到齊。現在理當處於非營業時間，但唯獨各隊的隊長可以入內。

「諾艾爾，這邊這邊！」

笑著對我招招手的褐髮帥哥——正是紫電狼(lightning bite)團的隊長・沃爾夫。他坐在酒吧中央圓桌的其中一張椅子上。同桌的還有另一名平頭壯漢——他就是拳王會隊長・洛岡。

平日裡水火不容的兩人之所以能同桌，絕不是因為雙方已經和解，而是根據各隊伍的實績來決定座位。夠格坐在這張圓桌的人只有我、沃爾夫、洛岡以及紅蓮猛華的隊長維洛妮卡・雷德包恩。

維洛妮卡的職能是【魔法使】，是個擁有一頭栗子色長髮的美麗女性。聽說她是擔任後衛，身上穿著輕便的深紅色法袍。當我坐在沃爾夫和洛岡中間的座位時，位於對側椅子上的維洛妮卡，狀似相當不滿地柳眉倒豎。

「明明你是第一次參加，架子卻大到最後一個到場啊，諾艾爾。」

「但我並沒有遲到吧？」

「關鍵不在這裡，而是禮數問題。」

「原來如此，目前流行的禮數是雞蛋裡挑骨頭找人麻煩啊。我會銘記在心的。謝謝妳免費為我上一課，維洛妮卡。」

維洛妮卡聽完我的話語後，氣得更加杏眼圓睜。

「諾艾爾，你近來的名聲奇差無比。不僅如此，還聽說黑幫不惜闖進酒吧也要來找你是吧？難道你都沒考慮過要自重點嗎？」

「哎呀，維洛妮卡大小姐會怕黑幫啊。那還真是非常抱歉，我衷心地向妳致歉。」

「能麻煩你別打哈哈嗎？這件事很嚴重喔。」

岡畢諾幫一事的確是我理虧，於是我舉起雙手投降。

「不好意思，這是我的疏失，我在此向你們道歉。」

我隨即把話說下去。

「但是你們放心，今後我不會再來這間酒吧，這是我最後一次光顧此處。因為我已完成升階，也預計要成立戰團，所以先一步往上爬囉。」

「你說什麼⁉」

維洛妮卡驚呼出聲的同時，其他座位上的人也開始騷動。

「喂，諾艾爾！這是真的嗎⁉」

我對著靠過來的沃爾夫點點頭。

「這真是太厲害了！諾艾爾！恭喜你喔！話說你居然瞞到現在才說，未免也太見外了吧！我這就去把麗莎他們找來一起幫你慶祝！」

個性灑脫到有如一條腸子通到底的沃爾夫，把我當成自己人般衷心祝賀。雖然我是十分感激，卻也對他這種以善意看待競爭對手的態度不予置評。

「你的好意我心領了，畢竟你總是負債累累，口袋裡沒幾毛錢吧。光有你這句話就足夠了，謝啦，沃爾夫。」

「唔，抱、抱歉啊……」

除了沃爾夫以外，大多的探索者都露出一張寫滿嫉妒二字的陰險表情，甚至能隱約聽見他們的閒言閒語。現場唯獨沃爾夫跟洛岡的態度不同於其他人。洛岡沒有像沃爾夫那樣向我道賀，但也沒有多餘的反應，只是將雙手交叉於胸前閉上雙眼。

眾人之中神情最為懊惱的維洛妮卡，在多次深呼吸平復心情之後，於臉上擠出一張皮笑肉不笑的虛假笑容。

「恭喜你啊，諾艾爾，我打從心底祝福你喔。嗯，我是說真的。」

「謝謝妳，維洛妮卡，我也打從心底感到非常高興。嗯，我是說真的。」

「既然你已出人頭地，你出席這場會議就顯得居心叵測。難不成是想諷刺我們？還是單純想來炫耀呢？」

「居然這樣冤枉人，未免也太過分了吧。我只不過終於站上起跑點，也沒什麼好耍威風的，妳就別以小人之心度君子之腹。」

「……那你到底是為何而來？」

「畢竟我承蒙這間酒吧很長一段時間的照顧，想說順道來看看你們，才決定至少參加一次會議。換言之，就是和你們製造一些回憶。」

「居然還敢說製造回憶？你——」

在維洛妮卡氣得面紅耳赤之際，沃爾夫出面幫忙圓場說：

「別氣別氣，鬥嘴先到此為止，是時候來開會囉。」

「住口，你這頭笨狼，身為笨蛋就給我在一旁乖乖待著。」

挨罵的沃爾夫本想回嘴，卻只是張了張嘴沒說出半句話，然後默默地回到座位上。因為他明白自己在口舌方面是一點勝算也沒有。

「……唉，算了，那就開始定期會議吧。」

這場會議沒出現什麼亮眼的情報，就這麼平淡地落幕了。參加者們都露出一張結束工作的表情，紛紛走出酒吧。老實說我也很想趕緊離去，但還有一些得處理的事情。

「沃爾夫、洛岡，你們陪我喝一杯吧。」

兩人在聽見我的邀請時，都不禁瞪大雙眼。

「你忽然是怎麼了？」「你這是啥意思？」

「偶爾一次又沒關係。你們不必這麼緊張，又不會把你們抓去吃掉。」

雖然兩人一臉狐疑，但還是接受邀請。

「維洛妮卡，妳也要參加嗎？我請客喔。」

「我就心領了。」

維洛妮卡拒絕後，飛快地走出酒吧。我雙肩一聳，扭頭望向老闆。

「老闆，麻煩讓我們多待片刻，等喝完這杯就馬上離開。」

「是無所謂啦，不過記得快點啊，我還得做下午開店的準備。」

我點頭回應後，老闆端了三杯酒過來。老闆最貼心的地方，就是送上我們平日裡各自常喝的酒。

我才稍微啜了一口紅酒，沃爾夫已將臉湊了過來。

「你想聊什麼呢？既然你把這隻臭猴子也找來，想必不單純是為了搏感情吧？跟你喝酒我是很歡迎，不過多了這傢伙，美酒也會變難喝。」

「哼，那是我想說的啦，笨狼。」

「你們別夾著我在那邊吵架，我已經受夠這種事了。」

我一口氣喝光杯中的紅酒，然後斬釘截鐵地說：

「你們近來有點散漫喔。」

兩人在聽完我的指責後，都吃驚地張大嘴巴。

「沃爾夫，你剛才在會議上說過搞砸了一件很大的委託吧？為什麼會搞砸？」

「那個，就算你這樣問我……」

「討伐目標是深度五的惡魔．烏賊審神者（brain eater）吧？那確實是個強敵，但以你們紫電狼團目前的實力理當能獲勝喔。」

「那、那是因為……」

「因為運氣不好嗎？才怪，原因是你這名隊長的疏失。」

「唔……」

我緊接著望向洛岡。

「洛岡，你也一樣。即使每一次的委託都沒失手，卻沒有亮眼的戰果。為何你不去挑戰更難的委託？」

「……這跟你一點關係都沒有。」

「是沒錯啦，但瞧你塊頭這麼大，心臟卻跟跳蚤一樣小，說來還真是有意思。我問你，你到底在怕什麼？」

洛岡憤怒地瞪著我，卻還是沒有提出反駁，隨即將目光移開。

我冷笑一聲，再度來回看了看兩人。

「當我在重建隊伍原地踏步的期間，你們為何不肯繼續向前邁進？為什麼沒有趁機拉開我們之間的差距？究竟都在做些什麼？」

兩人都低下頭去，遲遲沒有說話。我嘆了口氣，將三人份的酒錢放在桌上。

「若是繼續抱持這種半吊子的心態，奉勸你們別再幹探索者了。」

事情已經處理完畢，我立刻轉身走出酒吧。

儘管不便將哈洛德老先生提供的情報直接告訴兩人，不過這樣應該能讓他們多產生一些危機意識。我並非基於個人好惡而去責難他們，但他們最近有些鬆懈也是事實。再這樣下去，他們想在探索者裡揚名立萬，將是遙不可及的夢想。

冥獄十王降世對國家而言是天大的災禍，卻也是立功的大好機會。倘若在這千載難逢的機會裡沒有打響名聲，恐怕就只能默默無聞地度過一生了。

簡言之，我的目的是想激勵兩人，希望他們可以好好把握這個機會。

我的目標是登上全探索者的頂點，這輩子只為了實現此目標而活，若有需要也會將對手擠下去。與此同時，我也認為應該讓未來有望的人們得到成長。

在只有廢物的世界裡稱王，對我來說是一點價值都沒有。於赫赫有名的諸多強敵之中，證明自己是最強的存在，才稱得上是真正的霸主，才稱得上是真正的登峰造極。

在我的所知中，那兩人都是很有前途的探索者，因此我不許他們原地踏步。既然有資格往上爬，就應該要有上進心。

那兩人最終會做出怎樣的決定，自然得端看他們自己了。

「可惡！諾艾爾那個混帳，居然在那邊大放厥詞！」

沃爾夫憤怒地一拳捶向桌面。

「哼，居然惱羞成怒，你果真是個笨蛋。」

在換來洛岡一雙白眼後，沃爾夫擺出一張臭臉。

「你這隻臭猴子也一樣被人罵得狗血淋頭，難道你就不生氣嗎？」

「那小子絕不會閒閒沒事到基於個人好惡就跑來罵人，雖然搞不懂他真正的用意，但我相信他是想激勵我們。」

「這種小事我也知道！」

沃爾夫打從一開始就明白諾艾爾的那番話並無惡意，可是因為過於一針見血，對於不慎搞砸委託的沃爾夫來說，如同一把刀子無情地扎入心中。

「我已做好覺悟了。」

洛岡一口乾了杯中的威士忌，接著說：

「我決定接受維洛妮卡的提議。」

「你說什麼……？難道維洛妮卡也找過你？」

維洛妮卡於數天前去租屋處拜訪過沃爾夫，當時她曾提過一件事，恐怕也是基於相同的理由去見洛岡吧。

「不出我所料，那女人也找過你這頭笨狼。真是個思慮周全的策士。不過那提案當真很吸引人。光靠一般的做法，根本追不上諾艾爾……」

「洛岡，我是很討厭你，因為你這個人既粗魯又傲慢，沒有一點值得我尊敬的要素，但同為率領一支隊伍的領導者，我可以理解你至今嘗過的各種辛勞，難道你當真願意放下這一切？」

沃爾夫稍微停頓一下，才張口繼續說：

「……維洛妮卡可是提議併隊喔？」

維洛妮卡當著沃爾夫的面，指出想變強的最佳途徑就是併隊。此說法確實言之有理。不過所謂的併隊，等於是讓現在的隊伍從此消失，無法繼續與從前一樣。

「我跟你不一樣，我沒打算捨棄一切。」

洛岡從座位上起身，背對著沃爾夫說：

「併隊是以成立戰團為前提，到時只要我成為團長即可。」

「意思是你想跟維洛妮卡一較高下嗎？如你之前所言，那女人是個策士，她之所以裝出一副明理的嘴臉提議合併，勢必早就想好迫使我們服從的對策，即使起身挑戰也必輸無疑喔？」

「或許吧，但我已做好覺悟，事情就這麼簡單。」

洛岡抬頭挺胸地離開酒吧，店裡只剩下沃爾夫一人。

「……混帳東西，假如輸了就等於結束喔。」

沃爾夫舉起啤酒杯，把酒一飲而盡。

「……但是真正的探索者，就算明知曾輸也勇往直前。」

接著把這段早已淡忘許久的信條輕輕地說出口。

「嗯，我已能肯定亞兒瑪妳不適合擔任後衛。」

擁有美麗金髮的精靈【弓箭手】‧麗莎，直截了當地將結論說出來，亞兒瑪聽了不禁發出嘆息。明明是朋友，講起話來卻毫不客氣。

「妳也說得太直接了吧。」

「跟妳講客套話也無濟於事呀。」

「這麼說是沒錯啦。」

亞兒瑪與諾艾爾等人分道揚鑣後，找上麗莎前往帝都附近的森林裡展開技術交流。此處也是諾艾爾曾指定亞兒瑪去捕獲鐵角兔的地點。她們互相展示各自的技能，或是模擬實戰練習，度過一段很有意義的時光。

麗莎是個非常優秀的【弓箭手】，不僅對於自身的技能駕輕就熟，戰鬥時的判斷力與機動力也近乎B階的境界。兩人做過五次實戰練習，亞兒瑪吃了兩次敗仗。雖說亞兒瑪獲勝的次數比較多，不過落敗的兩次是第四場跟第五場。也就是說，麗莎已對亞兒瑪的動向瞭若指掌。

話雖如此，也不代表麗莎比較強，畢竟在賭上生死的實戰之中，於首度交手時一刀砍下對方的腦袋即宣告結束。單論識破對方行蹤的洞察力，確實是麗莎技高一籌。麗莎也說明，這對後衛來說是至關重要的資質之一。

「粗略區分後衛的職務，分別是類似諾艾爾那樣的指揮官、利用大範圍攻擊擾亂敵方陣腳以及掩護前鋒，妳覺得這三項工作的共通點是什麼呢？」

「藉由洞察力來掌控戰局。」

「沒錯，就是掌控戰局。因為鮮少人能像諾艾爾那樣精確無比地下達命令，所以原則上都是幫忙擾敵或掩護。除了協助團隊乘勝追擊以外，當己方陷入頹勢時，於短期內協助隊友重整態勢也是很重要的工作。無論在那之後要反擊或撤退，假如大家都分身乏術的話也無濟於事。能做到這點的就只有後衛而已。因為與敵人正面交鋒的前鋒肯定會力不從心。」

麗莎的解說簡單易懂，明確指出亞兒瑪的弱點。

「畢竟你們那邊有諾艾爾，麻煩事全交給他就好，但若是諾艾爾倒下的話該怎麼辦？亞兒瑪妳有辦法勝任後衛的工作嗎？」

「小菜一碟。」

「妳為何要撒謊!?妳肯定辦不到呀！誰叫妳三兩下就衝動行事！自制力不足的人不可能有辦法勝任後衛喔！」

「唔～……」

正如麗莎所言，亞兒瑪的弱點就是容易衝動。她受亞爾戈管束時是冷靜到近乎冷血，不過自從擺脫這條枷鎖之後，彷彿因過度壓抑而變得容易情緒化。

「我就讓妳六千萬步，當作被妳說中吧。」

「聽妳胡說，就算妳沒讓步，我也說得正確無誤。」

「可是我沒有升階成後衛職能，很可能會面臨前鋒過多的窘境。」

顯現的職能是因人而異，在戰鬥系中最常見的就是【戰士】或【劍士】等前鋒職能。考慮到日後吸收新血的自由度，【斥候】升階時會盡可能挑選遠攻職能——換言之，【追擊者（chaser）】將是最佳選擇。

「妳說的是很有道理，前鋒過多的確不是什麼好現象，但我希望妳再細想一下，就算妳轉為自己並不擅長的後衛，到時反而會淪為拖油瓶。一旦完成升階，就再也無法反悔囉。」

「……也對，所以我還是選【暗殺者】比較好嗎？」

「我是這麼認為。憑諾艾爾的本事一定能駕馭的。」

憑諾艾爾的本事嗎……確實諾艾爾是位優秀的指揮官，無論亞兒瑪升階為哪種職能，他都絕對可以活用自如。

「我懂了，就這麼辦。」

亞兒瑪一陣沉思後，當她點頭認同之際——

「喂～～！麗莎～～！」

森林深處突然傳來一陣呼喚麗莎的聲音。

「喔、這聲音是……」

麗莎在接收到聲音後，稍微動了動她的精靈耳朵。

接著從森林裡走出另一名女精靈，她和麗莎一樣都穿著短裙，只多加一套皮革胸甲的輕裝打扮，就這麼任由綁了側邊麻花辮的玫瑰金秀髮隨風飄逸，快步跑了過來。

「喔～果真是麗莎！」

「奧菲莉亞前輩！好久不見！」

被麗莎稱為奧菲莉亞的女精靈，在亞兒瑪她們面前停下腳步，抬起一隻手友善地笑著打招呼。

說起精靈族，基本上是所有人都長得十分美形，不過奧菲莉亞長得尤其出眾。麗莎的容貌並不輸她，卻唯獨眼睛稍有差異。奧菲莉亞的美眸宛如一片晶瑩剔透的湖面。

「難道妳們正在實戰訓練？」

「是的，不過已經結束了。奧菲莉亞前輩剛遠征回來嗎？」

「嗯，剛回來不久。純粹是覺得比起沿著街道，直接穿過這片森林會更省時。旁邊這位朋友看起來有些面生，是妳的新同伴嗎？」

亞兒瑪感受到對方的視線後，隨即搖搖頭說：

「不是的，我是——」

「她是我的朋友，名字叫做亞兒瑪，剛成為探索者沒多久，所以我在指導她一些事情。」

麗莎不知為何搶先一步代為回答。亞兒瑪對此心生疑竇，但看出麗莎是有她的理由，於是覺得交給麗莎處理會比較好。

「這樣啊，是新人嗎？麗莎妳已是前輩了，記得要好好照顧對方喔。畢竟想培養一位新人可是非常辛苦的。」

「這種事我知道啦。」

「看妳們似乎非常要好，難道是同鄉嗎？」

亞兒瑪提問後，兩人笑著點頭肯定。

「嗯，我跟奧菲莉亞前輩是來自同個村落。」

「我們的年齡也頗為相近，不過先當上探索者的人是我。」

怪不得兩人的氣質有些相似，倘若兩人站在一起，簡直像是一對姊妹。在亞兒瑪釋懷之際，狀似與奧菲莉亞同隊的男性們走了過來。

「奧菲莉亞，妳別忽然拔腿亂跑，這樣會嚇到人耶。」

看似是擔任隊長的男【劍士】露出苦笑。亞兒瑪能一眼看出他就是隊長，是因為此人最有強者風範。

不過他的外表屬於溫文儒雅。即便身上穿著一套裝飾華麗的銀色鎧甲，長相卻溫柔到彷彿人畜無害，再加上那頭捲翹的蓬鬆金髮，更是讓人覺得他備感親切。

相較於外表看起來很親切的隊長，另外兩名男子就顯得很不好惹。肩上扛著一把大槍，身穿黑色皮甲的【槍兵】目光犀利，另一名以白布包住全身的狼獸人則是一臉嚴肅。

「抱歉，雷翁，因為看見熟人，才情不自禁跑走了。」

見奧菲莉亞調皮地伸著舌頭道歉後，雷翁露出微笑說：

「那的確是莫可奈何。那個，記得妳叫做麗莎吧？」

「是的，這位是我的朋友亞兒瑪。」

「是新人嗎？我叫做雷翁．弗雷德里克，是隊伍『天翼騎士團』的隊長。因為隊員們個個都非常優秀，所以我只是個掛名的隊長。」

面對搔著頭柔和一笑的雷翁，亞兒瑪忍不住在心中發出咂嘴聲。

雷翁這番話並沒有謙虛或嘲諷的意思，而是打從心裡這麼認為。不過亞兒瑪能肯定，雷翁的實力比起其他人是高出一個級次。這種天然呆男子是亞兒瑪很排斥的類型之一。

「機會難得，我也來幫忙介紹其他人。」

奧菲莉亞抬起手對準【槍兵】。

「這位一臉凶巴巴的【槍兵】是凱姆。」

「喂，凶巴巴這三個字是多餘的。」

凱姆摸著自己往上豎起的黑髮露出苦笑。因為此反應的緣故，原先那種凶險的氛圍舒緩許多。雖然他長得一臉凶神惡煞，但應該不是什麼壞人。

接著奧菲莉亞伸手對準狼獸人。

「這位毛茸茸獸人是伏拉卡夫。」

「……嗯。」

伏拉卡夫沒有多說什麼，只是簡單示意一下。看來是個寡言的人。

「至於我叫做奧菲莉亞，請多指教，亞兒瑪。」

奧菲莉亞最後指著自己，並露出一口白牙。

「請多指教，奧菲莉亞。」

「嗯，若有任何困難，隨時可以來找我們商量。別看我們這樣，其實挺厲害的。聯絡方式可以問麗莎。」

「你們還真親切呢。」

「畢竟大家同為探索者，就該互相幫助。尤其是最近有個怪胎在胡作非為。」

「怪胎？」

「該名同行就叫做諾艾爾・修特廉。」

亞兒瑪在聽見此名字的瞬間，便理解麗莎那詭異的態度是從何而來。

「雖然他是蒼之天外的隊長，卻霸道到將不合己意的隊員們通通趕跑。而且不只是趕跑，還把人賣去當奴隸，真叫人難以置信。」

「還真是過分耶。」

「聽說他似乎與黑幫有交情，只要看誰不順眼，就會唆使黑幫去打人。因為這傢伙過於危險，亞兒瑪妳也要小心點喔。」

「我知道了，我會當心的。」

當真是人言可畏。其實亞兒瑪可以代為反駁，偏偏有一半以上都所言不假，導致她敢怒不敢言。

「奧菲莉亞，僅憑傳聞去評斷一個人並不妥，我們都尚未實際確認過吧？在無法確定真偽之前，不該對新人危言聳聽。」

雷翁開口勸戒後，奧菲莉亞雙肩一聳。

「俗話說無風不起浪，就算無法確定傳聞的真偽，身為探索者仍應該對危險要有高度警覺，尤其是對新人來說。」

「就算這樣也不行，奧菲莉亞，我討厭在確認真相前隨意說人閒話。」

面對措辭嚴厲的譴責，奧菲莉亞的長耳朵垂了下來。

「我、我知道了嘛，抱歉……」

在見到奧菲莉亞立刻聽話的反應，亞兒瑪已明白雷翁的領導資質。看來他不光是實力堅強，也具備規範成員的能力。

「那我們先走了，很抱歉打擾到二位。」

雷翁柔和一笑，便朝著帝都的方向往前走。凱姆和伏拉卡夫緊跟在後，奧菲莉亞則是對亞兒瑪她們揮手道別完，也立刻追了上去。

「先拜拜囉～二位！」

在目送天翼騎士團的人遠去之後，亞兒瑪望向麗莎。

「真是有趣的一群人。」

「對吧？相信亞兒瑪妳已經看出來，他們也非常厲害。」

「嗯，又以那位名叫雷翁的男子特別棘手。」

「雷翁先生是B階探索者之中最頂尖的。」

「果然沒錯。」

「雖然其他人也頗有一套，但雷翁先生特別突出。天翼騎士團之所以能達成屠龍的壯舉闖出名堂，主要都是多虧身為隊長的他。」

「那怎麼還是隊伍？既然這麼厲害，為何不成立戰團呢？」

看著亞兒瑪不解地歪過頭去，麗莎尷尬地露出苦笑。

「因為那群人的原則就是謙虛穩健，明明實力早已達到創立戰團的水準，卻想貫徹一步一腳印往上爬的方針，但我相信他們差不多該成立戰團了吧？」

「喔～這麼謹慎啊。」

諾艾爾聽了這些會作何感想？十之八九會嗤之以鼻數落吧。對於想登上頂點的人來說，過度謹慎者跟死人無異。

「與諾艾爾是恰恰相反。」

我結束夜間慢跑的訓練後，一名男子從暗處走了過來。

「嗨，諾艾爾大老，我已完成你交代的工作囉。」

該男子是情報販子洛基。我調整好紊亂的呼吸，領著他前往四下無人的地點。即使已是漫天星斗，但距離店家打烊的時間還稍嫌太早，城牆周圍仍是人來人往。

洛基交出的紙袋裡裝了一大疊資料，我拿在手中逐一過目。雖說每次都是如此，但他當真很有一套，所有需要的資料是一應俱全。

「內容已確認好了，這是你的報酬。」

洛基見我準備掏錢，連忙搖頭說：

「我不能跟大老你收錢。」

「若是基於之前那件事，我已說過兩不相欠了吧？」

「是沒錯啦，但理虧的終究是我……」

「我已接受你的道歉，你也為此彌補過我，所以這筆報酬是你應得的。」

洛基見我把錢硬塞給他，神情顯得有些苦澀。

「沒想到大老你還挺固執的。」

「單純是我知道天底下沒有比免費更可怕的東西。」

「你這是什麼意思!?難道認為我會再背叛你嗎!?」

「我不是這個意思，純粹是單方面接受對方好意的關係很快就會變調。既然你也是行家，肯定能聽懂吧？」

「是、是沒錯啦……」

我瞄了一眼吞吞吐吐的洛基，開始加快翻閱的速度。

「人老，你這次又打著什麼歪主意啊？」

「我並沒有打什麼歪主意。」

「少騙人了，要是你沒有打歪主意的話，又怎會委託我去收集帝都內所有B階探索者的情報。」

聽著洛基篤定的口吻，我回以苦笑。

「我說洛基啊。」

「怎樣？」

「B階裡最強的探索者，果真就是雷翁．弗雷德里克吧？」

「沒錯，雷翁很厲害，他率領的天翼騎士團也非常優秀。」

「這樣啊，當真一如傳聞。」

我恰好翻到天翼騎士團的資料，上頭貼有各個成員被偷拍的照片。

凱姆．拉札，二十二歲，【槍兵】系B階職能【戰槍（rampage）】。

奧菲莉亞．梅瑟戴斯，四十歲，【弓箭手】系B階職能【鷹眼（hawk eye）】。

伏拉卡夫．羅茲肯德，二十歲，【魔法使】系B階職能【召喚士】。

最後是雷翁．弗雷德里克，二十二歲，【劍士】系B階職能【騎士（knight）】。

雖然人數偏少，可是他們的能力與實績早已遠超出區區隊伍的水準，甚至足以匹敵中堅戰團。

太出色了，這真是太出色了。

「大老，儘管你矢口否認，卻露出一張壞人臉喔。」

在聽見洛基的提醒後，我稍微摸了摸自己的臉。在我不知不覺間，一個殘酷的笑容正掛在我的臉上。

†

「我們從今天起改去另一間酒吧，名字叫做大怪鳥(rock bird)喙亭。」

夜晚是探索者們在酒吧找樂子的時間，把亞兒瑪與昊牙找來的我，當場宣布集合地點從豬鬼棍棒亭改至其他酒吧。

「大怪鳥喙亭……？先、先等一下，諾艾爾，老子記得那裡是B階最頂尖的探索者才准進去吧？」

「怎麼？你知道啦？說得沒錯。」

昊牙見我點頭肯定後，瞪大雙眼將身子向後仰。

「你、你是認真的嗎？雖說老子才剛成為探索者沒多久，卻已聽說各酒吧會依照實績與職能階級設定入店門檻。光憑現在的我們，一走進大怪鳥喙亭就會被人轟出來喔？」

「一般來說是這樣，不過任何規定都有後門能走，對吧？亞兒瑪。」

親身經歷過的亞兒瑪聳聳肩，笑說：

「只要讓店內常客承認自己的實力對吧？就像我當時揍扁那隻猴子一樣。不過這次是B階最頂尖的探索者們，光憑我們目前的戰力應該有困難喔。畢竟我跟諾艾爾你才剛升階，昊牙則只是C階而已。」

C階與B階之間並沒有無法跨越的鴻溝，在做足準備的情況下，C階仍有很高的機會戰勝B階。不過單就基本能力來說，終究是升階過的B階占優勢。即使想活用戰術應戰，倘若對手刻意打造出雙方只能硬碰硬的局面，我方將不堪一擊。

「既然如此，還是換間酒吧，找個符合我們水準的地方吧。」

面對一臉憂心忡忡的昊牙，我笑著搖搖頭。

「沒關係，我們不必向現實妥協。」

「可、可是……」

「你看著吧，大家會歡迎我們的。」

我加快腳步後，兩人迅速跟了上來，沒走多久便看見目的地，我毫不猶豫地推開酒吧大門。放眼望去，店內有多名一看就知道是身經百戰的高手。他們散發出來的壓迫感，強烈到完全不是豬鬼棍棒亭的探索者們所能比擬。

對準我們這群新人的目光，絕大多數都散發出犀利的敵意，同時參雜著期待我們接下來會發生什麼事的眼神。

「從沒在這裡見過妳耶，小妹妹，妳是打哪來的探索者啊？」

一名身穿黑色鎧甲的鷹勾鼻壯漢，露出猥瑣的笑容走過來。那張傷痕累累的面容，就是多次出生入死的證明吧。

「我不是小妹妹，而是男的。」

「你是男的～？哈，我聽你在放屁，哪有男人長得這麼標致。就算你當真是帶把的，你終究是個小娃娃。」

壯漢彷彿想炫耀般摸著臉上的傷痕，有恃無恐地低頭俯視我。能感受到昊牙跟亞兒瑪準備拔出武器，我便以手勢制止他們。

「原來臉上有傷就是男人啊，那你肯定很想當男人囉。我倒想問問你當真是帶把的嗎？小娃娃。」

「混帳，你說什麼……」

我對著板起臉來的壯漢露出冷笑，接著扯開嗓門以店內所有人都能聽見的音量說：

「想想我還沒自我介紹，我是【話術士】諾艾爾・修特廉，蒼之天外的隊長，今後會出入這間酒吧，請多指教啊。」

此話一出，周圍瞬間一片譁然，並立刻傳來謾罵聲。

「別開玩笑了！你這個菜鳥！休想有誰會承認你以客人的身分進出這裡！」

「蒼之天外是跟黑幫掛勾的隊伍吧！像你這樣的瘟神豈會有容身處!?」

「【話術士】只是個糞渣職能，奉勸你別自命不凡！」

「看了就礙眼，立刻把他轟出去！」

面對觀眾的漫天叫罵，壯漢一臉得意地揚起嘴角。

「在場的人都這麼認為，你想哭著求饒就趁現在喔？」

「真野蠻耶，但我也不排斥這種乾脆的做法。」

「區區【話術士】還敢說大話。好啊，跟我到外面去，看我一併收拾你們。」

壯漢用下巴示意去酒吧外面解決，但我往前站了一步。

「你打算一個人跟我們三人動手嗎？還真有自信耶，戰鷲烈爪（war eagle）的突擊隊長艾德賈。只不過是個把戰團交給幹部管理的探索者，憑你這種拙劣的洞察力，真虧你能夠擔此重任。」

壯漢——艾德賈聽了先是顯得有些退縮，但隨即就重拾氣勢說：

「哼，你想藉此表示已摸清我的底細，早就想好對策是嗎？你這個菜鳥還是太嫩了，我馬上就讓你明白，你我的應對能力相差得——」

面對還想繼續大放厥詞的艾德賈，我壓低音量打斷他的話語說：

「男生叫做布魯諾，女生叫做卡雀雅是嗎？真是好名字，能讓人感受到滿滿的愛。」

「…………咦？」

艾德賈瞬間臉色刷白，我繼續往前跨出一步。

「你還沒跟同伴說過自己交了女朋友，而且生下一對孩子是吧？恭喜你啊，艾德賈，就由我第一個來恭喜你。」

「你、你怎會知道這些……？」

「業界機密。比起這個，你想跟我動手是嗎？」

我抬頭對著艾德賈露出燦爛的笑容。

「我是可以如你所願來打一場，但我奉勸你記清楚一件事，假如你想跟我打一場，就麻煩你賭上自身一切。」

「臭、臭小子……」

艾德賈聽到我暗指會對他的家人不利之後，隨即換上一張怒火與恐懼參半的複雜表情。當然這種下三濫的做法，我根本不屑去做。

不過我打從一開始就非常清楚，這類威脅對於像他那種自以為能單方面蹂躪對手的笨蛋是效果顯著。古人曾說撒謊乃權宜之計，想想還真是貼切。

「喂，艾德賈！你怎麼啦!?」

艾德賈的同伴們察覺情況有異，準備起身接近。若是他的同夥來攪局會很棘手。於是我立刻對艾德賈低語說：

「只要你的同伴一接近，我就視為開戰的信號，你已做好覺悟了嗎？」

「別、別過來！我一個人沒問題！」

艾德賈選擇屈服。這麼一來，他已不是我的對手。

「看你似乎想避免跟我動手吧。這是個明智的抉擇。」

「……你、你這個惡魔。」

「惡魔？這形容聽起來還不錯，我不介意。話說回來，如果你沒事就快滾，少在這裡擋路。」

「唔、唔～……」

艾德賈沒有讓路，只是咬緊牙根發出呻吟。我聳聳肩冷笑一聲，然後——以充滿殺氣的眼神朝他一瞪。

「滾，要不然宰了你。」

「咿！」

艾德賈發出驚呼迅速退開。我大搖大擺地從他讓出的那條路往前走，然後找了張空座位坐下。亞兒瑪和昊牙則是紛紛露出傻眼的表情跟著就座。

其他探索者見到艾德賈不敢輕舉妄動後，只能默認我光顧這裡。即便內心對此相當排斥，卻已明白隨意出手會很危險。

艾德賈是大怪鳥喙亭裡數一數二的高手，想逼退他絕非易事，因此見到我輕鬆辦到之後，任誰都不想引火上身。

「諾艾爾，經此一事老子已清楚明白，所有人之中最可怕的就是你。」

「雖然我是百般不願，卻也深有同感。諾艾爾，你根本是個惡霸。」

面對兩人感觸良深的真心話，我不禁回以苦笑。

「冤枉啊，天底下可找不出一個比我更善良的人喔？」

在新酒吧用餐當真很有新鮮感，同時能促進食慾。由於今後必須承蒙此酒吧老闆的關照，為了討好對方，我點了許多昂貴的美酒和餐點，亞兒瑪跟昊牙也吃得津津有味。

現在已順利進入酒吧，但尚未完成最主要的目的。我喝著紅酒，一直注視著店門口。就在這時，終於有其他客人推門走了進來。

「天翼騎士團上門了。」

雖說是第一次見到這群人，但外表一如洛基提供的資料。隊長雷翁帶頭走進店內，另外三名同伴則跟隨在後。

那麼，該如何與對方接觸呢？

在我模擬各種情況之際，接下來的發展卻出乎我的預料。

「咦，這不是小亞嗎？記得妳是新人吧？怎麼會出現在這裡呢？」

天翼騎士團的其中一名成員・精靈奧菲莉亞向亞兒瑪攀談。

『亞兒瑪，妳認識她嗎？』

我利用話術技能《思考共有（link）》將意念傳給亞兒瑪，亞兒瑪立刻回答。

『是麗莎認識她，我只跟她見過一次面。』

『喲～是麗莎啊。』

記得她的姓氏也是梅瑟戴斯，想必是來自同個村落。

『諾艾爾，你當心點，這位精靈因為傳聞的關係對你有偏見，難保不會起糾紛。』

偏見？這對我而言是再好不過，最適合用來搧風點火。只要迫使對方情緒化，將能更深入了解對方的本性。

『亞兒瑪，妳跟奧菲莉亞是朋友嗎？』

『不是的，就像我剛才說的，我跟她只是一面之緣。』

『那就來挑釁她吧。』

我此話一出，透過心電感應能聽見亞兒瑪發出歡愉的笑聲。

『雖然諾艾爾的這部分當真是非常差勁，但我並不排斥。』

儘管亞兒瑪是個笨蛋，不過我也很喜歡她這種隨和的個性。

「妳好，奧菲莉亞。」

亞兒瑪打完招呼後，奧菲莉亞走了過來。

「這兩位是妳的同伴嗎？」

「沒錯，是我的隊友。」

「這、這樣啊……都是些生面孔，真虧你們沒被趕出去耶？」

「大家都很親切，不僅笑著歡迎我們，還給我們點心吃。」

奧菲莉亞不禁皺眉，理由是亞兒瑪擺明在睜眼說瞎話。即使不太明顯，仍能感受出她有稍稍提高警覺，並散發出些許敵意。

「……對了，妳似乎尚未介紹過自己隸屬哪個隊伍吧？」

「也對。我的隊伍叫做蒼之天外。」

「妳說什麼!?」

看著驚呼出聲的奧菲莉亞，亞兒瑪不禁輕笑出聲。

「抱歉這樣瞞著妳，奧菲莉亞。」

「所、所以說……這邊這位就是……隊長？」

被對方點名後，我得意洋洋地點了個頭。不愧是老手，一眼就看出我是隊長。

「沒錯，我就是隊長諾艾爾·修特廉。」

「諾艾爾·修特廉……你就是傳聞中……」

看來奧菲莉亞聽到的傳聞都相當不堪入耳，只見她露出充滿敵意的表情。她表現出來的仇視與厭惡感，讓人懷疑隨時都會拉弓攻擊我。

「哎呀，瞧妳殺氣騰騰的樣子，難道有話想對我說？」

「……也沒什麼，若你介意的話，何不捫心自問呢？」

我依言摸向自己的胸口，接著納悶地歪過頭去。

「我只聽見自己規律的心跳聲耶。」

「像你這種把同伴賣去當奴隸的傢伙，真虧你有臉這麼說……」

「啊～是指這件事啊。畢竟我以高價將他們賣給黑幫，想想也為我打下不錯的根基，這世道需要的果真是好同伴呢。」

「你!!」

奧菲莉亞氣得準備抓住我的手臂時，昊牙一腳踢開椅子，迅速擋在我們之間，並將手放在刀柄上。

「這位精靈小姊姊，動粗就是不對的。不管怎麼說，他終究是老子隊伍裡最重要的老大。假如妳執意出手，就請妳做好相應的覺悟。」

「真是一條忠心的狗，追隨這種把同伴賣去當奴隸的隊長真是暴殄天物。」

「妳想怎麼說老子都沒關係，不過老子奉勸妳接下來最好想清楚再開口——別逼老子真的拔出刀來。」

「你……」

昊牙一出言威脅，奧菲莉亞就嚇得不敢輕舉妄動。竟能光靠氣勢壓制住比自己高階的對手，他果真非常優秀。其實亞兒瑪也在同一時間做出反應，卻因為迎頭撞上昊牙的鎧甲而開始流鼻血，現在是淚眼汪汪地仰著頭想止住鼻血。

「奧菲莉亞，發生什麼事嗎？」

身為隊長的雷翁，一臉擔憂地過來關心情況。

「你的同伴不分青紅皂白準備對我動手。」

我搶先一步回答後，奧菲莉亞被堵得百口莫辯，只能面紅耳赤地生悶氣。

「是這樣嗎？奧菲莉亞。」

「……抱、抱歉，是我一時衝動了……」

「這樣啊……」

雷翁轉身面向我，瀟脫地鞠躬致歉。

「真是非常抱歉，是我的同伴冒犯了。」

「無妨，但為了避免重蹈覆轍，能麻煩你帶回去好好管教嗎？即便是狗，只要管教過就不會亂咬人，難道你的同伴比狗還不如嗎？」

「……比狗……還不如？」

雷翁散發出驚人的怒意，當他抬起頭來時，表情猙獰得宛如鬼神。

「能麻煩你收回前言嗎？」

「你現在是想翻臉不認帳嗎？這樣的道德觀真叫人欽佩呢。」

「我願意為同伴的無禮向你道歉，而且要我鞠躬幾次都沒問題。但就算這樣，你也沒資格出言侮辱奧菲莉亞。」

「說穿了就是你想把事情鬧成雙方都有錯。沒想到你還挺精明的嘛。」

雷翁被我譏諷後，不悅地皺起眉頭。

「你到底是……」

「雷翁，你別跟他講道理，他就是惡名昭彰的諾艾爾·修特廉。照此情形看來，那些傳聞全都屬實……」

在聽完奧菲莉亞的說明後，雖然雷翁的臉上寫滿驚訝，卻釋然地點了一下頭。

「原來你就是……」

「你們是哪來的小女生嗎？居然這麼喜歡聽八卦，難道副業是辦家家酒嗎？還是玩布娃娃呢？」

「你這個人真差勁，不懂得珍惜同伴的人，沒有資格成為探索者。」

面對雷翁這段有趣的發言，我忍不住笑噴出聲。

「你說的資格，我老早就已經取得了。還是怎樣？沒得到你的認同就不能當探索者嗎？哦哦，我都不知道有這回事。原來你不只已經登上探索者的頂端，甚至夠格去支配探索者協會呀。」

「你就儘管秉持這種愛侮辱人的生活方式，但終有一天會遭報應的。」

「怎麼？這次想自詡為神嗎？你這傢伙有點太猖狂囉。奉勸你最好搞清楚自己的斤兩，要不然終有一天會遭報應喔。」

雷翁因為我模仿他說話而氣得雙肩顫抖，但也沒有多說什麼，只是默默地轉身離開酒吧。

「雷翁，你等一下啦！」

奧菲莉亞追了上去。終於察覺情況有異的另外兩名同伴，也跟著走出酒吧。

「你們兩個最好記清楚，探索者的世界是吃與被吃，可是並非弱者就會任人宰割，最終淪為盤中飧的每次都是傲慢之人。轉身背對敵人的行為根本是愚蠢至極，此舉與拜託對方殺了自己毫無分別。」

「也就是說，那個計畫——就用在他們身上嗎？」

對於昊牙的提問，我點頭肯定。

「所謂的實績往往都是相對的，出現比較對象才具有意義。換言之，只要我們能證明自己比其他優秀的探索者更出色，就會成為我們的實績。惡魔無法藉由話術來籠絡，但人類就不一樣了。無論怎樣的強者，是否中計往往都在一念之間。到時候，不管想如何處置對手都隨我們高興。」

我喝了一口紅酒，加深臉上的笑意接著說：

「就讓天翼騎士團成為我們的踏腳石。」

二章：那條蛇是有長翅膀的

雷翁步出大怪鳥喙亭，一語不發地走在夜晚的街道上。為的是讓頭腦冷卻下來。在被人那樣罵得狗血淋頭後，他沒信心能繼續保持冷靜，因此才決定趁著事態變嚴重前，自己先轉身離去會比較好。

「雷翁，你快點停下來！都要走到城鎮外囉！」

雷翁忽然被人從背後拉住手，他回頭看去，才發現另一隻手的主人是奧菲莉亞。

「啊……」

奧菲莉亞顯得相當不安，跟在後面的凱姆和伏拉卡夫也露出相同的表情。

雷翁本想稍微吹吹夜風，卻似乎已四處徘徊好一陣子。其中令他最愧疚的一點，就是連累同伴們跟著他四處亂走。

「你走了大半天，心情有稍微好點嗎？」

凱姆露出苦笑說完後，雷翁便鞠躬道歉說：

「抱歉，各位，我剛才似乎滿腦子都在想事情……」

「這真不像是你平日的風格，即便我當時不在場，並不清楚詳細狀況，但也只是一個囂張小鬼耍耍嘴皮子，就讓你完全亂了方寸嗎？」

「唔、嗯，也是啦……」

伏拉卡夫接近含糊回答的雷翁，用鼻子嗅了幾下。

「貧僧沒發現遭受精神異常狀態影響的痕跡。」

「如此一來，問題就出在你身上。」

凱姆雙手環胸，狐疑地歪過頭去。

「究竟發生了什麼事，你們一五一十地解釋清楚。」

「好吧……」

身為當事者的雷翁和奧菲莉亞，輪流細說各自發生的事情。像這樣重新解釋自己的行為後，能讓人更客觀地審視情況，因此雷翁越來越感到無地自容。實際上當凱姆聽完來龍去脈後，忍不住取笑起兩人。

「原來如此，照這樣聽來，是你們兩人不對。」

「咦咦！為什麼!?明明不對的是——好痛！」

奧菲莉亞正打算反駁之際，卻被凱姆用長槍末端擊中腹部。

「也不想想是哪個笨蛋隨意聽信謠言，從一開始就擺出咄咄逼人的態度啊？」

「這、這部分確實是我不好……不過當事人也承認啦？」

「妳這個大蠢呆，倘若當真做了虧心事，豈會那樣大方承認。」

「咦，所以他在騙人嗎？為何要說這種謊話呢？」

「這我就不清楚了。我目前能想到的，就是他想反過來利用這個負面傳聞吧？畢竟有句話是惡名昭彰總比默默無聞好多了。」

「咦咦？那樣的話——痛痛痛痛痛！別戳了別戳了！」

奧菲莉亞被凱姆用長槍打了好幾下，因再也忍不住疼痛而躲到伏拉卡夫的背後，接著稍稍探出頭來，露出一道憤恨的眼神。

「就算傳聞一切屬實，妳跟對方非親非故，何必單方面去找碴。少在那邊任由正義感失控啦，笨蛋。」

「唔～……」

這是再中肯不過的論調。無論自身立場再站得住腳，也必須顧慮周遭情況。奧菲莉亞被堵得百口莫辯，只能淚眼汪汪地垂下她的長耳朵。

「雷翁，你也一樣。」

「嗯，我已經在反省了……」

「不管是探索者的資格或報應，你終究還是偏離主題了。你應該指責的部分是對方出言侮辱同伴吧？當你被人挑釁偏離爭論點的瞬間，你就已經失去正當性了。」

「嗯，正是如此，是我錯了……」

這段指正不光刺耳，更是扎入心坎裡，因此雷翁豈敢提出駁斥。不管諾艾爾有何居心，終究是雷翁偏離爭論點。只不過是一般探索者的雷翁，自然沒有資格那樣高高在上地指責他人。

「我這就去向他道歉，你們先回去——唔呃！」

雷翁因為被人一把抓住後領，導致領口直接勒住他的脖子。至於抓住衣領的人是凱姆。

「你給我站住，現在去道歉只會把事情鬧大。而且你去道歉的話，被指責比狗還不如的奧菲莉亞又顏面何存？」

「可、可是……」

「若想再次與對方接觸，最好先把傳聞調查清楚。畢竟這次爆發口角的原因就在此吧？難道你想重蹈覆轍嗎？」

「說、說得也是……」

的確就算想道歉，還是得謹慎行事。雷翁點頭同意後，仍躲在伏拉卡夫背後的奧菲莉亞舉起一隻手提問。

「其實我一直很好奇，蒼之天外是如何得到其他探索者的認同？如果按照慣例的話，他們早該被轟出酒吧了。」

「想必是我們去酒吧前發生什麼事吧？假使能搞清楚就好了……」

凱姆露出苦笑，用手指搓了搓自己的下巴。

「畢竟其他探索者都排斥貧僧等人，眼下也無法向人打聽。」

面對伏拉卡夫直白的發言，雷翁和奧菲莉亞不禁發出嘆息。

天翼騎士團遭其他探索者所厭惡是不爭的事實，但他們絕無偏離世俗常規，真要說來是時時警惕自己要走在正道上。

實際上曾有一名新聞記者報導過雷翁等人，稱讚他們總會抱持一顆禮貌與耿直的心，宛如一群活生生從童話裡走出來，四處行俠仗義的騎士們。

因此才稱為騎士團。至於天翼二字是源自於擔任隊長的雷翁，他所配戴的盾牌上有羽翼浮雕。沒錯，其實天翼騎士團這個名稱，原本是世人所賦予他們的外號。

雷翁他們起先對此外號感到困惑，認為這是過度的吹捧，同時也覺得是個壓力。但現在就不同了，天翼騎士團這個隊名對四人而言是一種榮耀。為了不辱此名，雷翁等人已付出遠超過名聲之上的努力。

可是其他探索者並不這麼認為，經常在私下辱罵雷翁等人是一群討厭的偽善者，沒有一人肯與他們交好。畢竟探索者原則上就是一群粗人，絕大多數嚴格說來都是些問題人物。受世人讚許品行端正的天翼騎士團，對一般探索者來說根本就是礙眼的存在。

雷翁他們遭人暗算的情況，截至今日不光只碰上一、兩次。雖然都有成功擊退，卻遲遲沒能揪出幕後黑手，今後恐怕也會持續下去。當然四人不打算忍氣吞聲，終有一天會了結此事。

「……等等，去找麗莎應該能打聽出一些情報吧？即使諾艾爾跟麗莎隸屬於不同隊伍，至少曾待過同一間酒吧不是嗎？」

奧菲莉亞經凱姆這麼提醒後，恍然大悟地睜大雙眼。

「對耶……我都差點忘了……」

「忘妳個大頭鬼啦！麗莎肯定握有最正確的情報啊！偏偏妳只因為傳聞就做出蠢事！」

「好痛好痛！對不起嘛對不起嘛！」

凱姆氣得把躲在伏拉卡夫背後的奧菲莉亞拖出來，拿捏在不會打傷人的力道不斷用長槍末端攻擊奧菲莉亞。

「那兩人還真是要好耶……」

雷翁想徵求同意地望向伏拉卡夫，伏拉卡夫就只是雙肩一聳當作回應。

奧菲莉亞和伏拉卡夫決定先回去休息，雷翁與凱姆則是前往經常光顧的小酒吧。該處不同於探索者專用酒吧，即便空間狹小，現場氣氛卻能給人帶來平靜，像這種內心疲憊的日子裡最適合來此喝一杯。

「那麼，實際上究竟是怎樣啊？」

兩人坐在吧檯一角喝酒時，凱姆冷不防地拋出這個問題。

「此話怎說？」

「為何你會那麼生氣？」

「這個嘛……」

雷翁無法忍受他人那樣詆毀奧菲莉亞，平常卻能更冷靜應對，反觀這次竟醜態畢露。

「我也不太清楚耶……」

「我想應該是基於嫉妒吧？」

「嫉妒？」

見雷翁困惑地歪過頭，凱姆吃了一顆乾炒豆子點頭說：

「記得諾艾爾才十六歲左右吧？這樣的小鬼頭突然現身於大怪鳥喙亭，而且還擺出一副跩樣，任誰看了不嫉妒才怪。奧菲莉亞之所以會失控，大概也是基於相同的理由。」

「這樣啊……嫉妒嗎……」

經凱姆的提點，雷翁這才終於釋懷。恐怕此分析是再正確不過。

「你可別跟奧菲莉亞說喔，那丫頭總愛鑽牛角尖，倘若明白自己是出於嫉妒，肯定會窩在屋子裡不出門。」

「呵呵，這我知道。不過這麼一來，我們當真是太自私了……到時就算再怎麼向諾艾爾先生道歉也難以彌補。」

「是嗎？我倒覺得這是健全的反應。產生對抗心是好事，也能化為成長的動力。」

「即使給對方添麻煩嗎？」

「我相信諾艾爾不會放在心上。而且啊，我覺得蒼之天外能成為天翼騎士團的好對手喔。」

面對凱姆出人意表的一席話，雷翁不由得眨了眨眼睛。

「為何你會這麼認為呢？」

「因為都是遭人排擠的隊伍。」

對於這再直白不過的答案，雷翁不禁笑噴出聲。

「哈哈哈，原來如此，的確是很有道理。」

像這樣開完玩笑後，雷翁也整理好自己的心情。

「雖然我還不清楚諾艾爾先生的來歷，但恐怕他真的很有一套。他還那麼年輕，而且又是個【話術士】，卻沿著成功的道路不斷往上爬。」

「又開始嫉妒了？」

「沒那回事，純粹是對他抱持敬意。嗯，他真的非常厲害。」

「直率是美德，但身為前輩任由對手迎頭趕上，就有些不妥吧？對吧？都已二十二歲還在當單身狗的雷翁・弗雷德里克先生。」

「無論是年紀以及單身，凱姆你跟我是半斤八兩吧。」

其實雷翁和凱姆是來自同鄉的兒時玩伴。起先立志想成為探索者的人，是個性比較像鄰家大哥的凱姆，雷翁單純是以陪同者的身分跟來帝都，一同就讀培養學校後，最終都成為探索者。

之後他們結識奧菲莉亞，接著伏拉卡夫也加入隊伍，儘管雷翁莫名成為隊長，不過隊伍的精神領袖其實是凱姆。就算總是一同並肩作戰，雷翁的內心深處仍把凱姆敬為兄長。

「我們離鄉背井出外打拚也有一段時間。我說雷翁啊，我們也該踏入下個階段了吧？此話指的就是創立戰團。」

凱姆從懷裡拿出一封信放在桌上，雷翁過目後，發現內容與自己今早收到的信件一模一樣。寄件人是探索者協會，主旨是催促有實力的隊伍趕緊成立戰團。

「原來凱姆你也有收到啊。」

「根據我打聽到的消息，其他隊伍似乎也有收到喔？」

「你不覺得很奇怪嗎？為何協會突然催促大家趕緊成立戰團？這可是史上頭一遭耶。」

「我也不清楚，但想必是有其理由，而我也認為這是個好機會。關於強制保險金，我們已有能力立刻拿出來。就算我們還沒有戰團基地，仍舊可以暫時填寫其中一名成員的租屋處。雷翁，你覺得呢？」

「我想想喔……」

憑天翼騎士團的實績早已能夠創立戰團，之所以會拖延至今，是雷翁希望能以更完善的狀態站上起跑點。倘若面試時獲得肯定，順利有個好的起步，戰團日後將更易於發展。全體成員也一致同意這個方針。

「我也認為這是個好機會，但還是得聽聽另外兩人的意見。」

「啊～關於這件事，他們都表示沒意見。」

「咦咦⁉所以你們已經討論過了⁉而且是撇下身為隊長的我⁉」

「那兩人也說有收到信，於是我們就順著話題討論過了。」

即便如此，雷翁仍感到相當傻眼。

「雖然我也明白自己只是個掛名的隊長，但你們也太過分了吧……」

「抱歉咩！你就別鬧脾氣了嘛！」

凱姆如同小時候那樣與雷翁勾肩搭背，而雷翁就只是無奈地發出一聲嘆息。

俗話說打鐵趁熱，於是雷翁隔天為了提交創立戰團的申請，便帶著凱姆一同前往探索者協會館。奧菲莉亞和伏拉卡夫則因為有事不便同行。

雷翁向櫃檯小姐表明來意後，馬上被帶往會客室。一般來說都得先預約，與正式面試的日子通常會相隔好幾天，之所以出現這樣的結果也是有原因嗎？

兩人在會客室等了一段時間，終於有一位身穿燕尾服的白髮老紳士走進來。

「我是探索者協會的三號監察官哈洛德．詹金斯，今後還請二位多多指教。」

「我是天翼騎士團的隊長雷翁．弗雷德里克。」

雙方在打完招呼後，哈洛德露出親切的笑容說：

「關於天翼騎士團的功績，我也不時有所耳聞。非官方組織的最強隊伍終於下定決心要成立戰團，我是打從心底感到非常高興。」

「您過獎了，我們還得繼續精進。」

「天翼騎士團可是達成屠龍的壯舉，因此你無須那麼謙虛。況且光憑四人就完成中堅戰團才有辦法實現的各種偉業，你應該要為此感到自豪才對。有的時候，謙虛只會造成反感。」

所謂的屠龍，一如字面所言就是成功討伐龍族惡魔。龍族在惡魔裡是相當強大的種類之一，即便是中堅戰團也會感到棘手。基於此原因，討伐龍族對探索者而言是一項莫大的功績。

天翼騎士團完成討伐的是森林邪龍（Ajatar），屬於深度七的惡魔。儘管它沒有飛行能力，身上卻布滿堅硬的龍鱗，會施展猛毒吐息，而且是個能隱身的頑強對手，但他們還是順利完成討伐。時間恰好就在一年前。

「那我們就進入主題吧。諸位確實擁有輝煌的實績，又是一支品行有目共睹的隊伍，理當無須面試就能通過審核。關於這點我是舉雙手贊成，只不過——」

哈洛德暫時止住話語，垂下眉毛露出一臉哀傷。

「探索者協會依然決定駁回天翼騎士團成立戰團的申請。」

這情況完全能用晴天霹靂一詞來形容。雷翁與凱姆先是驚呆好一陣子，隨後便異口同聲大喊。

「駁回申請是什麼意思!?」「駁回申請是啥意思!?」

「二位會感到困惑也是無可厚非。我接下來會向你們解釋，但在此之前請答應我一件事，接下來的內容切勿外傳，相信你們應該辦得到吧？」

雷翁跟凱姆對看一眼，立刻點頭同意。

「好的，我們保證不會說出去。」

「那我就開門見山說了，其實是冥獄十王將於近期內降世。」

「冥獄十王⁉」

「沒錯，因此我們探索者協會決定縮減創立的戰團數量。理由很簡單，為了有效提升戰團的戰力，我們會避免交付的委託過於分散。」

「也就是說，我們沒有達到接受國家栽培的水準嗎？」

雷翁嗓音顫抖地詢問後，哈洛德點頭以對。

「是的，雷翁先生，你們的確非常優秀，但在發展性上又不禁令人質疑。當諸位於一年前討伐完森林邪龍，獲得屠龍的稱號時，為什麼沒有馬上創立戰團？無論是實績或資金，對你們來說應當都綽綽有餘。」

「我們是打算以更完善的狀態創立戰團……」

「謹慎是好事，不過這份謹慎也成了隱憂。我們擔心天翼騎士團在成立戰團後，當真能變得比現在更強嗎？比起繼續往上爬，會不會為了安定的地位而變得保守？」

「不、不會吧……」

本想一飛沖天的謹慎態度，如今卻適得其反。對此情況始料未及的雷翁，大受打擊到腦中一片空白。

「請等一下！是你們建議我們創立戰團耶！現在卻臨時反悔，這究竟是什麼意思

!?」

凱姆大吼出聲，將收到的信一掌拍在桌上。

「這封信是哪來的？」

哈洛德把信拿在手中仔細端詳，接著困惑地歪過頭去。

「協會並沒有寄出這種信喔。」

「豈有此理！那又是誰寄的!?」

「這我就不清楚了，也許是誰的惡作劇吧。」

「你說……惡作劇？」

凱姆失魂落魄地垂下肩膀。既然哈洛德矢口否認，唯一的答案就是惡作劇了。不過這樣的惡作劇，到底有何意圖？

「那麼，以上就是本次的申請結果。感謝二位遠道而來，我就先失陪了。」

哈洛德恭敬地打完招呼，便轉身準備走出房間。雷翁見狀後，連忙喊住對方。

「請等一下！能否請您給我們一次機會!?」

雷翁明白這是強人所難，但他實在難以接受如此蠻橫的說法。

「拜託！請同意我們成立戰團吧！」

哈洛德見雷翁鞠躬請求後，不禁嘆了一口氣，慢慢地走了回來。

「好吧，我就給你們一次機會。」

「此話當真!?」「這是真的嗎!?」

「是的。取而代之，得請你們接受測驗。」

「測驗？」

「除了原本的創立條件，你們還得再討伐一隻指定的惡魔。若能完成討伐，我就同意你們成立戰團。」

「指定的惡魔是？」

「就是恰好正在作亂的惡魔，深度八的魔眼狒狒王（Dantalion）。」

「深度……八……」

竟然是比森林邪龍更強悍的惡魔。雷翁不禁硬生生嚥下口水。光憑現有戰力真能取勝嗎？當雷翁陷入猶豫之際，凱姆將手搭在他的肩膀上。

「雷翁，這種事無須猶豫，既然想繼續擔任探索者，勢必得挑戰更強大的敵人。如此一來，又有什麼好猶豫的？」

雷翁聽完這段意志堅定的發言，隨即點頭說：

「我明白了，哈洛德先生，請務必讓我們接受這個測驗。」

「好的，但是此次測驗並非單單前去打倒惡魔，諸位得與另一支隊伍展開競爭。」

「另一支隊伍？」

「沒錯，他們也對創立申請被拒一事提出異議，低聲下氣請求協會給他們一次機會。為遵循協會現有方針，依我個人之見，只批准其中一支隊伍成為戰團會更為妥當。」

哈洛德單方面地結束說明，然後扭頭望向通往另一間會客室的房門。

「他就在另一個房間裡等，我這就請他過來——我已徵得天翼騎士團的同意！請你也過來一下！」

房門隨即被推開，一名容貌美若天仙的少年，悠然自得地走了進來。

「哎呀，相隔一天又見面啦，天翼騎士團的成員們。」

「諾艾爾．修特廉……」

「我來為各位說明此次的規則。」

我和天翼騎士團隔著一張桌子坐下後，哈洛德便開始解釋測驗的概要。

「獲勝條件是討伐已降世的深度八惡魔．魔眼狒狒王。附帶一提，諸位對魔眼狒狒王知曉多少？」

「它是能夠讀取人心的惡魔。」

我開口回答哈洛德的問題。

「它的身高大約四公尺多，體型屬於惡魔裡的中型。它的外表很像猴子，額頭上有著能讀取人心的第三隻眼。具有高度智能，會使用人類語言，因此其個性既狡猾又殘酷。曾有紀錄顯示討伐失敗的探索者們，直到死前被它嚴刑折磨長達十天。雖然所有惡魔都很凶暴，但又以魔眼狒狒王最為殘忍。若是討伐失敗，如有餘力建議先自殺。至於主要的攻略方法是——」

「諾艾爾先生，感謝你如此詳盡的解說。」

哈洛德打斷我的話語，輕咳一聲說：

「指定討伐的惡魔正如諾艾爾先生所說，就請天翼騎士團和蒼之天外在這場討伐中一爭高下。」

「關於如何一爭高下，我有點聽不太懂。」

哈洛德見雷翁困惑地歪著頭，臉上露出微笑。

「如同我方才說的，雷翁先生。等大家都抵達現場後，擔任見證人的我會宣布比賽開始，到時就請諸位設法討伐魔眼狒狒王，率先完成討伐的隊伍就是贏家。」

「那個，這部分我都知道。」

凱姆皺起眉頭，從旁插話說：

「假如單看你目前的說明，等於是要我們在討伐魔眼狒狒王之前，先設法打倒蒼之天外的意思。很抱歉我們是秉持不殺人主義，就算對手是盜賊團，我們也是生擒後扭送憲兵團。如果你要我們互相殘殺，我們情願不參加測驗。」

雷翁點頭支持凱姆的意見。

「很感謝您願意給我們機會，但很抱歉我們不願殺人，因為這關乎我們的原則。」

不願殺人……

儘管乍聽之下是冠冕堂皇，但此信念也是實力的佐證。想要生擒犯罪者，自然是遠比直接殺死更困難。

面對討伐盜賊團時，大多探索者擬定的計畫皆以殲滅為前提。可是天翼騎士團就不一樣了。根據洛基查到的資料，天翼騎士團真如凱姆所言，至今不曾殺死過任何一人。他們一共討伐過八次盜賊團，其中不乏有大型盜賊團，但每一次都是全數生擒。行事作風一如其隊名是十分高尚。

「二位請放心，我並沒有要求雙方互相殘殺。」

面對神色緊張的兩人，哈洛德開始解釋規則。

「既然是互相競爭，我同意雙方可以做出妨礙對手的行為，但要是取人性命就視為犯規。我會透過技能即時監控那片深淵空間，因此雙方任何行動都逃不出我的法眼。即使殺人後想將責任推給惡魔，也只是白費心機。到時候，犯規的隊伍將無條件淘汰。」

「妨礙行為的底線到何種程度？」

雷翁舉手提問，哈洛德回答道：

「雖然本想說只要不殺人都可以，可是聽起來又過於模糊。不如這樣好了，當競爭對手倒地時，就禁止繼續追擊。倘若展開追擊，就視為抱持殺意直接淘汰。」

「俘虜對手可以嗎？」

「可以，但僅限於周圍沒有惡魔的區域。若將被俘者遺留在危險地區，也視同抱持殺意。」

「好的，那我們就沒有異議了。」

雷翁安心地呼出一口氣，接著和凱姆相視而笑。

不難猜出他們有何居心，十之八九是打算在比賽開始的同時，就把我們通通抓起來。這麼一來，他們就可以專心討伐惡魔。

「啊～我在此補充一點，只有在進入目標深淵空間時才准干預，在此之前嚴禁任何妨礙行為，違規者就直接喪失資格。原因是測驗開始前就有人無法參加，將違背測驗的初衷，我個人也想避免出現這種情況。雙方可有疑問或異議嗎？」

雷翁跟凱姆搖頭回應後，我舉手發問說：

「關於測驗前的妨礙行為，希望可以訂定得更加明確。」

「此話怎說？」

「監察官只有在測驗期間才會全程監視吧？這麼一來，無人能保證雙方在測驗前的行動。比方說天翼騎士團的奧菲莉亞昨天就打算傷害我。即便天翼騎士團平日裡表現得品行端正，不過本性與其他暴力分子並無兩樣，這讓我挺擔心自身安危。到時候，天曉得我會不會遭人暗算。」

我笑著拋出這段話，雷翁一臉困擾地搖搖頭。

「諾艾爾先生，昨晚是我們不對在先，真的是非常抱歉，希望你可以原諒我們。我保證我們不會再去騷擾你。」

「口說無憑，光是這樣就想取信於我？」

「嗯～⋯⋯好吧，你說的很有道理。哈洛德先生，可以請您答應諾艾爾先生提出的條件嗎？我們願意全面配合。」

在徵得雷翁的同意後，哈洛德點頭回應。

「那麼，請諾艾爾先生提供意見。不過在此強調一下，我可無法同意明確對你有好處的規則喔？即使雷翁先生肯答應，也會令這場測驗失去原本的意義。」

「這我知道，我的要求很簡單，並非單單禁止測驗前做出任何妨礙行為，而是將規則改成『雙方成員於比賽當天皆以完備的狀態在現場集合』。倘若有任何一人缺席，不論理由為何，直到所有人到齊之前都將無限期延後測驗。如何？這對哪方都沒有損失吧？」

不僅是沒有損失，反倒能確保雙方人身安全的規定，理當沒人會拒絕才對。天翼騎士團的兩人皆點頭同意後，哈洛德扭頭看向我。

「這規定的確不會對任何一方造成損失，但我不能同意無限期延後測驗。理由是如果延期太久，將導致深淵不斷擴大，因此延期最多只有兩次，倘若屆時無法如期舉辦，我就判處雙方都失去資格。」

「我同意。」「我們也沒異議。」

在達成共識後，哈洛德環視我們一眼。

「最後的提醒並非關於規則，而是參加條件。此次測驗為特殊情況，請別誤以為會有下次。為了確認雙方的覺悟，輸家必須解散隊伍。雖然允許各位今後仍能從事探索者的工作，但我以探索者協會之名，禁止任何一方繼續與相同的成員共事。如經查證，將馬上取消探索者的資格。雙方都能接受嗎？若是同意的話，請兩方隊長在此契約書上簽字。」

哈洛德將契約書和筆放在桌上。我率先在紙上簽名，雷翁則是與凱姆商量後才簽名。

「既然兩方皆已同意，測驗就訂於三天後的正午舉行。詳細內容將以書信方式於今晚寄給你們，直到當天來臨之前，請諸位做好萬全的準備。」

哈洛德一公布完測驗的日期，雷翁便起身來到我面前。

「諾艾爾先生，早已聽聞你自視甚高，不過單論實力，我方是遠在你們之上。正常來說，你們根本沒有勝算。不過你似乎異於常人，或許擁有顛覆常識的力量，所以我們絕不會大意輕敵，將卯足全力參加測驗。」

隨著這段開戰宣言，雷翁將他厚實的右手伸過來。我握住他的手之後，無所顧忌地揚起嘴角。

「我透露給你一個好消息。」

「何事？」

「【話術士】在智力提升方面，是全職能之中排名第一。已升階成【戰術家】的我，甚至可以透過優秀的演算能力預知未來。」

雖說是預知未來，實際上最多也只能看見兩秒後的情況。至於更遙遠的未來，就完全看不出個所以然來。不過我能肯定的一點，就是此能力有正常發揮。

「我已看見吞下敗仗的你，在我面前可悲地哭喊著。」

面對我的挑釁，雷翁有那麼一瞬間露出怯懦的神情，隨即又換上一張笑容。

「那我就拭目以待囉，蒼之天外。」

「在進入正題之前，先恭喜你表現得很出色。」

天翼騎士團離開後，房間裡只剩下我跟哈洛德。哈洛德先是發出一聲嘆息，以抱怨的口吻接著說下去。

「真虧你有辦法將天翼騎士團這種高潔的隊伍拉到競爭舞臺上。換作是一般情況，無論你如何策劃想將他們當成踏腳石，他們也絕不會把你當成對手。此等權謀之術著實令人欽佩，但前提是沒有這個的話。」

哈洛德手裡拿著一封信。

「沒想到你竟然偽造文書。若要讓態度謹慎的天翼騎士團決心成立戰團，這麼做確實是相當有效，但終究還是太超過了。」

「太超過了？這實在不像是贊同我做法的人會說的臺詞耶。」

「因為遵照你的計畫，對我們雙方都有利，並不表示我同意你仗著探索者協會之名招搖撞騙。」

哈洛德的態度十分強硬，但既然身為共犯，他也無法公開檢舉我，而這也是我的計畫之一。

事實上天翼騎士團的戰團申請之所以遭到駁回，是因為哈洛德聽從我的指示。若想把天翼騎士團當成踏腳石，前提就必須將他們拉到由官方認證的擂臺上。透過暗算打倒他們，根本就無法成為實績。

以分出高下這點而言，由探索者協會的監察官擔任裁判，讓雙方進行一場賭上戰團創立許可的比賽，將是最為適合的舞臺，而且充滿話題性。

當然哈洛德並沒有聽從我指示的義務，不過探索者協會決定暫時減少戰團成立的數量是確有此事。

這種事無須拜託洛基調查，從現狀來推敲並不難猜。原因是比起讓委託過度分散，倒不如集中交給前途有望的戰團，更能培育出寶貴的戰力。

因此我的這項提議，對探索者協會來說是樂見其成。原因是就連非官方組織裡的最強隊伍天翼騎士團想成立戰團都遭拒，必須先接受測驗的話，其他申請的隊伍也只能乖乖照做。

今後若想成立戰團，就必須通過協會更嚴厲的審查，將不再像從前那樣只要備妥強制保險金和根據地即可。

「諾艾爾先生，你是否覺得因為我是共犯，就得默許你的行為嗎？」

「我是這麼認為啊，你有意見嗎？」

哈洛德見我不加思索地給出答案，忍不住重重地發出一聲嘆息。

「你這個人還真是一點都不可愛耶……」

哈洛德正色後再次看向我。

「諾艾爾先生，我能配合的部分只到這裡，接下來就必須考驗你身為探索者的實力。倘若你們在這場比賽中戰勝天翼騎士團，世人對你們的評價將會大大改觀。不過你有把握嗎？別說是天翼騎士團，現在的你們真能戰勝深度八的惡魔？」

我從沙發上起身，對著哈洛德露出微笑。

「當然有把握，畢竟師承不滅惡鬼的我，就是學習這類戰法。」

天翼騎士團的副隊長凱姆，與隊長雷翁是來自同鄉的兒時玩伴。雖然他身為探索者的實力不如雷翁，但在穩定隊伍的精神上是貢獻良多。

不過凱姆除了同伴以外沒有其他朋友，私生活非常單純，似乎只會去經常光顧的酒吧享受美酒，大不了有雷翁陪同。可是雷翁不勝酒力，所以原則上都是凱姆一人前來。

「……你這是什麼意思？」

我走進凱姆常去的酒吧時，他明顯有提高警覺。我無視他的反應，直接在他身旁的位子坐下，並點了一杯紅酒。

「我在問你來這裡究竟想幹麼？」

凱姆一臉凶狠地瞪著我，我只是冷笑一聲說：

「你再如何威脅也沒用，難道你忘了比賽的規定嗎？」

「你這麼做不算是妨礙行為嗎？不管你有何目的，前去拜訪比賽對手都非常人所為，要對方別警戒更是強人所難。」

「哎呀，難道你忘了比賽前的規定嗎？內容是雙方成員得在完備的狀態下於現場集合。換言之，不影響此前提的接觸就沒關係。」

「因此你是為了這麼做，才提出那個規定？」

沒錯，為了確保我與對手接觸時不會被認定為犯規，以及避免讓對方有藉口能動粗將我趕走，我才提出那個規定。

「呵呵呵，你這小子比我想像中更有意思。好啊，我就聽聽你的來意。有本事就幫我找點樂子。」

「我的來意只有一個。凱姆，我要你背叛天翼騎士團。」

我說完來意後，凱姆不禁放聲大笑。

「哈哈哈哈哈哈！你這是想笑死我嗎!?」

「我並無此意。首先，殺了你將導致比賽破局。」

「嗯~所以你是認真的啊。有意思，我就聽你繼續說。按照你的說法，我能得到什麼好處？財富？地位？還是頂級的美女？」

面對出言調侃的凱姆，能感受到無論我提出任何條件，他都絕不會動搖的堅定意志。在天翼騎士團之中，又屬凱姆和雷翁這對兒時玩伴的羈絆最為穩固。單憑財富、地位或女人這種廉價的誘因，即便開出再優渥的條件也打動不了他。

不過凱姆百般渴望想得到的事物，我可是一清二楚。

「自由，我可以給你自由。」

「自由？」

凱姆納悶地歪過頭去，我便繼續解釋。

「我翻閱過關於你們的報導，無論哪個記者都讚揚你們是一支出色的隊伍，不過出現在報導裡的名字就只有雷翁。就算提及另外三人，也不過是陪襯罷了。」

「……因為他是隊長，這很正常啊。」

「不對，雷翁他——唯獨雷翁是特別的，相信身為兒時玩伴的你是再清楚不過吧？」

「那個……」

「為何你會把隊長的寶座讓給身為小弟的雷翁？不對，是你不得不讓他擔任吧？答案非常明顯，因為雷翁遠比你出色太多了。」

「你……怎麼會……」

凱姆見我竟然如此了解他們過去的關係，震驚得啞口無言。

「凱姆，天翼騎士團的關係已過度扭曲，就算之後成立戰團，你們最終也追不上雷翁的才華。到時候，將是何等的絕望等著你去面對呢？縱然如此，你還要繼續向前邁進嗎？明明就算你拚得粉身碎骨，終究只會得到一個沒有回報的結果。凱姆，你就放自己獲得自由吧，這是你最後一次機會。」

凱姆聽我語重心長地說完後，稍稍斂下眼簾。

「我們確實如你所言已經扭曲，有朝一日將跟不上雷翁的腳步，畢竟那小子是貨真價實的天才，不過──」

凱姆緩緩地抬起頭來，露出一個落寞的笑容。

「我還是想繼續支持他。我的願望並非得到自由，而是想讓最寶貴的小弟，以探索者的身分得到成就罷了。身為大哥的職責，就是支持他到最後一刻。」

「你確定真要這麼做？」

「那還用說，像你這樣的小鬼自然是不會懂。」

凱姆起身將酒錢放在桌上。看來他的意志非常堅定。凱姆朝著門口走去的那道背影，讓人能感受到他確實是自願走上一條無法得到回報的不歸路。

不過再堅定的覺悟，在我面前是一點意義都沒有。

「要是你不背叛的話，到時先背叛的人就是雷翁喔？」

凱姆隨即停下腳步，轉身望向我。

「……你說什麼？」

搞定，第三位笨蛋也上鉤了。

探索者協會所主辦的戰團創立測驗──魔眼狒狒王爭奪戰如期舉行。地點位於帝國第一高峰．古斯塔夫山下的那片樹海。容易形成魔素的這片樹海經常產生深淵，隨時都有探索者協會的相關人員負責監控。

目前的深淵侵蝕範圍從樹海入口算起，呈現一個直徑約五公里的圓形。周邊一帶已被協會職員們封鎖，為了避免一般人誤闖，各要道都有武裝警衛把守。

「天翼騎士團與蒼之天外的全體成員，我很高興見到大家都安然迎來這天。諸位似乎皆已做足萬全的準備了。」

身為裁判的哈洛德環視我們一眼，

「那我重新再解說一次本日的測驗。接下來有請兩支隊伍進入前方的深淵空間探索，設法討伐身為核心的魔眼狒狒王。因為這是比賽，我同意雙方在不取人性命的前提下妨礙對手，至於搶先殺死魔眼狒狒王的一方就是贏家，將有資格成立戰團。反之，輸家必須解散隊伍。雙方對以上內容都沒問題吧？」

眾人都點頭同意。與我們對峙的天翼騎士團散發出驚人的氣勢，如實顯示出他們是身經百戰的探索者。假如正面迎戰，我方將會在無力還擊的情況下遭到制伏。

「在測驗開始之前，請雙方隊長出列，互相握手發誓會堂堂正正地比賽。」

我跟雷翁依言出列，互相握住對方的手。

「諾艾爾先生，一如我之前說的，我們會全力以赴。」

「知道知道，就讓我們一起加油吧。」

等我們都回到各自的同伴身邊後，哈洛德舉起一隻手。

「那麼，測驗開始！」

在哈洛德將手往下揮的同時，天翼騎士團一起朝著樹海衝去。反觀我們是不慌不忙地將背包放在地上。

「你們兩個把蓆子鋪好，記得清掉地面的石頭喔。」

「知道了啦。」「收到。」

昊牙和亞兒瑪清掉較大的石頭後，便把帶來的蓆子鋪上去。

「好，準備得差不多了——那就開飯吧。」

我們坐在蓆子上，從背包裡取出大型餐盒，開始享用起午餐。餐盒內裝滿各種佳餚，不僅有三明治與肉類料理，還有以當季水果製成的甜點。附帶一提，這是星雫館老闆親手做的便當。

「……諾艾爾先生，你這是什麼意思？」

我聞言抬起頭來，發現雷翁神情困惑地站在一旁。

「哎呀，這不是天翼騎士團的隊長嗎？你不抓緊時間沒問題嗎？這可是爭奪戰喔？」

「那個，這應該是我的臺詞……你們到底在做什麼？」

「這還用問，如你所見正在吃午飯啊？」

雷翁聽完我的回答，臉頰稍微抽了一下。

「我無法理解你給出的答案。為何你們會選在這時吃午飯呢？」

「因為肚子餓就無法打仗。」

「這可是爭奪戰喔!?應該沒空讓你們浪費時間吧！」

「俗話說欲速則不達，對吧？」

「你、你、你真的是……」

雷翁氣得雙肩顫抖，轉而將目光移向哈洛德。

「哈洛德先生，這究竟是怎麼一回事!?」

「那個，就算你這麼問我……」

哈洛德也同樣滿臉困惑，朝著這邊走過來。

「諾艾爾先生，你這是在做什麼呢？我已經宣布測驗開始囉。」

「所以我們在吃午飯啊。」

「嗯～……？意思是你們決定棄權？」

「這怎麼可能！我們並沒有那種意思！」

「那就請你們趕快出發，要不然就視同棄權。」

「規定裡並沒有這條吧？我沒理由照辦。」

「是、是沒錯啦……」

雷翁見哈洛德被堵得啞口無言，火冒三丈地大吼說：

「你不要太超過喔！快起來！站起來跟我們一戰！」

「我不要，便當放太久會臭酸的。」

「你不是想創立戰團嗎!?假如輸了這場比賽，別說是無法成立戰團，甚至隊伍也會被迫解散喔!?」

「這我知道啊。」

「既然如此——」

「但我又不急，就讓諸位前輩先行一步，別客氣快出發吧。」

「你！」

雷翁憤怒地準備一把揪住我的衣領，不過伸來的那隻手被凱姆先一步按住了。

「別說了，快走吧。」

「可、可是！」

「聽著，雷翁，你別迷失自己的目標——」

凱姆壓低音量在雷翁的耳邊細語。

「你繼續與他糾纏，只會令裁判對我們的觀感更差。你快想起我們申請創立戰團時被駁回的理由。」

雷翁隨即恍然大悟，斜眼觀察哈洛德的反應。

天翼騎士團的戰團創立申請之所以被駁回，理由是協會認為他們的謹慎態度可能會導致將來不再積極進取。天翼騎士團為了一改協會對自身的評價，他們不只必須戰勝蒼之天外，還得展現出果敢勇猛的一面才行。

要不然即使順利成立戰團，協會對雷翁等人仍然留有不好的印象。正如凱姆所言，他們沒空原地踏步，非得趕緊討伐魔眼狒狒王。

「……我明白了。」

雷翁瞥了我一眼，隨即轉過身去。

「諾艾爾先生，我對你真是太失望了……」

雷翁一行人小心翼翼地探索深淵。

奧菲莉亞利用探知技能調查後，發現身為深淵核心的魔眼狒狒王就位在前方兩公里遠的地點。

「它的眷族一共有五百隻左右——啊，先等一下。」

奧菲莉亞動了動她的長耳朵，繼續窺探遠處的情形。

「由兩百隻組成的先鋒部隊正朝著這裡過來。話說為何會選在容易被敵人發現的上風處為起點呢～？不過它們的移動速度很慢，粗估五分鐘後才會碰頭。」

雷翁扭頭觀察周圍，開始思考對策。

「好，我們就在這裡迎擊吧。畢竟此處樹林的間隔還算寬闊。等打倒先鋒部隊之後再繼續前進。所有人，各就各位。」

凱姆和奧菲莉亞聽從雷翁的指示，拿出武器就定位，不過伏拉卡夫卻沒有動作，忽然舉手說：

「雷翁，方便打個岔嗎？」

「何事？」

「雖然不該在這時提起此事，但貧僧認為趁著有餘力之際先說會比較好，其實諾艾爾・修特廉於日前曾來拜訪貧僧。」

「咦？這是怎麼回事？」

「他要求貧僧背叛天翼騎士團。」

雷翁聽完伏拉卡夫的自白，錯愕得整個人向後仰。凱姆和奧菲莉亞也因為過於震驚，暫時說不出話來。

「當然貧僧已經拒絕，他只是說些不堪入耳的狂言罷了。不過貧僧擔心他也造訪過其他人。儘管貧僧無法想像我們之中有叛徒，但還是趁現在把話說開來會比較好。」

伏拉卡夫依序望向雷翁等人。雷翁對此事是完全清白，於是他反射性地搖搖頭，只見奧菲莉亞怯生生地舉起手來。

「他也來找過我……」

「妳說什麼!?」

「我、我當然也拒絕了！因為我是不可能會背叛你們的！」

奧菲莉亞拚命解釋。雷翁對這番說詞自然是不疑有他，但還是受到不小的打擊。

「其實他也來找過我……」

雷翁見凱姆也承認後，不禁感到背脊發涼。

「……意思是除了我之外，諾艾爾打算拉攏所有人嗎？」

「畢竟雷翁你是隊長，再怎麼說也拉攏不了，所以才轉而盯上我們，不過此想法當真是太膚淺了。」

凱姆雙肩一聳露出苦笑，奧菲莉亞不禁鬆了一口氣。

「老實說我是有點不安，擔心我們之中會有叛徒……啊，我、我也只是有一點點擔心而已！是真的喔！」

大概是終於安心的緣故，奧菲莉亞因為說溜心底話而慌了手腳。雷翁見狀後，心情才平復下來。

「我知道你們都不會背叛天翼騎士團的。」

「話說回來，貧僧無法理解諾艾爾的說詞，他表示回報是能讓貧僧得到自由，簡直就是一派胡言。」

看著歪過頭去的伏拉卡夫，奧菲莉亞輕輕捶了一下自己的手掌。

「他也對我說了一樣的話！根本就是莫名其妙對吧？」

「他也這麼對我說。哼，以玩笑而言的確是再出色不過。」

依照凱姆的反應，諾艾爾似乎也以同樣的說詞蠱惑他。

「詳細內容究竟是怎樣呢？」

雷翁純粹是基於好奇，不過面對這個問題，三人皆臉色僵硬地陷入沉默。即便他們都堅稱聽不懂諾艾爾想表達的意思，卻能從氛圍中感受到相同的恐懼與不安。

「總、總之諾艾爾的事情並不重要。反正沒人打算叛變，表示他想讓我們互相猜忌，進而達到削減鬥志的目的。若是過於介意，只會正中他的下懷。」

凱姆的說法非常中肯。按照三人的證詞，雷翁能隱約猜出諾艾爾不急著加入戰局的理由。

「看來他是打算利用離間計，令我方自取滅亡。」

因此他不急於一時，要等到時機成熟再展開突擊。

「……原來如此，這計畫還真有意思。」

以結論來說，此策略是無疾而終。雷翁無法苟同這種陰險的手段，不過明白諾艾爾有認真比賽後，內心是相當高興。

如今回想起來，天翼騎士團總是非常孤單。他們沒有能互相切磋的敵手，只能仰賴同伴之間相互勉勵一路奮戰至今。就在這時，蒼之天外如天外流星般出現在他們的面前，也許真如凱姆所言，雙方能成為很好的競爭對手。

只是諾艾爾的陰謀已被瓦解，這場測驗的贏家將是天翼騎士團。一旦結束，蒼之天外將面臨解散的命運。

雷翁對此感到十分惋惜。

「我有件事想跟你們商量，等這場測驗結束後，我可以去邀請諾艾爾先生他們加入天翼騎士團嗎？」

另外三人聽見這個提議，都不禁睜大眼睛。

「他們都很有潛力，一定會是優秀的同伴。雖然輸家不能與原來的成員共事，但只要身為贏家的我們放低姿態請求，相信哈洛德先生也會答應的。大家覺得呢？」

說句真心話，雷翁覺得一定會遭到反對。畢竟不管諾艾爾多麼有才華，他的各種行為仍不值得讚許。沒想到換來的回應比想像中好很多。

「我覺得……這主意還不錯……」

率先表示支持的人，竟是與諾艾爾發生過爭執的奧菲莉亞。

「根據麗莎的說法，是諾艾爾的同伴先背叛他，暗中侵占共有財產。諾艾爾為了追回這筆錢，才把同伴賣去當奴隸。雖然我並不認同他的做法，卻明白他是有理由的。重點是諾艾爾那種想往上爬的積極態度，相信對我們來說是很好的催化劑。」

伏拉卡夫也點頭同意。

「貧僧沒有異議，畢竟等到成為戰團之後，也需要增加人手。」

最後表態的凱姆也點頭支持。

「我贊成，不過前提是這場測驗能安然落幕。」

他沒有看著雷翁，而是將目光對準其他方向。

「雷翁，敵方先鋒突然加快速度，一口氣衝過來了。」

奧菲莉亞出聲提醒後，使用技能產生魔力箭矢，並拉弓開始瞄準。

「各位，由我擔任先攻，你們負責掃蕩漏網之魚。」

雷翁緊握住手中的劍與盾，排除一切雜念嚴陣以待。

一段時間後，森林深處出現無數的小光點。那是魔眼狒狒王麾下眷族一雙雙發亮的眼睛。一身白毛的魔猴們，排山倒海地成群襲來。

魔眼狒狒王是擅長讀取人心的惡魔，它的眷族自然也具備這項能力。由於它們能讀取對手想迴避或反擊的心思，即刻採取應對手段，因此眷族的深度也高達六。縱使是全員皆為B階的隊伍，碰上它們也難以輕鬆取勝，更別提眼前那多達兩百隻的魔猴大軍。

「嘰————嘎啊啊啊————!!」

魔猴發出刺耳的叫聲。首先是三十隻左右衝了過來。它們張牙舞爪地想將雷翁大卸八塊，卻在下一秒撞上一道無形的牆壁，被迫停止進攻。

這是騎士技能《聖盾屏障（holy shield）》，此防禦技能可以設下一道隱形的防護罩。【騎士】的特性是守護與治療，擅長各種保護同伴的防禦技能，以及恢復傷勢的治療技能，位於前鋒肩負起肉盾的職責。

原本不論多麼優秀的防禦技能，都會被魔猴們識破。之所以沒有出現這種情況，是因為雷翁幾乎在想到的同時就發動技能。即使是能夠讀取人心的惡魔，也無法在得知對手會發動何種技能前做出應對。

當然此技巧並非任何人都能辦到。由於雷翁驅動魔力的速度，天生就遠在常人之上，才可以像這樣高速發動技能。

雷翁也將這個獨門技巧命名為天翼。

一眨眼的工夫，雷翁已讓進攻受阻的魔猴們通通腦袋搬家。位於後側的魔猴們被此景當場嚇傻之際，剎那間就被凱姆的長槍、奧菲莉亞的箭矢與伏拉卡夫的光束接連貫穿心臟。

兩百隻深度達到六的魔猴們，不到一分鐘的時間就被殲滅。四人表現得無比冷靜，動作也十分俐落，而這就是非官方最強隊伍的戰鬥方式。

「我們走吧。在與魔眼狒狒王接觸的瞬間，大家就使出範圍攻擊殺光所有的小嘍囉，並以迅雷不及掩耳的速度除掉魔眼狒狒王。」

「「「收到。」」」

一舉殲滅敵方先鋒的天翼騎士團，朝著樹海深處繼續前進。

「我們繼續待在這裡當真沒問題嗎……？」

嘴裡塞滿三明治的昊牙，神色不安地低語著。

天翼騎士團進入深淵已過了三十分鐘。如果集中精神，還能隱約聽見打鬥聲。不過我們到現在都還沒出動，仍待在原地用餐。尤其是此次作戰需要消耗大量體力的亞兒瑪，正一語不發地將食物塞滿嘴巴。

「假如天翼騎士團就這麼打贏魔眼狒狒王，測驗便結束了吧？真令人不安耶……」

「少在那邊說喪氣話。還輪不到你來擔心，他們的戰力確實能與魔眼狒狒王抗衡，並且很有機會完成討伐。」

「咦咦!?這、這是怎麼回事!?因為你說天翼騎士團打不贏，我們才悠哉地待在這裡不是嗎!?」

昊牙驚呼出聲，立刻站了起來。我喝了一口水壺裡的茶，搖搖頭說：

「你錯了，他們會贏，只不過——」

「那我們不就輸定了!?到時將被迫解散隊伍喔!?」

「蠢蛋，聽我把話說完。天翼騎士團必須滿足一項條件，才有辦法戰勝魔眼狒狒王，問題是他們絕對辦不到。」

「條件？」

「就是拚上一死。」

見昊牙困惑地歪過頭去，我便繼續解釋說：

「雷翁是非常優秀的指揮官，他不光擁有傑出的戰鬥能力，在掌握戰況方面也非常出色。撇開後衛不提，能勝任指揮官的前鋒在帝都裡是寥寥無幾。可是優秀的能力，有時也會變成枷鎖。換言之，就是會過度追求有把握的勝利。」

「追求有把握的勝利有何不妥？」

「不久之後，天翼騎士團就會證明這點。安啦，昊牙，勝利是屬於我們的，而且是萬無一失。」

我如此斷言後，昊牙才一臉不甘不願地重新坐下。

「老子是諾艾爾你的刀，既然你說要相信你，老子自會服從。哼，反正老子就是腦袋不靈光，就算聽你說完仍是一頭霧水。」

「身為男人別鬧脾氣，看了就噁心。反正我已布好局了，此次勝利是十拿九穩。」

「難道你又打著什麼歪主意了？」

昊牙偷偷觀察哈洛德，壓低音量把臉湊到我的面前。哈洛德閉起雙眼站在遠處，似乎正透過遠觀技能窺視深淵內部的情況。

「我並沒有打什麼歪主意。」

「少騙人啦，要不然你為何會說布好局了？」

「我只是將接下來一定會發生的事情，告知雷翁以外的其他三人罷了。」

「什麼意思？」

我將目光對準天翼騎士團正在交戰的大致方位，揚起嘴角說：

「因為雷翁的背叛，天翼騎士團將就此瓦解。」

所謂的惡魔，總是越單純就越強悍。儘管碰上未曾見過的複雜特殊能力時會很容易陷入苦戰，但只要找出攻略方法，都可以輕鬆戰勝惡魔。

反觀魔眼狒狒王的特殊能力是能夠讀取心思，堪稱是專剋人類的一種能力。換言之，此惡魔等於是體現了越單純就越強悍的說法。它擁有優秀的臂力、速度以及智慧，一般探索者根本無法傷之分毫。

說起同為深度八的惡魔，就是龍族的黑鎧龍（Black dragon）。雖然兩者在綜合危險度上是相同級次，在某些情況下是體型較大的黑鎧龍更具威脅，不過實際上的討伐難度，絕對是魔眼狒狒王占上風。

「凱姆，負傷的伏拉卡夫拜託你了！奧菲莉亞，幫忙掩護凱姆！」

戰況很明顯對雷翁等人十分不利。原因是魔眼狒狒王的強度遠超出他們的想像。

「玩具……玩具……有好多……我可以……玩個痛快……嘰嘰……」

天翼騎士團與魔眼狒狒王交戰至今已超過一小時。在雙方激烈的攻防之下，周圍的樹木東倒西歪，現場是一片焦土，地形也被大幅改變。面對這場無止盡的激戰，雷翁等人已力不從心，反觀魔眼狒狒王彷彿想炫耀自身的體力近乎無限，操著一口怪腔怪調的人類語言嘲笑雷翁他們。

一如原先的作戰計畫，四人成功利用範圍攻擊殺光所有眷族，但即便順利孤立狒狒王，仍遲遲無法對它造成絲毫傷害。理由是雙方的體能相差懸殊，外加上狒狒王可以讀取心思，迫使雷翁等人無法有效聯手圍殺它。

雷翁連續使用恢復技能和防護罩技能，立刻重振即將瓦解的陣形。伏拉卡夫也趕緊治療傷口，並同時召喚炎之巨人。炎之巨人揮舞燃燒的巨腕，一拳打向魔眼狒狒王。狒狒王輕鬆躲開，凱姆的長槍和奧菲莉亞的弓箭卻已等在它閃躲後的位置上。一行人打算藉由如暴雨般的猛攻來殺死狒狒王。

「沒用的。」

下一秒，狒狒王突然消失。在上面。巨大無比的它如鴻毛般高高躍起，轉眼間就逃往上空。面對能讀心的狒狒王，奇襲完全不管用。

不過這種事，雷翁打從一開始就再清楚不過。

「嘰嘰!?」

狒狒王首度發出錯愕的叫聲。原因是雷翁已等在它逃跑的方向上。

天翼——即便對手能讀心，只要在它做出應對前先行動，就可以殺個措手不及。真正的探索者是在戰鬥中也能獲得成長。在你來我往的攻防之中，雷翁漸漸看清楚狒狒王它那如迅雷般的身手。

雷翁劈下的那把劍蘊含著聖光。

這是騎士技能《神聖波動(divine impact)》，效果是將魔力轉換成熱光球並射出的技能。由於附帶幾乎能克制所有惡魔的神聖屬性，因此擊中後約莫五秒內，可讓惡魔的所有能力降低兩成。

問題是只能維持五秒，再加上惡魔會具備抗性而無法連續使用，不過雷翁等人所屬的天翼騎士團，堅信他們能在這段期間內取得勝利。

雷翁的劍射出一顆恍若小型太陽的光球。狒狒王在半空中將身體一扭躲過攻擊。雷翁不慌不忙地準備再發射光球，卻立刻驚覺異狀，隨即對著地面上的同伴們大喊。

「大家！快躲開!!」

理當被逼至半空中的狒狒王，臉上浮現出一個邪笑，它的手中握著無數的碎石子。雷翁替同伴們施展防護罩與狒狒王投擲碎石幾乎是同時發生。

其威力是投石器完全無法比擬，如同小型隕石高速落下，具備足以把人類當場打成碎肉的破壞力。這些碎石彷彿流星群般灑落地面。

震耳欲聾的爆炸聲，隨之捲起的沙塵。雷翁一落地就利用揮劍的風壓吹散煙霧。待視野清晰後，他開始尋找同伴們的身影。凱姆平安無事。伏拉卡夫受到些許皮肉傷，幸好還有力氣站著。至於奧菲莉亞——

「可惡！全員撤退！由我負責殿後！」

奧菲莉亞倒在地上，只見她已失去右臂。就算雷翁的防護罩可以降低攻擊威力，但碎石仍具有足以轟斷手臂的破壞力。

凱姆背著奧菲莉亞，與伏拉卡夫一同往後撤。留在原地的炎之巨人襲向狒狒王，卻承受不住對手的一擊當場消失。輾轉間，狒狒王朝著負責掩護同伴們的雷翁展開突襲。

雷翁同時施展騎士技能《聖盾屏障》和《鋼之意志》(iron will)，利用透明防護罩以及舉盾期間能讓耐力提升十倍的技能阻止魔眼狒狒王的猛攻。可是狒狒王的威力實在驚人，雷翁被撞得雙眼、口與鼻都滲出鮮血。

「玩具……好厲害……不過……真正厲害的人……只有你……」

狒狒王見自己的巨腕被盾牌擋下，仍想憑藉蠻力將雷翁壓扁，同時臉上露出一個噁心的笑容，以言語挑釁說：

「我能看見……你們的恐懼……不安……你們……都不是……我的對手。玩具……玩具……嘰嘰嘰嘰……」

雷翁一臉痛苦地承受重壓，卻對挑釁嗤之以鼻。

「低廉的挑釁。即便是惡魔，終究只是隻猴子罷了。」

「嘰嘰……再如何死鴨子嘴硬……也沒用的……我能讀取你們的……心思……你們都認為……自己已經沒有勝算……」

「沒錯，現在的確贏不了，但是探索者絕不輕言放棄，就算暫時落敗也一定會贏，最終會吞下敗仗的人……是你！」

雷翁手中的盾牌發出耀眼光芒。

此乃騎士技能《絕對防禦》(invincible)，是能反射一次所有攻擊的防護罩技能。狒狒王因為這股反彈的力量被遠遠吹飛出去。

雷翁在狒狒王重整態勢之前已迅速遠離現場。原因是必須等待二十四小時後才可以再次施展《絕對防禦》。眼下是奧菲莉亞受了重傷，並且用掉《絕對防禦》這招壓箱絕活，戰況是急轉直下。

不過他們仍有勝算，縱然在如此戰況下也還是會贏。

但是為了取勝——為了能確實殺死魔眼狒狒王，勢必得犧牲一名同伴……

「喂——！在哪裡——？喂——！喂——……！喂——!!」

雷翁等人溜掉之後，魔眼狒狒王不斷吶喊並尋找四周。不過它休想找到雷翁他們，原因是伏拉卡夫已設下存在不會被外界察覺的結界。只要待在這裡面，別說是身形、氣味或聲音，就連思緒也不會被外界掌握到。

其實此結界相當脆弱，若想躲在這裡面伺機偷襲，光是準備發動攻擊技能的一瞬間，產生的魔力餘波就會毀了結界。另外此技能消耗的魔力甚鉅，無法長時間維持。就算暫時不會被敵人發現，也無法一直躲在裡面。而且難保魔眼狒狒王會失去耐性，以先前那種範圍攻擊亂槍打鳥來找人。

「治療結束，妳看看能否挪動自己的手。」

面對雷翁的提問，奧菲莉亞動了動右手確認過後，點頭說：

「嗯，雖然還有點麻麻的，但沒什麼大礙。謝謝你，雷翁。」

多虧伏拉卡夫幫忙回收奧菲莉亞的斷肢，才能夠像這樣立刻接上。不過奧菲莉亞在失去手臂之際已大量失血，不能算是完全康復。她此刻臉色發青，呼吸紊亂。

「抱歉，雷翁……」

奧菲莉亞愧疚地道歉，雷翁回以一笑，搖搖頭說：

「妳別在意，畢竟我們還沒輸。」

話雖如此，戰況仍十分嚴峻。身為隊長，很明顯是時候該做出決斷了。

「各位——」

就在雷翁下定決心準備開口時，凱姆先一步舉起手來。

「我有一計，大家願意聽我說嗎？」

「是什麼方法呢？」

「再這樣下去我們將毫無勝算，但要是贏不了的話，我們就沒有未來可言，所以我打算賭上自身的一切。」

「賭上一切……難道是!?」

聽出言下之意的雷翁感到錯愕不已，不過身為當事人的凱姆表現得泰然自若，很明顯已做好覺悟。

「到時由我擔任誘餌引它上門，雷翁抓準時機使用《日輪極光》(seraphim blade)。若想取勝，這是我們唯一的方法。」

騎士技能《日輪極光》是會消耗使用者所有的魔力，發射一道兼具神聖屬性和炎熱屬性的超火力光束，可說是【騎士】的最強攻擊技能。

此技能的威力足以殺死狒狒王，不過《日輪極光》除了會耗光魔力，另一個缺點是攻擊範圍太廣，很可能會波及同伴。如果讓凱姆擔任誘餌，就更不該動用這個技能。

「不行！我不同意這個計畫！太危險了！」

雷翁激動反對，凱姆卻靜靜地搖搖頭。

「確實這結界可以避免我們被敵人發現，可是一準備發動強力的攻擊技能，產生的餘波就足以毀了這個結界。換言之，無法藏身在結界裡發動奇襲。為了能出奇制勝，必須有人擔任誘餌。」

「就、就算這樣……！」

「雷翁，我並沒有打算自殺，也同樣有許多心願想完成，可沒打算死在這裡。你放心，我會抓準時機逃出攻擊範圍，你要對我有信心。」

凱姆確實沒打算輕易犧牲，問題在於這是很可能令他喪命的計畫。為了讓雷翁等人獲勝，凱姆已做好一死的覺悟。

奧菲莉亞跟伏拉卡夫似乎已察覺凱姆的心思，但也明白凱姆意志堅決，實在無從插嘴，於是兩人只能臉色凝重地保持沉默。

「……的確我方想扭轉乾坤，非得犧牲其中一人不可。這點我也非常清楚。但我說什麼都不能答應。」

「那你想怎麼辦？眼下已沒有其他對策喔？撤退視同認輸，天翼騎士團將面臨解散，我們也被迫各分東西。」

「不對，還有一個方法，就是跟蒼之天外會合。只要和他們聯手，即可在不犧牲凱姆你的情況下應戰。」

「咦!?」

聽完雷翁的方案，凱姆不由得啞口無言。

「等、等等，雷翁！那麼做的話，這場測驗會變成怎樣!?」

奧菲莉亞也震驚得花容失色。雷翁發出一聲嘆息，老實說出心底話。

「這場測驗……還是放棄吧。我相信蒼之天外也無法光憑他們的力量戰勝魔眼狒狒王，到時就沒有贏家。如此一來，為了盡可能避免評價降低，最好還是與蒼之天外聯手打倒魔眼狒狒王。就算到時不能成立戰團，既然沒能分出勝負，只要再去說服哈洛德先生，理當能避免隊伍解散。」

若想在無人犧牲的情形下突破僵局，這是最正確且穩妥的一條路。雷翁本以為大家會理解，偏偏另外三人臉上卻只剩下困惑和恐懼的神色。

「不會吧……居然被那小子說中了……」

「原來他想表達的是這個意思……」

面對奧菲莉亞跟伏拉卡夫的話語，雷翁納悶地歪過頭去。

當他準備反問之際，卻被凱姆一把抓住肩膀。

「雷翁，你是認真的嗎？你是真心想放棄這場測驗，與蒼之天外聯手嗎？他們是敵人喔！是我們非戰勝不可的對手！」

「我知道，這些我都懂——」

「不對，你根本就不懂！而且是什麼都不懂！你要相信我！雷翁！我一定會成功的！說什麼都絕對會讓你拿下勝利！」

「凱姆，冷靜點。你究竟是怎麼了？這一點都不像是平常的你喔。」

「我很冷靜！並且非常冷靜地在為天翼騎士團著想！偏偏你卻想去相信敵人——情願去相信諾艾爾・修特廉是嗎!?」

對於凱姆氣勢凌人的控訴，雷翁反射性地將目光撇開。但是身為隊長，不能因此推翻自己的決定。就算必須狠下心來。

「沒錯，比起你，我更相信諾艾爾先生，因為你現在已徹底失去冷靜。在這樣的狀態下，是要我如何相信你？」

雷翁並非對凱姆心懷怨恨，也沒有不相信他，純粹是不願犧牲任何一位同伴罷了。凱姆鬆手放開雷翁，搖搖晃晃地後退幾步。他的臉上滿是淚水。因懊惱而眉頭深鎖，不斷流下男兒淚。也是他第一次露出這樣的表情。

「這樣啊……這就是你的答覆嗎……？」

「凱姆，我們等戰鬥結束後再仔細聊聊，眼下先──」

這時，凱姆突然抱住雷翁，並在他耳邊低語說：

「那小子果然說得很對，我們之中的叛徒是你……」

「……咦？」

雷翁忽然感到腹部傳來一陣劇痛，忍不住跪了下來。他摸向發疼的部位，發現手中沾滿溫熱的液體。確切說來，是鮮紅色的血。

「……凱、凱姆？」

雷翁抬頭望去，發現凱姆手裡拿著一把染血的短刀。

「放心，我有避開要害，但上面塗了強效麻痺劑，即便是你也暫時無法行動。」

「凱姆，你在做什麼!?」

奧菲莉亞快步上前攙扶雷翁。

「伏拉卡夫，從我的包包裡取出恢復藥（potion）！快點！」

「來、來了！撐著點！」

因為事出突然，奧菲莉亞跟伏拉卡夫都慌了手腳，但還是立刻幫雷翁治療。當雷翁因麻痺劑導致意識矇矓之際，仍試著對凱姆說話。

但他只能以嘴形傳達『你為何這麼做？』這句話。

「我一直很嫉妒你，也很恨遠比我有才華的你。不過因為你是同伴，因為你是小弟，因為明白你一直很信賴我，我才能夠努力到現在。只要是為了你，即便賠上性命也不怕……」

凱姆雙腿一軟，跪在地上。

「但我不行了……再也撐不住了……我想要……得到自由……」

聽著這段哽咽的自白，雷翁也不禁落下淚來。明明他自認為對凱姆是無所不知，如今才明白自己對凱姆其實一無所知，萬萬沒料到凱姆竟是如此痛苦……

「找到了！找到了！找到玩具了！」

忽然間傳來魔眼狒狒王欣喜若狂的叫聲。雷翁一行人嚇得全身緊繃，可是隨即發現情況有異。準確說來，狒狒王並非發現他們的行蹤。

一名穿著黑色長大衣的少年就站在他們眼前。此人正是蒼之天外的隊長諾艾爾·修特廉。諾艾爾理當看不到雷翁他們，卻見他恭敬地對著雷翁等人鞠躬道謝。

「天翼騎士團的各位，感謝你們幫忙開路。」

天翼騎士團的每一位成員都非常優秀，不過算得上是天才的只有雷翁一人。他不僅是鶴立雞群，就連身為探索者的資質都遠在其他人之上。

雷翁不單單是非常優秀的【騎士】，甚至能在擔任肉盾的同時負責指揮，另外還學會名為天翼的逆天技巧。

天翼騎士團這個隊名是源自於某位記者，至於天翼二字的由來除了是指雷翁所持盾牌上的浮雕，同時也意味著雷翁的這招獨門絕技。

他手中那把騎士之劍，恍若多出一對能翱翔於天際的羽翼。想想此形容還真是貼切。

換言之，雷翁就代表天翼騎士團。即便另外三名同伴換成其他人，只要雷翁還在，就依然能稱為天翼騎士團。反之另外三人都在隊伍裡，卻獨獨缺少雷翁的話，任誰都不會把他們稱為天翼騎士團。

凱姆對天翼騎士團的扭曲之處心知肚明，卻還是願意無私地維持隊伍。天翼騎士團的成員們的確交情深厚，不過雷翁以外的另外三人就只是沒有好好正視名為嫉妒的膿瘡，任其不斷囤積於心中，勉強維繫住這段關係也是事實。

一旦正視這個問題，十之八九都會承受不住。基於此因，為了讓自己有資格繼續當雷翁的同伴，三人是拚了命地努力向上。理由是這麼做，就能夠不去在意自己心中的黑暗面，與一條停止遷移就會喪命的洄游魚毫無分別。

但這只不過是假象，終究擺脫不了崩潰的宿命。屆時，長年累積的膿瘡勢必會徹底爆發。

於是我與那三人接觸，唆使他們成為叛徒。可是這並非我真正的意圖。畢竟不論那三人如何欺瞞自己，雷翁有朝一日仍會無法相信他們的能力。也就是說雷翁再也無法把他們當成對等的同伴，以結論而言等同於拋下三人。對於這個結局，我刻意形容成是雷翁的背叛，並且讓三人明白還有一條名為自由的退路。

我此舉的目的只有一個。天翼騎士團在面對魔眼狒狒王這等強敵時，一定會面臨必須犧牲某人才能夠取勝的死鬥。可是雷翁絕不會認同這種計畫。到時深刻體認到自身無能的另外三人，就得正視自己一直逃避的那份情感，再加上我刻意的誘導，雷翁將被三人視為叛徒而遭到排擠。

倘若冷靜思考，是可以避免這種狀況發生。不過所謂的當事人，往往都無法保持客觀的態度。動搖人心並不需要花費多少力氣，只要利用花言巧語，在名為人心的堤防上鑿出一個如蟻穴般的小洞就足夠了。

之後只需耐心等待潰堤的那一刻。壓抑不了的膿瘡將在瞬間宣洩，最終轉變成激昂的情緒。受激昂的情緒所驅使，渴望擺脫痛苦之人僅存的道路，就是排除身為隊長兼叛徒的雷翁，只求逃出名為天翼騎士團的牢籠。

至於此計畫的執行者，我最看好的就是凱姆，接著是奧菲莉亞，最後才是伏拉卡夫。當然對我而言，由誰執行都無所謂。

待戰鬥聲戛然而止後再來到現場一看，情況果真如我所料。魔眼狒狒王還很有精神，但四處卻不見天翼騎士團的身影。看這情況，十之八九是利用隱身結界躲藏在附近。換言之，他們已陷入無法繼續戰鬥的狀態。

我觀察周圍，隨即發現青草不自然彎曲的區域，於是對著該處恭敬地鞠躬道謝。

「天翼騎士團的各位，感謝你們幫忙開路。」

實際上多虧天翼騎士團幫忙清光小嘍囉，我們才能夠不費吹灰之力找到魔眼狒狒王。當然這都在計畫之中。

面對這場爭奪討伐目標的測驗，我打從一開始就不考慮正面迎戰天翼騎士團。因為我很清楚這麼做是必敗無疑。

透過哈洛德定下允許攻擊對手的規則，是為了把忌諱殺人的天翼騎士團拖到競爭舞臺上，讓他們更加意識到這是一場允許攻擊對手的比賽，迫使這群人急於短期決勝負。外加上對雷翁等人而言，他們是因為態度過於保守才遭協會駁回成立戰團的申請，所以更加無法保持冷靜。結果便是先一步行動的天翼騎士團，如實履行開路先鋒的職責。

礙事的眷族都已被清光，天翼騎士團也陷入無法交戰的狀態。如此一來，我們即可不必擔心被人妨礙，好整以暇地接收主餐。

「玩具！玩具！又有新的玩具！」

狒狒王在發現我之後，欣喜地將雙手舉過頭不停鼓掌。儘管那副蠢樣與猴子無異，但我方還是不能輕敵。參考過去的戰鬥紀錄，我深知這隻惡魔是何等狡猾且棘手，要不然天翼騎士團也不會吞下敗仗。

但它終究不是我的對手。我露出一個發自內心的笑容。

「初次見面，魔眼狒狒王，我名叫諾艾爾・修特廉。」

「諾艾爾！諾艾爾！我的玩具！」

「很遺憾我不會成為你的玩具，原因是你會死在我的手上，而且我會有效利用你的皮、肉、骨頭、內臟甚至是每一滴血，真的是很不好意思喔？」

「嘎嘎嘎！沒用的沒用的！死的是諾艾爾！死的是諾艾爾！」

「你是這麼認為嗎？那我就來證明給你看——來啊，死猴子，就讓我們來互相殘殺吧。」

魔眼狒狒王一感受到我的殺氣，便立刻撲了過來，不過我已在此之前先下達好指示了。

「動手，昊牙。」

我發動戰術技能《士氣高昂(battle voice)》和《戰術展開(tactician)》。

由於我已升階成【戰術家】，部分的話術技能也變成戰術技能。《士氣高昂》跟《戰術展開》的強化效果從百分之二十五提升至百分之四十。

獲得增益的昊牙從我頭頂的樹梢上對狒狒王發動強攻。完全沒察覺昊牙躲在樹上的狒狒王，被此襲擊嚇得往後一跳。昊牙的刀子沒能逮住獵物，只是輕輕削過它的鼻子。

「嘰嘰？你們怎麼會……怎麼會？」

狒狒王之所以那麼吃驚，是因為它無法讀取我們的心思。

唯有天縱之才的雷翁，才有辦法施展天翼。不過利用《思考共有》，以及透過觀察反應來培養默契的訓練，我們也能達到類似的境界。這個方法並非讓行動速度比思考更快，而是能從無心狀態立刻採取行動。我們將此技巧稱為天翼．零式。

「昊牙，《明鏡止水》。」

「好！」

我一發出下個指令，昊牙立刻閉起雙眼。

刀劍技能《明鏡止水》是唯獨在閉眼的狀態下才能夠發動，會讓視覺以外的四感能力倍增，而且攻擊速度與威力都會提升三倍。

狒狒王朝著我們兩人揮下巨腕，不過昊牙用刀化解這記強力攻擊。狒狒王的拳頭徹底偏離軌道，就這麼砸在其他地方。

即使身為同伴，我也被昊牙的神乎其技給嚇到了。一想到他還只是C階，就覺得他前途無可限量。

「嘰嘰嘰!?嘰嘰!!」

狒狒王大感困惑，同時不停發動猛攻，卻被昊牙的刀逐一化解。之所以能促成這場攻防戰，除了多虧天翼．零式以外，另一個原因是昊牙的戰法以反擊為主。在此狀況下，他幾乎能腦袋放空，僅憑視覺之外的情報做出反射動作罷了。

拜此所賜，就算狒狒王可以讀心，也無法搶在昊牙攻擊前採取行動。不過狒狒王的體能遠在昊牙之上，如果它不使用連續攻擊，而是改採昊牙無法化解的強力一擊便能打破僵局。狒狒王察覺後，高高地舉起拳頭。我見狀便立刻衝進它的懷裡，迅速拔出魔槍。

魔彈——靈髓彈（garm bullet）是利用深度九的惡魔‧幽狼犬（Garm）的骨髓液，提煉出超高純度的魔力傳導物質，再附加無屬性爆破魔法技能的魔彈。被此魔彈擊中後，魔力傳導物質會吸收目標的魔力，進而引發爆炸。

靈髓彈命中魔眼狒狒王——它的腹部便在頃刻間發生爆炸，直接把體型巨大的它轟飛出去。在我即將受爆炸波及之際，昊牙把我帶至範圍外。

「嘰嘎啊啊啊啊啊啊啊啊啊啊啊啊!!」

狒狒王口吐鮮血，發出哀號。雖然沒能讓它肚破腸流，卻已把它炸得皮開肉綻，鮮血直流。

「哈哈，不愧是一發一千萬菲爾的魔彈。」

我為這一戰準備了兩發靈髓彈。看著這超乎想像的強大威力，我不禁笑出聲來。

看著痛苦掙扎的魔眼狒狒王，我很猶豫是否該乘勝追擊。眼下的確是大好機會，卻依舊有可能反遭痛擊。而且靈髓彈只剩一發，不具備射擊強化技能的我不該胡亂開槍。

「昊牙，你行嗎？」

「太難了，那傢伙皮粗肉厚，老子的刀砍不進去。」

經過訓練，昊牙對我所有的技能已瞭若指掌。

言下之意便是在我最強技能《連環計(assault command)》的加持下，也無法對它造成傷害。

「OK，那就依照原定計畫進行。」

在我決定好方針時，狒狒王搖搖晃晃地爬起來。常言道困獸猶鬥，負傷的惡魔更是加倍棘手。狒狒王睜開殺氣騰騰的第三隻眼，從中透露出對我的無窮恨意。

「你……為什麼……跟旁邊的……男人……不一樣……？明明你……有在思考……我卻讀不出……你的心……為什麼……？嘰嘰……嘰嘎嘎嘎——!!」

「我雖想回答，無奈這是業界機密，不過我今天心情很好，就給你一個提示吧。我是你的剋星，而且是形同天敵的那種。」

事實上指定魔眼狒狒王為測驗目標的人是我，我委託哈洛德用這隻惡魔來測驗。我本想指定能活用《驅除死靈(exorcismus)》的幽鬼系(uncea)惡魔，偏偏目前降世的惡魔之中沒有合適的目標。

不過魔眼狒狒王對我來說也是容易應付的惡魔。理由非常簡單，因為我可以讓狒狒王的讀心術徹底失效。

手法是拜職能所賜，我可以高速思考。就算狒狒王想讀我的心，當我的思考速度超出它能聽懂的範圍時，它便無法讀取出有意義的內容。我之所以能輕鬆切入狒狒王的懷裡，理由就在於我讓思考高速化。

「看來會成為玩具的是你才對喔。」

狒狒王見我嘴角上揚出言挑釁後，氣得渾身炸毛。

「去死去死去死去死去死去死去死！去死吧啊啊啊啊啊啊啊！！」

它抓了一把地面的石子，高高抬起手臂擺出投擲的姿勢。

「昊牙，《櫻花狂咲》。」

刀劍技能《櫻花狂咲》可以一刀產生無數的斬擊。狒狒王擲出的大量碎石，與昊牙的無數斬擊在半空中正面衝突。被斬碎的石子化成散布於四周的塵埃。狒狒王趁著煙霧瀰漫之際，一口氣衝到我們的面前。

「我早就料到了。」

我已將魔槍的槍口對準前方，但現在開槍肯定會被輕鬆躲開，因此我將高速思考改成高速分割思考。

「嘰嘎!?」

狒狒王隨即痛苦得抱著頭。若要形容它此時的狀況，就如同被一大群人團團包圍，並在耳邊同時大喊大叫。假如它提前做好心理準備，或許還有辦法承受，不過面對這個突如其來的攻擊，自然是相當動搖。

「我果真是你的剋星。」

我扣下魔槍的扳機——靈髓彈命中目標。

儘管狒狒王在倉促之間連忙閃躲，魔彈仍擊中它的右手。在引爆的魔力之下，狒狒王的右手被當場炸斷。

「嘎嘎啊啊啊啊!!我的手啊啊啊啊啊啊啊啊!!」

失去手臂的狒狒王，傷口湧出如噴泉般的大量鮮血。

「我……饒不了你……饒不了你——!!」

魔眼狒狒王吐出咒罵的字眼，豎起食指對準自己額頭上的第三隻眼，當場把眼球挖出來。

「這、這下子……我就不會……再頭痛了……嘰嘰嘰……」

「啊，是嗎？」

「受死吧啊啊啊啊啊啊啊!!」

狒狒王以排山倒海之勢衝了過來。捨棄讀心能力，我的思考攻擊確實就無法奏效。取而代之，會被讀出心思時無法使用的技能也跟著解禁。

話術技能《思考共有》是透過意念與同伴共享思緒的技能。如果維持在高速思考的狀態下使用，將可能對其他人的腦部造成傷害，可是現在已不必擔心遭人讀心——不必擔心計策被人識破。這麼一來，我就可以肆無忌憚地發出指示了。

『事前準備已完成。指令，射殺它，亞兒瑪。』

我對等在深淵入口處待命的亞兒瑪下達指示。

「《速度提升（accel）》——十二倍！」

我並沒有直接聽見亞兒瑪的聲音，但我相信她會這麼說的。

一個遠超越音速的東西，循著我的《思考共有》飛射過來。該物體一路上都沒有減緩速度，筆直地飛向魔眼狒狒王。

亞兒瑪從【斥候】升階成【暗殺者】之後，不只是體能得到大幅提升，習得的技能也獲得強化。拜此所賜，她現在可以將《速度提升》發揮至極致，實現從敵人的認知範圍外展開奇襲的戰術。

換言之，就是人形兵器。

相繼施展暗殺技能《速度提升》和《隼之一擊（quick attack）》的亞兒瑪，已能將《速度提升》拉高至十二倍，這也讓伴隨速度增加傷害的《隼之一擊》技能效果獲得進一步強化，而且還附加我提供的增益。

我使出戰術技能《戰術展開》與《連環計》。變成戰術技能的《連環計》，能讓攻擊技能提升的效果從十倍增加至十五倍。獲得此增益的亞兒瑪，就算面對深度八的惡魔也肯定能一擊秒殺。

魔眼狒狒王終於察覺到亞兒瑪的存在，於是將攻擊目標從我們改為亞兒瑪，打算用剩下的手臂反擊，不過它再如何抵抗也只是白費力氣。

暗殺技能《靈化迴避（phantom）》，這是亞兒瑪升階為【暗殺者】時，藉由技能習得書學會的新技能。此技能在二十四小時內只能發動一次，效果是發動者於三秒內會靈體化，變成任誰都接觸不到的狀態。

亞兒瑪在絕佳的時機發動《靈化迴避》。至於這個時機，是我透過高速演算所得出的未來預知。狒狒王的巨腕恍若揮到一團煙霧般穿過亞兒瑪的身體。

剎那間便分出勝負。靈體化令所有攻擊瞬間無效的亞兒瑪，立刻實體化用短刀刺向魔眼狒狒王的頸部。不過她並非只是刺入，而是整個人貫穿目標，當場取下狒狒王的首級。

狒狒王的頭顱就這麼滾落在地，失去腦袋的巨大身軀當場倒下。

「作戰結束。」

我發出最後的指示，昊牙跟亞兒瑪紛紛累癱在地。其中又以承受《連環計》反噬的亞兒瑪最辛苦。在我準備出聲慰勞兩人之際，昊牙突然放聲大喊。

「好耶——!!老子也可以升階啦!!」

昊牙把右手背伸到我的面前，能看見該處浮現一個刀子的圖紋。看來他在打倒魔眼狒狒王之後，經驗值終於達到可以升階的標準。

「喔～讚喔，恭喜你啊。」

「好耶——!!」

昊牙完全忘了先前的疲憊，興奮地手舞足蹈。畢竟之前只剩下他一人停留在C階，肯定為此感到很痛苦吧。瞧他像個孩子一樣開心不已，我在感到傻眼的同時，也不禁輕輕一笑。

「諾艾爾，你……」

呼喚我的人是凱姆。隱身結界似乎已經解除，可以看見天翼騎士團一行人的身影。不出我所料，雷翁已受了傷。

「從頭到尾……都是你一手策劃的……」

凱姆見我們輕鬆打倒魔眼狒狒王，終於明白我們跟哈洛德是一夥的。

「你這傢伙————!!」

凱姆激動地衝向我，不過他的手沒能觸碰到我。只見一個人已然落在我和凱姆之間。來者正是位於樹海外監視測驗結果的監察官・哈洛德。

「雙方隊伍都辛苦了。我已清楚看見這場戰鬥的始末，就由我來公布結果。」

哈洛德環視我們一眼，扯開嗓門說：

「贏家是蒼之天外！本人同意該隊伍創立戰團！至於落敗的天翼騎士團，必須依約即刻解散隊伍！」

凱姆對於這樣的結果感到十分不甘，卻一語不發地垂著頭。

確實我跟哈洛德是一夥的，才能夠布下對我方相當有利的一局。不過天翼騎士團也同樣有獲勝的機會，既然他們沒能好好把握，也只能怪自己了。天翼騎士團如今已徹底喪失鬥志，恐怕就連找我復仇的力氣都使不出來。

「諾艾爾。」

亞兒瑪不知何時已來到我的身邊。

「我們已經得到實績，之後只剩下戰力了。」

「我明白，這也包含在計畫裡。」

我壓低音量小聲回答後，亞兒瑪不禁皺眉。

「……你當真想拉攏那個男人加入我們嗎？」

「關於此事，我應當跟你們討論得很清楚了。」

「我並沒有不滿，因為只要有他的加入，我們就能變得更強。不過他當真願意加入我們嗎？而且是在這樣的結果之後喔？」

「那還用說，況且我之所以盯上天翼騎士團，不單因為他們是非官方組織裡的最強隊伍，主要是天翼的雷翁・弗雷德里克就在隊伍裡。」

我瞄了一眼氣若游絲的雷翁，揚嘴笑說：

「我可以向妳保證，他絕對會加入我們的。」

†

麗莎拿起寄來租屋處的早報後，目不轉睛盯著報紙上那斗大的標題。因為內容過於驚人，令她不由得摀住自己的嘴巴。

「不會吧……天翼騎士團解散了？咦，等等……咦？」

天翼騎士團是帝都內非官方組織中最強的隊伍，也是麗莎的同鄉友人・奧菲莉亞隸屬的隊伍。儘管兩人都相當忙碌，外加上奧菲莉亞是麗莎的前輩，因此交流的機會不算頻繁，但她們仍會每個月抽出一天相約去吃頓飯。

驚呆的麗莎重新注視該報導，在閱讀過當初沒看仔細的標題後，又感受到更多的震撼。

「咦咦!?天翼騎士團之所以解散，是因為輸給蒼之天外!?」

該標題的內容如下——

『殞落的羽翼！於協會的見證下，天翼騎士團敗給蒼之天外遭到解散！』

麗莎一頭霧水地開始閱讀報導內容，這才終於明白來龍去脈。整起事件的原因，似乎是始於探索者協會突然改變方針。

以往若想成立戰團，只需備妥強制保險金兩千萬菲爾與根據地，幾乎能無條件地得到官方認可。不過在此之後，假如無法通過嚴厲的審核就會被駁回申請。

基於此原因，這兩支隊伍的創團申請都一度被駁回，但在雙方同時提出抗議的情況下，協會決定舉辦一場聯合測驗，唯獨贏家才允許創立戰團。附加條件是輸家必須解散隊伍。

測驗內容是看誰率先討伐探索者協會指定的深度八惡魔·魔眼狒狒王。結果由蒼之天外取得最終勝利，落敗的天翼騎士團則在探索者協會的見證下，依約即刻解散隊伍。

除了該篇報導以外，還有刊登各成員的訪談與記者的考察等等，不過對於落敗的天翼騎士團，文中寫滿各種毫不客氣且不堪入目的殘酷評語，麗莎看到一半就氣得把報紙扔在地上。

在天翼騎士團的活躍如日中天之際，記者是那樣地吹捧他們，如今卻這麼不知羞恥地翻臉不認人。麗莎再次體認到，自己就是因為這樣才喜歡不了那些狗仔記者。

「話說回來，諾艾爾他們居然能戰勝大翼騎士團……真叫人有些難以置信……他們成長得也太快了吧。」

蒼之天外確實是非常優秀。即便成員除了諾艾爾以外全數換新，而且重生的隊伍也不曾獲得過人的實績，但兩位新人都優秀到不像是C階的強者。依麗莎個人的分析，她認為蒼之天外過去與現今的實力並沒有相差多少。

不過他們終究都是新手，麗莎實在不覺得那三人有辦法戰勝各方面都既成熟又強大的天翼騎士團。況且敵人不光是天翼騎士團，還有高階惡魔魔眼狒狒王。不論麗莎如何在腦中模擬，都想像不出諾艾爾等人取得勝利的畫面。

「算了，畢竟是諾艾爾嘛……」

身為蒼之天外隊長的諾艾爾，就算尋遍整個探索者聖地艾特萊，他仍是一名非比尋常的探索者。明明他擁有全戰鬥系職能裡被評比為最爛的輔助職業，卻憑藉出類拔萃的智慧和指揮能力，被世人稱為專挑強敵的新人，是個在行家之中赫赫有名的強者。

就像麗莎曾碰上一個相當棘手的事件，結果諾艾爾用他那絕頂聰明的頭腦，三兩下就擺平了。麗莎之所以會對諾艾爾另眼相看，也是因為這起事件。

另外還聽說諾艾爾設局陷害帝國最大黑幫・路基亞諾幫的其中一名大幹部，並且把對方處理掉了。雖然麗莎當時參加遠征離開帝都，並沒有親眼目睹事情始末，不過口風很鬆的朋友・亞兒瑪把來龍去脈全說了一遍。

「想來是諾艾爾用計取勝吧。畢竟奧菲莉亞前輩他們雖然很強，卻似乎不擅面對陰謀手段……一旦交手肯定是相當吃虧……」

麗莎不清楚諾艾爾是使出何種詭計，但是中計落敗的奧菲莉亞等人恐怕很不甘心吧。身為對方的熟人，著實對他們同情不已。

但既然身為探索者，罵人卑鄙就只是弱者的藉口。在這個世界裡只有勝利和敗北。若是敗北，就算再不甘心也只能乖乖認輸。老實說光是能保住小命就該慶幸了。

「儘管令人遺憾，但這就是探索者的現實……」

麗莎深深地發出一聲嘆息，此時突然傳來一陣敲門聲。根據站在門外之人的氣息，來者是麗莎很熟悉的那個人。

「……奧菲莉亞前輩？」

「……嗯。」

對方回答得十分簡短。至於來訪的理由，麗莎基本上已經料到了。

「……前輩，難道妳打算辭去探索者的工作嗎？」

「…………嗯。」

換來的答案都在意料之中。奧菲莉亞之所以拜訪麗莎，應該是想來道別。麗莎很猶豫是否該出言挽留。畢竟奧菲莉亞是個優秀的探索者，就算天翼騎士團已經解散，仍有許多隊伍願意收留她。可是顧慮到奧菲莉亞的心情，別挽留她或許比較好。

「我一直很努力，也覺得自己變強了……但其實我一點都不強……我好累……看來自己一點都不適合成為探索者……」

奧菲莉亞接下去的話語十分含糊，接著氣息便消失了。麗莎連忙上前開門，但是現場只剩奧菲莉亞留下的一縷芳香。

相信奧菲莉亞準備回到她們的故鄉吧，麗莎很清楚返回故鄉是療癒心傷的最佳方法。不過，她還是感到一絲遺憾。

「這個業界還真是不好混呢……」

†

伏拉卡夫是狼獸人。獸人是兼具人類和野獸兩方特徵的種族，至於狼獸人的外表看起來就像是一個人披著狼皮，或是如同狼以雙腳步行的模樣。在所有獸人之中，屬於野獸特徵較為顯著的種族。

因此他們總會無端受到排擠、毀謗或中傷，就算在種族十分多樣的帝都裡，也經常遭受其他種族的侮辱。

伏拉卡夫的族人是生活在人煙罕至的沙漠裡。大概是生活困苦的緣故，族人大多都相當封閉且悲觀，明眼人一看都知道他們沒有未來可言。伏拉卡夫自幼就很厭惡他的族人，卻又希望能為一族開創未來。

容易被歧視的狼獸人若想在社會中出人頭地，唯一的道路就是成為探索者，憑藉實力往上爬，因此伏拉卡夫來到帝都。

伏拉卡夫一開始非常不安，因為他不知道是否有探索者會願意接納身為狼獸人的自己。不過當他遇見雷翁等人，這層不安就煙消雲散了。天翼騎士團是一支非常出色的隊伍。成員們不僅實力堅強，而且都品行端正，能為他想提升狼獸人社會地位的目標帶來益處。

但是，伏拉卡夫明白這段關係無法長久。理由是隨著戰鬥次數的增加，任誰都能意識到天翼騎士團是多虧隊長雷翁才得以存在。伏拉卡夫等人只是雷翁的陪襯品。即便天翼騎士團可以維持下去，伏拉卡夫也實現不了自己的目標。

天翼騎士團敗給蒼之天外被迫解散時，伏拉卡夫並沒有受到多少打擊。不管怎麼說，他都考慮在近期內退隊。

「歡迎啊，伏拉卡夫大人！我們已恭候你多時了！」

伏拉卡夫一走進豬鬼棍棒亭，紅蓮猛華的隊長維洛妮卡・雷德包恩隨即露出燦笑上前迎接。由於目前正值早晨，還是非營業時間，因此店內除了伏拉卡夫、維洛妮卡和老闆以外就再無旁人。

維洛妮卡早在一個多月以前就找過伏拉卡夫，目的就是為了挖角。維洛妮卡已看出伏拉卡夫成為探索者的目的，以及他對現狀的不滿，於是開出優渥的條件想拉攏他加入隊伍。之前已講好只要伏拉卡夫願意接受挖角，隨時都可以透過貓頭鷹郵件聯絡維洛妮卡。

在天翼騎士團確定解散的當晚，伏拉卡夫立刻就寄信聯絡維洛妮卡。沒多久便收到回信，信上寫著於明早在豬鬼棍棒亭見面。

「伏拉卡夫大人，既然收到你的聯絡，表示我能聽見滿意的答覆是嗎？」

這女人真是既沒耐性又強勢，但是伏拉卡夫並不排斥這種直腸子的態度。

「嗯，今後請多指教。」

伏拉卡夫以雙拳互頂平放於胸前的姿勢，使用狼獸人特有的方式行禮後，維洛妮卡欣喜地大叫出聲。

「好耶～～!!再來只需併吞笨狼和蠢猴的隊伍即可！如此一來，我們就能一口氣躍升成大型隊伍——不對，是大型戰團！走著瞧吧，諾艾爾！你休想繼續在我的面前耀武揚威！」

看來這女人也對諾艾爾心懷怨恨。既然答應成為同伴，伏拉卡夫是願意服從維洛妮卡，但還是希望今後別再跟諾艾爾起衝突。

因為在實際與諾艾爾交手過後，伏拉卡夫便頓悟出一個道理。那名由惡意組成的化身，凡人絕非他的對手。

「凱姆，你差不多該回家休息了吧？」

凱姆喝著手中的酒時，酒吧老闆擔心地望向他。

「……拜託再讓我喝幾杯。」

「這已是你第幾杯了……？我明白你很難過，但你不該沉溺於酒精之中。反正你還年輕，多的是機會東山再起吧？」

「沒那回事……我已經玩完了……」

天翼騎士團解散已過了兩天。測驗結束後，一行人幾乎沒有交談就分道揚鑣。在那之後，凱姆就成天與酒共舞。他要是不用酒精灌醉自己，就無法止住身體的顫抖。

「當時刺傷雷翁的觸感，至今仍殘留在我的手中……我鑄下無可挽回的大錯……那時在我內心深處，確實有著想獲得自由的念頭……但就算這樣，也沒必要做出那種行徑……結果我不曾找他商量，就已經準備好一把塗了麻醉劑的短刀……」

凱姆越想越覺得自己根本是瘋了。就因為他不願正視自己該面對的現實，一直想正當化自己的行為，最終才會犯下那樣的罪行。即便諾艾爾也有在旁搧風點火，但凱姆竟那樣徹底迷失自我，追根究柢仍是自己身上出了問題。

「我居然說了那麼過分的話……那小子單純是在擔心我……我卻罵他是叛徒，說出那種絕不該掛在嘴邊的話語……真正的叛徒是我……我是最差勁的人渣……」

凱姆再也承受不住，趴在桌上不停哽咽。當他壓抑不住情緒輕聲啜泣時，老闆溫柔地拍了拍他的肩膀。

「凱姆，你確實鑄下無可挽回的大錯，可是再這樣下去真的好嗎？光是像這樣沉溺在酒精之中，你的過錯就能得到原諒嗎？不對，絕無此事，你理當還有其他該做的事。」

「………該做的事？」

凱姆抬起頭來，只見老闆點了點頭。

「讓雷翁自由吧。」

「那小子早就自由了……畢竟天翼騎士團已經解散了……」

「不對。雖然我自那天起就不曾見到雷翁，但我相信他跟你一樣，仍走不出心中的那道檻，肯定很自責為何沒能相信同伴至最後一刻。況且他還是你的小弟啊。」

就凱姆所知，雷翁的確是個一如老闆所述的男子。雷翁很有責任感，如果同伴之間出了問題，他總會不斷苛責自己。

「或許吧……不過傷他最深的人是我，這樣的我能做什麼……我可是親手拿刀刺傷他喔……」

「就算什麼都不能做，還是可以跟他聊聊。我經常在店裡觀察你們，因此很清楚一件事。只要你們坐下來聊，絕對可以重修舊好。」

「……假如行不通呢？」

「那也是讓你們都獲得自由的一條路。」

「這樣啊……說得也是……」

凱姆點頭以對，終於下定決心。

他決定去面對雷翁，去正視自己的軟弱。

陰暗的天空正下著滂沱大雨，行走於其中的雷翁也不撐傘，任由冰冷的雨水打在身上。

雷翁最珍惜的天翼騎士團被迫解散。明明有許多致勝的機會，都怪身為隊長的他太不中用，才會像這樣輸得一塌糊塗。

在那之後，雷翁就沒有再與同伴見面。即使是歸還眾人寄放在他這裡的隊伍資產時，也只是透過貓頭鷹郵件聯絡，資金則是以轉帳的方式歸還，因此同樣沒有碰面，並且也沒有收到其他人的回信。

雷翁感到懊悔不已。天翼騎士團對他而言便如同另一個自己，像這樣失去以後，就跟自己喪命毫無分別。

雷翁形同一具活屍，漫無目的地在街上徘徊，路上行人有的是出聲嘲笑他，有的則是露出悲傷的眼神。但無論是何種反應，雷翁對世人來說已不再是值得憧憬的對象，而是比自己更不如的人生輸家。

就在這時，一名年幼的少年氣喘吁吁地跑向雷翁。

「雷翁先生！拜託您幫幫我！」

「咦……？你為何突然跑來向我求助？」

「我妹妹不小心滑倒撞到頭！然後流了好多血……因為我家沒什麼錢……再這樣下去……嗚嗚……嗚嗚……」

看著眼前這位低聲啜泣的少年，雷翁那有如風中殘燭的靈魂再次燃起鬥志。

「你放心！我一定會幫你的！所以你別哭了！」

「……真、真的嗎？」

「嗯，是真的。我對治療頗有自信。來，快帶我去找你的妹妹。」

「嗯！跟我來！」

少年從大街跑進小巷裡。由於帝都發展得過於快速，因此市區巷弄如同迷宮般錯綜複雜，若是追丟幫忙帶路的少年會很麻煩。為了避免跟丟少年，一連拐過好幾個轉角的雷翁聚精會神地緊追在後。

「快過來！就在這邊！」

跑了一段時間，兩人來到與周邊建築物格格不入的廣場上。也不知是此處的建築物已遭拆除，還是地主置之不理，總之帝都的巷弄內偶爾會有這類空地。

「你受傷的妹妹在這片廣場上嗎？」

雷翁在觀望四周的同時如此詢問，隨即透過氣息發現附近有一大群武裝分子。當他驚覺中計時已經太遲，轉眼間就被對方團團包圍。負責帶路的少年對雷翁扮了個鬼臉就快步離去，取而代之是將近二十名手持武器的暴徒，露出卑劣的笑容慢慢朝他逼近。

「沒想到你居然會被這麼拙劣的伎倆給騙來。看來天翼已經墮落了。」

一名狀似領頭的鷹勾鼻壯漢往前一站。對雷翁來說是一張熟面孔。

「……戰鷲烈爪的突擊隊長艾德賈。」

「你找我來究竟想做什麼？」

「也沒什麼，就只是我一直看你不爽，所以想稍微教訓你一下。」

「你只為了這種事，不惜利用年幼的少年嗎？真叫人不予置評……」

艾德賈見雷翁難以理解地搖搖頭後，表情隨即因怒火而扭曲。

「身為天才的你想必不會懂，當你飽受讚譽時，我們到底受了多少屈辱……有篇報導還寫說『相較於探索者表率的天翼騎士團，戰鷲烈爪根本是一群地痞流氓。明明沒有多少實力，純粹仗著自己是戰團就在那邊耍威風的下三濫』。」

「報導寫得很中肯啊，畢竟你就正在作踐自己。」

「不對，這都要怪你，雷翁。只要沒有你，我們就不會再遭人鄙視。明明你就是個偽善者，世人還那樣吹捧你。當我聽說你們輸給蒼之天外被迫解散時，簡直就是大快人心。因為你們的假面具終於被人剝下了。」

面對這番蠻橫無理的指責，雷翁能感受到怒火不斷湧上心頭，與此同時也想通一件事。昔日不斷找人暗算天翼騎士團的幕後黑手，肯定就是眼前的男人。

「唆使那些地痞流氓來襲擊我們的主謀，原來就是你……」

「你可終於發現啦。真是個遲鈍的傢伙，好歹我們都待在同個酒吧耶。」

「艾德賈，你根本是個瘋子……」

被雷翁以蘊含冷冽怒火的眼神一瞪，艾德賈聳聳肩說：

「可能吧。不過你又是怎樣呢？瞧你頂著一張死人臉在街上徘徊，我簡直快爽死了。你還真是墮落到無藥可救的地步。」

「……住口。」

「天翼騎士團的榮耀已是過去式！你唯一能走的路，就是跟慘遭淘汰的失敗者們一樣失去理智！現在的你，只適合活在貧民窟裡！」

「住口──!!」

雷翁激動地準備拔劍時，後腦杓竟受到一陣重擊。雖然他沒有失去意識，但因為徹底遭人暗算，他重摔在冰冷的地面上。

「去死吧！雷翁，給我受死吧！你這個人沒有活下去的價值！所以就給我死在這裡吧！」

艾德賈和同伴們一起湧向雷翁。此時，雷翁心中的另一個自己開始冷靜分析戰況，客觀得出自己大限已到的結論。他認為現在的自己確實不值得活下去，倒不如就這樣一死了之──

「哇啊啊啊啊啊!!」

就在雷翁死心放棄求生之際，包圍他的暴徒們接連發出慘叫。他抬頭看去，發現有的人被砍下手指，有的人則是身體遭鐵針深深插入，眾人全都拋下手中的武器痛苦掙扎。

「唔唔～是、是誰!?給我出來!!」

右手指頭遭砍斷的艾德賈，用左手壓住傷口大聲怒吼之後，小巷深處傳來一陣有人踏過石板路面的腳步聲。

「看你們玩得很開心嘛，也算我們一份吧。」

一名身上穿著黑色長大衣的惡魔，從巷子裡走了出來。

「蒼之天外……」

廣場上所有人在看清楚我們的身影後，無一不露出恐懼的神情。這反應非常好。身為探索者，能得到同行的敬畏才是好事。

倒在眼前的雷翁，親身證明做人萬萬不能被瞧扁。不管多麼出色的探索者，一旦暴露自身的軟弱就會被欺凌至死。就連從不給人添麻煩，品德優秀到宛若模範生的天翼騎士團也遭人這般暗算，這個充滿暴力的世界還真是充滿血腥味。

只不過對我這種人來說，倒也活得逍遙自在。

「你、你們來幹麼？」

看著艾德賈嗓音顫抖地提問，我冷笑一聲。

「還能幹麼？就只是來散步啊，對吧？」

「只是來散步的。」「對啊對啊。」

我把問題拋給待在身後的昊牙與亞兒瑪，於是兩人做作地附和著。

「別、別開玩笑了！假如只是來散步的，何必妨礙我們!?你們到底想怎樣!?」

艾德賈捧著缺了指頭的右手繼續叫囂，雖然他仍顯得相當動搖，卻已有餘力拾起掉在地面的戰斧，並且窺視周遭同夥的狀況。想來是正在找機會反擊，但他休想得逞。

「艾德賈，你太囂張了。」

「你、你說什麼？」

「明明是個遠不及我們的爛咖，還敢這樣得意忘形。看了就叫人不爽。嗯，我現在真的很不爽，你們乾脆就死在這裡好了？」

「咦！你、你說我們是爛咖!?」

自尊受挫的艾德賈氣得面紅耳赤，他左手抓起戰斧，並對同伴們扯開嗓門怒吼。

「你們也撿起武器！被人瞧扁到這種地步豈能默不吭聲！讓我們也把蒼之天外通通殺光!!」

艾德賈英勇地揮舞戰斧大聲下令，不過他的同夥們聽見命令別說是士氣激昂，甚至開始慢慢後退。

「你、你就饒了我們吧，艾德賈……」

「蒼之天外可是比天翼騎士團更厲害喔……」

「而且光靠三人就殺死魔眼狒狒王……」

「我們哪可能有勝算啊……」

艾德賈的同伴們都心生怯意，最終有一人轉過身去，如脫兔般逃之夭夭。

「嗚、嗚哇啊啊啊啊啊!!」

以此為契機，眾人立刻鳥獸散全跑光了。

「等等！別跑啊！都給我回來!!」

艾德賈拚命呼喚，卻不見一人回頭。

我早就料到會出現這種結果。事實上他們聯手應戰是頗有勝算。就算我方也不會坐以待斃，但以人數而言，終究是艾德賈他們占優勢。偏偏同夥們只因傳聞就過度誇大對我們的評價，認為自己完全打不贏，下場自然是丟臉地溜之大吉。

「你還真沒人望耶～艾德賈小弟弟。」

我往前一站，艾德賈連忙後退。

「你、你別過來……」

「叫我別過去？你是在命令我嗎？艾德賈小弟弟，你也差不多該學乖了吧？此時此刻究竟是何人作主？是我？還是你啊？」

「唔唔～……」

「快說！要不然就宰了你!!」

「咿、咿～！暫、暫停！我投降！拜託饒了我吧！」

艾德賈被我一吼之後戰意盡失，直接放下武器跪地求饒。

「還敢把頭抬得這麼高。看來你當真很想惹怒我。」

「沒、沒那回事！冤枉啊！」

艾德賈趕緊磕頭。這男人的自尊理當早已扭曲，現在倒是變得挺老實的。人心果然非常脆弱。

我走向艾德賈，一把抓住他的頭髮，將他的頭提起來。

「即使你已經磕頭道歉，不過說來遺憾，我還是看你很不爽。現在該怎麼辦？你覺得呢？」

「求、求求您……請您放我一馬……」

面對哭著求饒的艾德賈，我盡可能地擠出溫柔的笑容。

「嗯，我懂了——我就是看你的鼻子不爽。」

我迅速拔出短刀，當場割下艾德賈的鷹勾鼻。

「咿嘎啊啊啊啊啊啊啊啊!!」

艾德賈用雙手摀住沒了鼻子的臉，痛苦地在地上打滾。我抓住他的頭，強行令他與我對視。

「看著我——我叫你看著我!!」

「咿、咿——……求、求求您饒了我吧~……」

「若要我饒了你，奉勸你最好記清楚，從今以後不准再得意忘形跑來暗算人。倘若你敢毀約，不光是你，包括你的同伴、家人以及鄰居，我會不分男女老幼把他們的臉通通變成跟你一樣。聽懂了嗎——？我問你聽懂了嗎!?」

「我、我我我、我聽懂了！我聽懂了!!」

「滾，下不為例。」

我鬆手的瞬間，艾德賈拚死從地上爬起來，立刻朝著小巷深處跑去。我目送他離開後，轉頭對著啞口無言的雷翁露出微笑。

「那麼，雷翁，讓我們來談生意吧。」

「……你說……談生意？」

雷翁從地上起身，一臉狐疑地望向我。

「沒錯，談生意。雷翁，成為我的同伴吧。」

「咦⁉你、你別開玩笑了！」

既然他立刻一口回絕，恐怕是對我懷恨在心。想想也是理所當然，但是這種情感根本不值一提。

「只要你肯加入，我就讓你擔任這支新興戰團的副團長。憑我們的實力，今後肯定能飛黃騰達，相信這條件應該不差吧？」

「誰要成為你的同伴啊！」

「為何你不答應？」

「要不是你們──不對，諾艾爾，要不是因為你……天翼騎士團就不會被迫解散了!!」

這就是所謂的不打自招。幸好當人被逼急時的思緒都非常單純。

「現在的你簡直跟艾德賈沒兩樣，你有搞清楚自己在說什麼嗎？」

「別把我跟那種人混為一談！是因為我發現你和探索者協會互相勾結！」

「的確我跟哈洛德有私下勾結，我願意承認此事。但我確實有讓你們先攻吧？你們理當也有十足的勝算吧。」

「我還知道你跑來離間我的同伴！都怪你，凱姆才做出那種事情……一想到他的苦楚，我就無法原諒你……」

看著雷翁揮拳捶向地面，並流下懊惱的淚水，我忍不住笑了。

「有什麼好笑的⁉」

「當然好笑啊。既然你已明白凱姆的苦楚，為何不去跟他和好？確實這整件事都是我的錯。就算你們不能以探索者的身分共事，依舊能以朋友的身分隨時約出來見面吧。」

面對我的指正，雷翁震驚得說不出話來。

「雷翁，你之所以沒去見凱姆，是因為你害怕吧？原以為對方是自己再熟悉不過的兒時玩伴，但其實竟對自己抱持如此深沉的妒意。老實說，這點小事只要稍微想一下就會明白，你卻不曾去認清這個問題，簡直就是怠忽職守。真虧你還是隊伍裡的隊長，簡直快笑掉我的大牙。」

「你又了解些什麼……少在那邊不懂裝懂……」

「我當然懂，因為我也站在領導他人的立場。既然身為隊長，隊伍有任何問題都是隊長的責任。取而代之，隊長也有權利獨享隊伍所取得的榮耀。雷翁，你並未盡到身為隊長的責任，偏偏又只有你得到世人的讚揚，這種隊伍自然無法長久維持下去。」

雷翁非常優秀，但也因為過於優秀，所以無法理解人心的脆弱，下場就是另外三人的內心一直飽受折磨。

「……其實我早就知道了，這一切都得怪我。諾艾爾，即使沒有你，我們也毫無未來可言……可是認同這點的話，等於我們一切的努力都會化為烏有……這種事……我實在承受不住……」

雷翁顫抖著肩膀開始哽咽。我緩緩來到他的正面。

「雷翁，我把當時的那句話還給你。快起來，站起來戰鬥吧。」

「就算再戰又能怎樣？失去的事物已經回不來了……」

「沒那回事，會回來的。」

「…………咦？」

看著抬起頭來的雷翁，我淡然地繼續解釋。

「確實再這樣下去，天翼騎士團的榮耀將化為過往雲煙。不對，世間是殘酷的。榮耀恐怕會蕩然無存，只留下汙名而已。不過那些汙名也同樣很快就會消失了。不出半年，肯定沒人會記得天翼騎士團的事蹟。」

「我想也是……」

「假如曾擔任過天翼騎士團隊長的你，以探索者的身分闖出名聲，天翼騎士團的名字也會持續流傳下去。」

「……所以你要我只為了這件事，繼續戰鬥下去嗎？」

雷翁自嘲地揚起嘴角，我則點頭肯定說：

「沒錯，你要戰鬥，設法去履行你未能完成的責任。你必須讓天翼騎士團的名字流傳於後世。除此之外，你沒有其他方法能獲得救贖。」

「一旦我成為你的同伴，我就是名副其實的叛徒了……」

「雷翁，當個自私的人吧。把其他半吊子的情感通通拋下。無論你或是你的同伴，都不會因此獲得救贖。假如你打從心底想永久保存那些珍貴的回憶，就必須做好捨棄其他事物的覺悟。在這個殘酷的世界裡，沒有任何一樣東西是無須付出代價就能得到的。」

雷翁就此陷入沉默，並且維持相同的姿勢很長一段時間，接著像是終於下定決心地開口說：

「諾艾爾，你的心願是什麼？你是為了什麼繼續當個探索者？」

「為了向世界證明，我才是最強的探索者。」

雷翁見我毫不猶豫地給出答案，不禁睜大雙眼，然後慢慢地站起來。

「……我能相信你的這句話嗎？如果你膽敢騙我，我絕不會饒了你……」

「哼，這真是個蠢問題。」

我笑著伸出自己的手，雷翁則是一臉苦笑，回握住我的手。

雷翁成為同伴的數天後，我們再度造訪探索者協會館。

「雖然此次的計畫有點超過，但還是值得了。整個帝都全都在討論你們的事情喔。」

哈洛德對著我們露出苦笑，同席的雷翁則是尷尬地將臉撇開。

「雷翁先生，是我愧對天翼騎士團，但我並不打算向諸位道歉，因為這就是現實。倘若諸位心有不甘，大可在測驗中取勝，並且為了取勝付出更多努力，事情就是這麼單純。諸位的確非常優秀，卻有更多的不足之處。」

「……這些道理我都明白，我對此事沒有任何怨言。」

雷翁裝出一副釋懷的樣子，不過內心應是五味雜陳。此時，哈洛德忽然微微一笑，伸手指著自己的臉頰。

「即便如此，我也能清楚理解你的怒火，因此你若是不嫌棄，可以儘管揍我直到氣消為止。」

雷翁因哈洛德的提議而嚇得瞪大雙眼，在稍作猶豫後，緩緩地搖了搖頭說：

「我看還是算了吧，畢竟我沒興趣去折磨一位已經來日不多的老人。」

面對雷翁的諷刺，哈洛德雙肩一聳。

「就算成為副團長，也不必模仿自家團長那樣愛耍嘴皮子喔。」

哈洛德無奈地回以苦笑，接著拿起一旁的報紙。

「不過狗仔記者的消息還真靈通，雷翁先生與諾艾爾先生成為同伴的消息，才事隔一天就傳遍整座帝都……諾艾爾先生，這是你故意洩漏出去的吧？」

「那當然囉。為了引起話題性，必須好好利用這些狗仔記者。」

不光是我，高階探索者都清楚明白操控情報的價值。所謂的探索者不只是強悍就好，還得懂得利用輿論為自己造勢，才有機會更上一層樓。至於被民眾唾棄的探索者，將會步上與天翼騎士團相同的末路。

「這樣的出道方式算是相當不錯，但接下來能否生存下去，就端看你們的造化了。」

哈洛德把報紙扔到一旁，取出協會的印章。

「本協會同意批准你們的戰團創立申請。」

接著對放在桌面的申請書一口氣蓋上印章。

「首先是關於魔眼狒狒王的討伐報酬。完成委託的報酬是兩千萬菲爾，變賣素材的金額是八千萬菲爾，共計一億菲爾，這筆錢將於今日內匯入貴戰團的指定帳戶中。這張是簽收單。」

哈洛德將簽收單放在桌上，亞兒瑪和昊牙不由得瞠目結舌。

「一、一億……」「太、太屌了……」

他們會這麼吃驚也是理所當然，畢竟對常人來說，這輩子都不可能拿到如此龐大的金錢。唯獨經驗老到的雷翁才有辦法保持冷靜。

「另外基於諸位的實績及知名度，協會決定交付一件符合貴戰團實力的委託。討伐對象是降臨於水晶峽谷，深度九的惡魔幽狼犬。協會支付的報酬是三千萬菲爾，素材的時價則大約是一億兩千萬菲爾。當然變賣權全歸討伐者所有。討伐期限是從今日算起的一週內——諸位願意接受這個委託嗎？」

對於哈洛德的提問，我揚起嘴角點頭回應。

「好的，我們願意接取該委託。」

我們四人離開探索者協會館踏上歸途時，一路上都能聽見旁人交頭接耳地談論我們。

「快看，是諾艾爾跟雷翁……」

「沒想到他們真的合併創立戰團了……這下子當真不得了喔……」

「就算人數偏少，仍會繼承天翼騎士團的實績。蒼之天外在成立戰團後，會立刻躋身高階戰團之中。」

「蒼之天外這幫人還真是一飛沖天耶。」

「等等，根據我打聽到的消息，他們在成立戰團時，決定捨棄蒼之天外這個名字，記得合併後的戰團名稱是——」

正如哈洛德所言，街頭巷尾都是關於我們的消息。不枉費我特地拜託情報販子洛基，將我們的情報傳遍整個帝都。打響知名度不僅能間接影響探索者協會對我們的評價，也可以與銀行做更大額度的融資。

當我暗自竊喜一切都順風順水之際，後側突然傳來呼喚我名字的怒斥聲。

「諾艾爾‧修特廉!!你這個惡魔!!」

回頭望去，只見凱姆怒氣沖沖地站在那裡。

「哎呀，凱姆，自從那場測驗以來，還真是好久不見啊。」

「都因為你才害我們變成這樣!!去死吧——!!」

凱姆架起長槍，打算一槍刺死我。亞兒瑪與昊牙立即做出反應，不過天翼的雷翁搶先兩人一步，用盾牌擋下攻擊。

「住手！凱姆！你做出這種事也會遭受嚴懲！快收起武器!!」

「閉嘴！叛徒!!你居然搖著尾巴對這個陷害我們的惡魔言聽計從!!」

「沒錯！我是叛徒！所以我不能讓你殺了諾艾爾!!」

見雷翁如此大吼，凱姆迅速向後拉開距離。他並非醒悟而準備收手，而是為了讓長槍發揮出最大威力，才這樣調整攻擊間距。在重新擺好架勢後，凱姆散發出滔天殺氣。

「既然如此……我就先殺了你!!」

凱姆大腳一跨，隨之使出犀利的刺擊。在充分助跑之下使出的一擊，恐怕能輕易貫穿雷翁的盾牌。

但雷翁輕鬆躲過凱姆的長槍，並朝著對方的下巴揮出一拳。被打飛至半空中的凱姆重摔在地，以仰躺的姿勢倒地不起。

「可、可惡！居然連劍都沒拔……你這傢伙是要愚弄我到何種地步……我恨你……我恨你！叛徒！」

倒地的凱姆對雷翁破口大罵，可是雷翁沒有多加理會，轉身背對昔日的同伴凱姆。

「我是叛徒，所以沒資格對此多作辯解，總之我會踏上自己堅信的道路。」

當雷翁準備走向我們之際——

「加油喔，雷翁……」

雷翁聽完凱姆的這句話，震驚得瞪大雙眼，眼眶也隨之泛紅，脣瓣顫抖地準備轉過身去。

「不准回頭！」

我厲聲喝止雷翁。

「別回頭，雷翁……要明白這是身為大哥的男子漢對你的關懷。」

凱姆並非來殺我的，更不是為了來咒罵雷翁，其實是這位笨拙的老大哥，想藉此確認自家小弟是抱著何等覺悟踏上全新的道路，以及僅僅為了向對方說出「加油喔」這三個字而已。

「走吧。」

我如此催促後，雷翁抹去臉上的淚水點頭說：

「嗯，走吧，團長。」

我買下的根據地——戰團基地是一棟原本被當成公寓使用，以紅磚砌成的建築物。它一共有五層樓，分成十五個房間。屋齡很新，建造時採用最新式的耐震構造，就算發生地震也不會輕易倒塌。至於地理位置也還不錯。

不過基於某個理由，它以破天荒的低價便宜出售。換言之，算是個千載難逢的便宜物件，沒道理不把它買下來。儘管很想立刻入住，但因為各種內情必須全面改建，所以目前還禁止進入，於是我們站在路邊眺望未來的戰團基地。

「這屋子真壯觀耶，我們當真能住進去嗎？」

昊牙抬頭仰望戰團基地如此提問，我點頭回答。

「嗯，不過目前還在改建中，奉勸你再等等比較好。」

「真期待入住那天的到來耶。」

昊牙臉上浮現出天真的笑容。站在一旁的亞兒瑪卻納悶地歪著頭。

「你真的是以非常划算的價格買下這棟房子嗎？」

「沒錯，真慶幸能買到這種可遇不可求的好東西。」

雖然尚有房貸，但我打算一收到魔眼狒狒王的報酬就立刻繳清。

「附帶一提，到底是多少錢呢？」

「咦…………？差不多是這樣吧。」

我朝著亞兒瑪豎起兩指，比出V字形的手勢。

「……二十億？」

「哪會是二十億，應該是兩億吧？」

面對從旁打岔的昊牙，亞兒瑪柳眉倒豎地破口大罵。

「你這個不懂行情的笨蛋給我閉嘴！這棟房子哪可能兩億就能買下！去死啦！」

「妳、妳也不必這麼凶啊……」

亞兒瑪怒斥完昊牙，一臉嚴肅地瞪著我。

「諾艾爾你老實說，該不會是向奇怪的地方借錢了吧？」

「這、這還用說！我才不會隨便去借錢咧！」

「那、那你從哪湊來二十億菲爾這麼一大筆錢？啊！難、難道你為了籌錢，把自己的小菊花獻給那些腦滿腸肥的凱子大叔……」

「我怎麼可能會做出那種事！別逼我宰了妳喔!!」

就算我再如何寬宏大量，難免會對這女人低級的品行萌生殺意。

「其實你們都猜錯了，這棟屋子的價格不是二十億或兩億……而是兩千萬菲爾。」

「「兩千萬!?」」

兩人嚇得原地跳起，神色慌張地衝向我。

「這是怎麼回事!?」「兩千萬是騙人的吧!?」

這情況還真麻煩。當我思考著該用何種藉口搪塞過去之際——

「我、我想起來了……」

仰望屋子的雷翁，嗓音顫抖地如此低語。此刻的他面無血色，真要說來是臉色鐵青。

「記得這裡在很久以前是一座處刑場……」

下一秒，亞兒瑪和昊牙都如凍結般僵住了。

「聽說參與建設的相關人士都遭遇不幸。對、對了，記得約莫一年前，有個經商失敗的資產家在他買下的屋子裡帶著全家人一同自殺，至於那棟屋子就是這裡……」

「嘎啊啊啊啊啊啊啊啊啊啊啊啊啊啊啊啊啊!!」

就在這時，公寓裡傳來一股尖銳的叫聲。我們驚訝地抬頭望去，發現公寓周圍不知何時聚滿了無數的烏鴉。至於剛才的聲音，似乎是烏鴉發出的叫聲。說來也奇怪，所有烏鴉都低頭凝視著我們。

與此同時，突然颳起一陣溫溼的風。經過一段漫長且凝重的沉默後，我輕咳一聲說：

「咳咳，關於剛剛那件事的後續──」

「「「喂喂喂喂!!」」」

另外三人同時伸手指著我，露出既憤怒又害怕的表情破口大罵。

「不會吧!?你是認真的嗎!?這未免也太扯了吧！」

「你、你把我們當成啥啊!?這裡根本是地獄喔!?」

「你是瘋了嗎!?居然把凶宅拿來做為戰團基地！不對，你一定是個瘋子！」

看著異口同聲提出抗議的三人，我搖搖頭並深深地嘆了一口氣。

「別慌，身為探索者豈能這麼沒出息。而且自古以來，有哪塊土地沒死過人。要是只因為這點小事就感到害怕，天底下根本沒地方能住人啦。」

「可、可是話也不能這麼說啊……對、對吧？」

昊牙一臉不滿地望向亞兒瑪和雷翁，只見兩人點頭如搗蒜地表示贊同，拚了命地想表達『可怕的東西就是可怕』。

「既然我們是以討伐惡魔為業，何必害怕區區的惡靈嘛……」

「惡魔是不可怕，但我就是討厭惡靈。這情況就類似於有人不怕甲蟲，偏偏就是怕蟑螂。這是屬於生理層面的排斥感。」

對於亞兒瑪的說詞，我不禁苦笑以對。

「安啦，這棟公寓裡已經沒有惡靈了，我早就請除靈師幫忙淨化過此處。假使當真還有惡靈，我也有技能可以搞定。」

話術技能《驅除死靈》雖僅限於幽鬼系，但在面對同階級以下的敵人時，可以直接秒殺對手。即便是人類的靈魂，也可以輕鬆驅散。

「所以一點問題都沒有。好，這個話題就到此為止。」

我強行替此事做出總結後，三人只能不甘不願地點頭同意。

「那就進入下個話題。我把你們找來這裡，就是為了把這個交給你們。」

我從口袋裡取出三個吊墜，所有吊墜看起來都一樣，外形像是一條蛇的身上長有一對翅膀。

「這是白星銀(mithril)製，我請工匠製作的。這就是象徵我們戰團的徽章。」

我將吊墜依序遞給三人，首先是第一個成為同伴的亞兒瑪，接著是昊牙，最後是雷翁。

「蛇自古以來象徵著長生不老與繁榮。反之也是玩弄人心，受世人畏懼的邪惡存在。我認為這種正反兩極兼具的象徵很適合我們。王道與邪道，光與暗，我們就秉持著如此極端的兩種特性，設法登上頂點。」

三人露出堅定的表情點頭回應。

「成立戰團的申請已經通過。今後我們對外不再是蒼之天外，也並非天翼騎士團，而是我之前說過的戰團名。」

我環視三人，將該名稱說出口。

「嵐翼之蛇(wild tempest)。」

距今約莫六年前，某位天才探索者在帝都內可謂紅極一時。

當時年僅十八歲的這位青年，名字叫做修格・柯貝流斯。

他的職能是【傀儡師】，於諸多職能之中被譽為最強的稀有職能。其強項在於可以製造和操控各式各樣的人偶兵，並藉此應付所有戰況。

此人身材勻稱得可以駕馭各種瀟灑西裝，清秀的五官散發著知性與氣質。至於他那清新感十足的青草色頭髮，則是剪成俐落的短髮。另外他臉上那副用來矯正散光的眼鏡，令他看起來更加精明能幹。

當一個人才貌兼備時，旁人自然想要主動親近。偏偏修格的個性是不好成群結隊，總喜歡一人獨處。

修格為了貫徹個人主義，即使成為探索者也沒有特定的同伴，甚至情願以傭兵的身分接取工作。傭兵這行業並不稀罕，但一般也會加入特定組織，因此像修格這樣完全不仰賴組織的探索者，於繁華的帝都裡就非常罕見。

修格的才華與他那出類拔萃的能力之所以會廣為人知，原因是他參加的一場戰役。他當時受雇於成員多達二十人以上的大型戰團，即便他為勝利貢獻良多，卻在戰鬥結束後被僱主臭罵一頓。

「你這是什麼意思!?為何不聽從我的命令!?」

身為僱主的戰團團長，對著傭兵修格大聲斥責。

「就算你這麼問我……」

仍是面無表情的修格微微地歪著頭。

事件的開端是眾人在討伐惡魔時，修格竟違反命令。討伐目標是深度十的高階惡魔，是個只要有一丁點配合上的失誤，就有可能導致己方全軍覆沒的危險對手。縱使最終順利完成討伐，卻有一名團員身受重傷，因此團長會大發雷霆也是情有可原。

「若你無法給出一個滿意的交代，休想我會放過你！如果你有任何辯解就快說!!」

被人一手指在鼻子上的修格，一臉老實地點頭回答。

「倘若繼續遵照你的指示，我方將有極高的機率全軍覆沒。確實在戰場上，必須絕對服從身為團長的你，一如簽約時我說的那樣，我也有保全自身性命的權利。服從命令的義務與優先保障自身性命的權利，應當無須強調是哪個比較重要吧。關於這項條件，在你簽訂的契約裡也有註明，難不成你忘了嗎？」

語氣平淡的修格滔滔不絕地給出解釋。團長先是當場傻住，接著逐漸面紅耳赤。

「你這小子是想指責我指揮失當嗎!?」

「沒錯，我就是這個意思，難道你還聽不出來嗎？」

「別開玩笑了!!都怪你擅作主張，才害我重要的同伴受傷喔!!」

團長指著某位正一臉憤恨瞪向修格的女性團員。她身上衣服的右肩處撕出一道很大的口子，從中露出白皙的肌膚。儘管傷口在接受完治療後已經癒合，但原先嚴重到深可見骨。

「那是因為她突然闖進我的攻擊範圍內。假如她有聽從你的指示，理當不會出現在那裡。換言之，她也同樣沒有服從命令。」

「你、你撒謊！少在那邊胡說八道！」

女性團員被修格指正後慌了手腳。雙方究竟是誰在撒謊，以客觀的角度是一看便知，偏偏團長因動怒失去了冷靜的判斷力，似乎決定相信女性團員的說詞。

「我已聽夠你的胡言亂語!!總之，你打算如何為此事負責!?」

「受夠的是我才對，天底下最累的事情就是與蠢人交談。」

「你、你說什麼!?」

「我就老實告訴你們吧。」

原先面無表情的修格，隔著眼鏡露出一道犀利的眼神。

「你們通通都沒有探索者的才華，這場戰鬥之所以能取勝，一切都得歸功於我。要是沒有我的話，你們早就命喪黃泉了。」

經過一陣近乎產生耳鳴的沉默後，眾人同時發出怒吼。

「你這個自以為是孤獨一匹狼的區區傭兵!!既然你敢大放厥詞，想必是已經做好覺悟了吧!?難不成你以為光憑自身一人就可以打倒我們全部人嗎!?說啊!!」

「是啊，那還用問。」

修格伸出指頭扶正臉上的眼鏡，恍如散步般泰然自若地走向團長。

「我排斥暴力，但為了自保，我不會手下留情的。」

團長起先是表情驚恐，很快又換上一個凶殘的笑容。

被修格指責無能的團長，職能階級已達到A階，因此他不僅不是庸才，反倒是天才中的天才。其他團員也幾乎都達到B階，是個人才濟濟的戰團。真要說來，假如這群人當真毫無實力，協會也不可能把深度十的討伐任務委託給他們。

反觀修格同樣是A階，卻沒有任何同伴一直獨來獨往。確實【傀儡師】的人偶兵極具威脅，一尊人偶兵就擁有足以媲美B階探索者的戰鬥能力，而且修格最多可以同時創造出二十尊人偶兵，因此雙方單論戰力與人數是勢均力敵。但就算足以媲美B階，終歸是一群人偶。即便同為B階，擁有的技能數量和體能都是人類占上風。一旦雙方當真動手，戰團那方必然能取得壓倒勝。

「好啊，既然你都大放厥詞了，我就如你所願把你打得滿地找牙。你們幾個，可別放水啊！讓我們徹底擊潰他!!」

團長志得意滿地對著身邊的同伴如此下令。

但在下一秒，竟發生令眾人難以置信的狀況。

「豈、豈有此理……」

本該是團長與其同夥將修格包圍於其中，可是等他們回神時，才驚覺眾人已被敵軍團團包圍。外圍全是穿戴鎧甲的人偶。準確地說來是由【傀儡師】修格·柯貝流斯創造出來，多達兩百尊的人偶兵部隊。

「若想保命，奉勸你們別再做無謂的抵抗。如各位所知，我的每一尊人偶兵都擁有媲美B階探索者的力量。而且它們對殺意非常敏感，各位膽敢輕舉妄動，我就無法保障你們的生命安全。」

擁有【傀儡師】系A階職能·【十軍操者】(grand master)的修格，能夠操控三種人偶兵。分別是手持刀劍、長槍與斧頭的近戰型，使用弓箭、槍械、魔法的遠戰型，以及精通恢復、防護罩、搬運的支援型。可以任出他同時創造上述人偶兵的能力就是千軍技能·《軍團蹂躪》(legion)。

修格創造出數量如此驚人的人偶兵群，已將所有敵人團團包圍。就連團長也不例外，只見前後左右有四根長槍抵住他的脖子。

「你、你在同一時間能創造出來的人偶兵數量，上限應當是二十尊吧……」

假如只有二十尊，他們確實是可以輕鬆取勝。但若是面對數量多達十倍的兩百尊，就算戰團拚死一搏，也只會步上遭對手單方面蹂躪的命運。

「我不記得自己說過這種話。平常只是想保存魔力罷了。【傀儡師】是非常耗費魔力的，所以我在深淵都不會勉強應戰。面對深度十以下的惡魔，我無須全力以赴。附帶一提，我只發揮出兩成的力量。若以散步來形容我平常的表現，現在這點負擔對我來說也不過是稍稍慢跑的程度罷了。」

「只、只發揮出兩成？」

團長的臉上寫滿絕望。

因為聽說修格是非常優秀的傭兵，所以才決定雇用他，而且實際上他當真非常強悍。可是這種水準對他而言，就連小試身手都算不上。有誰能預料到理當是大型戰團的他們，竟遭人以稍稍慢跑的心態，像這樣單方面給徹底壓制住？自小總被捧為天才的團長，此時此刻是第一次打從心底承認自己輸了。

看著幾乎快被嚇尿的團長，修格稍稍地歪過頭去。

「所以我說過了吧？你們根本就沒有才華。所謂的才華，往往都是在對比之下得來的評價。修格・柯貝流斯是貨真價實的逆天存在，完全有資格把曾經被譽為天才的團長數落得比凡夫俗子還不如。

「奉勸你們記清楚，我之所以不喜歡加入團體，就是因為不想被外界誤以為我跟你們這些自鳴得意的弱者屬於同類。基於這個原因，我才會只跟你們維持合夥關係。當我還在擔任探索者的期間，若有工作方面的委託，隨時歡迎你們上門找我。」

修格彈了一聲響指，所有人偶兵便消失無蹤。失去戰意的團長與其團員們，紛紛雙腿發軟地跪了下來，並慶幸自己得救而鬆一口氣。至於修格則是完全不看他們一眼，踩著悠哉的步伐慢慢離去。當然現場沒有任何人膽敢自尋死路，朝著那道背影偷襲。

身為探索者兼傭兵的修格，自此之後便聲名大噪。

不過兩年後，正值全盛時期的修格竟突然宣布退出探索者業界，決定踏上人偶製作師的道路。

後來又過了兩年，以人偶製作師之姿獲得非凡成就的修格，卻在命運女神的捉弄之下，被冤枉成變態殺人事件的犯人而鋃鐺入獄。

在那之後又過兩年，今年已二十四歲的修格，仍被關押於陰暗潮溼的監獄之中。

「該怎麼說呢？這人還真是難以捉摸耶。」

在搭乘馬車前往討伐幽狼犬的途中，我詳述完修格的來歷後，昊牙一臉困惑地摸著自己的下巴。

「先不提是否要邀請他加入戰團，但既然得知他是被冤枉的，基於道義還是該救他出來。」

昊牙釋然地點點頭，坐於一旁的雷翁也點頭表示同意。

「倘若他真是被冤枉的，我也想救他出獄。至於他是否願意加入我們，就端看他本人的意願了。換作是我被關在監獄裡長達兩年，總覺得自己肯定堅持不下去……」

雷翁一想像自己被關進牢裡，就不禁渾身發抖。此時，亞兒瑪卻百般無聊地打了個哈欠。

「諾艾爾無論如何都想邀請他加入吧？那我願意全面配合。啊、不過昊牙是多餘的，真希望能立刻把他炒魷魚。」

「這是為什麼!?」

面對昊牙的反應，亞兒瑪不禁開懷大笑。

「那麼，關於修格的營救計畫，各位都沒有異議吧？」

當我打聽到修格．柯貝流斯的存在時，就一直想將他收為同伴。儘管至今仍沒有足夠的力量為他洗刷冤屈，但現在已漸漸做好準備。

為此，我才決定讓現有同伴們得知關於修格的消息，藉此統合意見。像這樣坐在馬車裡，也就無須擔心遭人竊聽。至於口風很鬆的亞兒瑪，我也再三提醒過她膽敢洩漏出去，就一定會取了她的小命，因此應該沒問題才對。大概吧……

「老子沒有異議。」「我也是。」「我也一樣～」

三人之中都沒有反對者。如此一來，我就可以心無旁騖地執行計畫。

「居然可以在轉眼間創造出兩百尊足以媲美B階探索者的人偶兵，看來【傀儡師】號稱最強職能是當之無愧。」

雷翁看似相當欽佩地有感而發。

「確實【傀儡師】被譽為最強職能的評價是完全沒錯，但不論一個人再強悍，終究僅限於憑拳頭說話的世界裡。大家務必要把【傀儡師】修格的遭遇當成前車之鑑。說起真正的強者，就是得設法讓自己不會任人宰割。」

修格想當孤獨一匹狼，我並不打算否認這種生活方式，但沒有結交可信之人的下場，就是即便含冤入獄，也無人願意伸出援手。這就是過度追求自我的生活方式，沒搞清楚孤高活於世上的風險。

「人應該懂得利用他人，互相利用所產生的關係才是社會的價值，也是人類的智慧。過度執著於善惡或個人的主義與原則，都將導致自身利益的損失，甚至還會失去身為人的權利或尊嚴。」

我慎重地叮囑三人。

「不論多麼強悍，落單者就一定會被人吞噬。」

「就像你這種人……是嗎？」

面對雷翁帶刺的提問，我笑著點頭回應。

「你還真清楚嘛。總之就是這樣。」

接著我板起臉，做開戰前的最終確認。

「差不多快抵達目的地了。昊牙你才剛升完階，當真沒問題嗎？」

「完全沒問題，老子這就好好發揮【武士】所有的力量。」

經過與魔眼狒狒王的一戰，昊牙從【刀劍士】升階為【武士】。不光是技能得到強化，體能的提升也遠在C階之上。

「亞兒瑪，妳的狀態萬無一失吧？」

「我有吃很多肉，所以不要緊。」

亞兒瑪得意一笑，看起來精神飽滿，臉色也很不錯。畢竟亞兒瑪在此戰之中將會特別辛苦，看她的樣子應該沒問題才對。

「若硬要說出一個問題的話，就是屁股坐得好疼。我討厭坐馬車。記得鄰國羅達尼亞共和國有開闢鐵路吧？真希望帝國也趕快跟上耶～」

「如果可行的話，帝國早就照做了。妳就稍微忍著點，我也同樣坐得屁股發疼。」

鐵路——就是於地面鋪設鐵軌，任由機關車行駛在上面的技術。這是可以一口氣運送大量的人員和物資，堪稱是跨世代的一項發明。

不論是搭載以惡魔為素材製成之魔導機關（引擎）的機關車，或是精密耐用的鐵軌等等，憑帝國的技術力都可以輕鬆製作出來。問題是帝國境內比起其他國家更容易出現深淵。換言之，很可能會出現深淵——也就是危險地帶的範圍將涵蓋鐵路，所以帝國無法讓這項技術於境內普及。

拜這片土地所賜，帝國的魔工文明蓬勃發展，卻又基於環境的緣故，在某些方面不如他國，說來還真是非常諷刺。

「雷翁，這一戰是你首次與我們合作，沒問題吧？」

「嗯，我會全力以赴，必定會為勝利帶來貢獻。」

由於討伐期限只有短短一週，因此我們在團隊默契上絕非萬無一失。不過雷翁果真非常優秀，不僅戰鬥能力突出，加上曾經擔任過天翼騎士團的隊長，對於指令的理解速度敏銳到另外兩人完全無法相提並論。相較於只會依計行事的兩人，雷翁還可以洞察出指令的下一步提前行動。換言之，我可以更輕易地下達後續指令。在雷翁加入之後，我們的戰鬥速度有了飛躍性的成長。

「幽狼犬是強敵，就算我們全都升上B階，這原本也不是光憑四人即可戰勝的對手。不過挑戰本該沒有勝算的強敵，進而成功奪下勝利，才是探索者的精髓所在。這就是所謂的進化。為了讓我們得到飛躍性的成長，就必須克服相應的試煉。」

我壓低嗓音，對同伴們下令說：

「所以我們要一口吞了幽狼犬，朝著更高的境界前進。這就是大家必須遵守的頭號命令——讓我們跨越死亡吧。」

在這片遼闊的峽谷裡，隨處可見裸露的岩壁上長出許多紫水晶。換作是平日裡，任誰目睹此等清幽的美景都會倒吸一口氣，不過現在已與魔界相連，就此化成深淵。放眼望去，能看見數量多到足以淹沒整座峽谷的骸骨騎士（skeleton knight）阻擋在前。這些手持刀劍、斧頭、長槍或大槌，穿著漆黑鎧甲中的骸骨騎士們，體型大小與強弱都參差不齊。體型最小的個體差不多近似於一名成年男子，最大則高達六公尺左右。最弱的個體等同於深度五，最強的個體則高達深度七。不過它們都是小嘍囉，真正必須打倒的目標，是位於骸骨騎士們後面的那頭巨大惡犬。

它有著彷彿由暗夜所形成的漆黑毛皮，三對散發紅光的眼睛，以及不斷從嘴裡冒出的綠色火焰。擁有上述特徵的惡魔，名字就叫做幽狼犬。深度為九。縱使是大型戰團，沒有做好萬全的準備也難以戰勝，是隻極度危險的高階惡魔。

「吼喔喔喔喔喔喔喔喔喔喔喔喔喔!!」

幽狼犬仰天咆哮，眾骸骨騎士將主人的怒吼當成號令，一起展開進攻。像這樣召喚並奴役骸骨騎士的能力，便是幽狼犬的特性。

「違背天理之人啊，汝等既無罪也已無生命！」

這是話術技能《驅除死靈》，雖然只對幽鬼系有效，但只要是同階級以下的對手都可以直接秒殺。至於碰上比自己更強的敵人，並不會直接失去效力，而是會大幅降低對方所有的能力。

在《驅除死靈》的效力之下，敵軍立刻消失三分之一的兵力，剩下的三分之二也因為能力下降而變得相當遲鈍，於是我立刻向同伴們下達附帶增益的指令。

「昊牙，利用《櫻花狂咲》掃蕩嘍囉們！雷翁對剩下的強敵施展《神聖波動》！亞兒瑪則是補刀了結對手！」

「好！」「知道了！」「收到！」

昊牙發動武士技能《櫻花狂咲》，一拔刀就發射出無數劍氣。其數量絕非能同昔日而語，威力也同樣大幅上升。他使出的犀利斬擊猶如隨著強風四處飄散的櫻花瓣般避無可避，精準將來犯的骸骨騎士們接連砍碎。

可是這招沒能把大型骸骨騎士徹底擊潰，只有斬斷它們的指頭或部分鎧甲。剩下的五隻大型骸骨騎士看似有深度七，當它們朝著我們揮下手中的重型武器之際，因雷翁發射的耀眼光球而停下動作。

騎士技能《神聖波動》是屬於遠程攻擊，會暫時令目標陷入能力下降的異常狀態。在光球命中目標的瞬間，亞兒瑪暢行無阻地飛越於周遭的岩壁間，接連斬碎大型骸骨騎士的關節。這些大型骸骨騎士再也支撐不住自己的龐大身軀，在捲起一陣沙塵後應聲倒下。

骸骨騎士大軍已被掃蕩殆盡，接下來只需除掉身為深淵核心的幽狼犬即可。

但是——

「吼喔喔喔喔喔喔喔喔喔喔喔喔喔喔!!」

幽狼犬再度發出嚎叫，只見它腳下的陰影向外擴張，從中出現另一批骸骨騎士大軍，而且數量是——先前的兩倍以上。

「啐，雖說早知道它會重新召喚，但我沒想到它召喚得那麼快。」

幽狼犬的特性是召喚和奴役骸骨騎士，直到魔力耗盡之前都可以無限召喚。按照過去的戰鬥紀錄，唯一的解決辦法就是火力凌駕在召喚速度之上。幽狼犬似乎聽見我的咂嘴聲，得意地揚起嘴角。

「這頭臭狗居然在笑……」

高智慧的惡魔全都無比凶殘，幽狼犬也不例外。它的個性與人類一樣，在看見獵物被逼入絕境時會感到喜悅。

「團長，請繼續發動《驅除死靈》，並且下達其他指令！」

「這我知道！違背天理之人啊，汝等既無罪也已無生命！」

在雷翁的催促之下，我再次發動《驅除死靈》，但是消除的數量遠不及前一次。也就是說，骸骨騎士的能力比之前更高。

「昊牙，你繼續擾亂嘍囉們！雷翁負責掩護昊牙！亞兒瑪直接攻擊幽狼犬！現在能接近它的只有妳！」

三人遵照我的指示開始行動。昊牙連續發動《櫻花狂咲》擾亂敵軍陣腳。雷翁透過防護罩和遠程攻擊，從敵方手中保護昊牙。

「《速度提升》──十二倍！」

當地面上打得一片混亂時，亞兒瑪沿著牆壁逼近幽狼犬，並以最快速度對它發動突擊，偏偏幽狼犬輕輕鬆鬆就躲過這記強襲。

「可惡！沒打到！」

亞兒瑪拚命追擊，卻無法傷之分毫。即便是暗殺技能《投擲必中》擲出的鐵針，也因為幽狼犬在即將被射中之前迅速躲開，就這麼硬生生插在岩壁上。

單以體能上的落差，絕對無法解釋幽狼犬這一連串出神入化的行動。恐怕是它的大腦特別發達──運用高端的計算處理能力，精準預測出我方的攻勢。也就是說，它可以跟我一樣達成未來預知。不對，與其說是一樣，不如說是在我之上。

可是幽狼犬並沒有對亞兒瑪做出反擊。就算強如幽狼犬，反擊時也一定會露出破綻，因此它應該是打算專心閃躲，等待亞兒瑪體力耗盡的瞬間。

這完全是獵人特有的思維。儘管它在戰鬥能力上擁有壓倒性的優勢，也絕不會輕敵。看來它是想在絕不犯險的前提下，十拿九穩地將我們殺死。

「糟糕……再這樣下去會全軍覆沒的……」

戰況隨著時間越來越嚴峻。能看出亞兒瑪為了維持最快速度已開始疲憊，昊牙和雷翁掃蕩骸骨騎士的速度也大幅下降。

「沒辦法了……改變計畫！昊牙與亞兒瑪負責保護雷翁！雷翁以防護罩守住眾人之後，就準備發動《日輪極光》！」

騎士技能《日輪極光》是以所有的魔力為代價，發射威力超強的光束，也是騎士的範圍攻擊技能。就算幽狼犬的速度再快，也躲不過這個招式。

「團長，我不建議施展《日輪極光》！」

雷翁神色慌張地提出異議。

「若是《日輪極光》沒能得手，有誰可以幫忙張設防護罩與療傷!?拜託你三思啊！」

「住口！反正眼下情況也只會被敵人耗光體力!!倒不如孤注一擲扭轉乾坤!!」

「話是這麼說沒錯！不過——」

「你別說了！這是團長命令!!」

雷翁見我堅持己見，只能不甘不願地點頭同意。

「……好吧。各位，麻煩你們幫忙掩護我！」

雷翁替眾人施展防護罩後，便以反手握住長劍，壓低重心擺出馬步，準備施展

《日輪極光》。驚覺異狀的骸骨騎士們開始圍攻雷翁，亞兒瑪和昊牙迅速回防應戰，我也使用魔槍幫忙掩護毫無防備的雷翁。

雷翁開始集中魔力，令手中的劍散發出耀眼紅光。即便還在準備階段，產生的熱浪竟能令河川蒸發，周圍的岩石也開始熔解。雖然有雷翁施展的防護罩保護我們，卻還是炎熱到人體勉強才能承受的範圍。

「我已經準備好了！請團長下令！」

在雷翁請求指示的瞬間，幽狼犬縱身一跳，準備逃離峽谷。

「別想溜！」

我發射魔彈——雷擊彈在幽狼犬的頭上炸開來，隨之產生如蜘蛛網般的雷擊，就此阻斷幽狼犬的退路。

「就是現在！發射!!」

「《日輪極光》!!」

我發動戰術技能《戰術展開》與《連環計》。雷翁也將手中長劍橫向一揮，同時發射騎士技能《日輪極光》。

《日輪極光》在我提供的增益之下獲得強化，射出足以覆蓋整座龐大峽谷的光束。路徑上所有的事物都在瞬間蒸發，不只是骸骨騎士大軍全數消失，就連峽谷的地形也隨之改變。

「……打倒了嗎？」

因為漫天沙塵的關係，導致能見度極差，在我瞇著眼睛如此低語之際——

「吼喔喔喔喔喔喔喔喔喔喔喔!!」

幽狼犬發出第三次嚎叫聲，隔著沙塵能看見骸骨騎士們搖晃的身影。

「可惡……」

幽狼犬明明被雷翁的《日輪極光》直接擊中，居然還有力氣應戰。恐怕是它以龐大的魔力生成防護罩，藉此擋下攻擊。按理來說，承受那樣的攻擊不可能毫髮無傷，另外它這次召喚出的骸骨騎士數量也不多。換言之，這波攻勢有對它造成傷害，並成功削減它的魔力，但我方為此付出的代價更加慘痛。

在《日輪極光》及《連環計》的反噬之下，雷翁已經站不起來，精疲力竭地趴在地上。就算讓他服下恢復藥，也無法重回戰線。

「看來到此為止了……全員撤退！亞兒瑪背著雷翁先走！我和昊牙負責殿後！」

這場延續三公里的撤退行動，在昊牙不敵大型骸骨騎士的猛攻下而受挫。儘管他揮刀擋下敵方大劍強力的一擊，卻沒能徹底化解攻擊的勁道，就這麼硬生生撞在岩壁上。

「昊牙!!」

我大聲驚呼，只見昊牙單膝跪地，從嘴裡咳出一口血。

「抱、抱歉，諾艾爾……老子已經撐不住了……」

看他的樣子，恐怕是斷掉的肋骨傷及肺部，已無法再戰了。

「諾艾爾！危險！」

亞兒瑪急忙把我推開，幾乎在同一時間，只見我原先所在的位置上插著一把大型骸骨騎士使用的巨劍。救了我一命的亞兒瑪，與昊牙一樣重重撞向一旁的岩壁。

「不、不會吧……」

目前能行動的只剩下我一人。受傷的昊牙和亞兒瑪都暫時無法行動。雖然雷翁尚有意識，但還是一直趴在地上。我啞口無言地愣在原地。就在這時，成群的骸骨騎士忽然退至兩側，幽狼犬悠然自得地從中走了過來。

——一百二十，一百一十九，一百一十八，一百一十七……

「勝負已定。」

巨犬站在我的面前，操著一口沒有抑揚頓挫的人類語言。

「爾等確實給吾帶來不少樂趣，但終究不是吾的對手。」

——一百，九十九，九十八，九十七……

「為何不命令骸骨騎士直接殺死我們？你到底有何目的？」

「吾的目標是汝，汝擁有非常出色的大腦，只要生吞汝的大腦，吾將變得更強悍。人類之子啊，就此成為吾的糧食吧。」

幽狼犬張開血盆大口，露出一嘴尖牙利齒。

「等等……我願意認輸。假如你想吃我，就儘管吃吧。不過在此之前，我有件事想問你。」

「何事？你問吧。」

堅信自己勝券在握的幽狼犬，決定聽聽我想問什麼。

「你可曾見過手持人類戰斧，擁有人形的魔王嗎？它的額頭上有一對角。若是你知道它的戰鬥方式與特性，希望你可以告訴我。」

「……為何汝想知道？」

「它是殺死我祖父的仇敵，在被我祖父打傷後，它為了療傷而逃回魔界，目前應該還活著。假如可以的話，我想親手殺了它。」

「簡言之，汝想復仇是吧。真沒意思。」

幽狼犬像在嘲笑似地揚起嘴角。

——七十五，七十四，七十三，七十二……

「不管怎麼說，汝都會死在這裡，因此吾沒理由回答汝。」

果然沒能得到答案。算了，反正我打從一開始就不抱期望，畢竟我需要的只是像這樣跟它交談。

——六十二，六十一，六十，五十九……

「汝想說的只有這些嗎？」

「還有一件事，你要不要跟我做個交易？」

「交易？」

面對交易這個單字，幽狼犬不禁感到納悶。

「只要你願意饒我們一命，我就告訴你一件好事。此情報對你而言是意義非凡，絕對能幫上你的忙。」

「汝打算出賣其他的探索者嗎？可笑！此舉絕非勇士應有的行為，汝就抱著這個卑劣的想法去冥府懺悔吧!!」

在幽狼犬憤怒地發出咆哮之際，我從長大衣內取出一個銀色圓筒。

「你別急，我並不打算出賣其他探索者，而是想解釋此圓筒的效用。」

「……這個圓筒是什麼？」

幽狼犬已徹底放下戒心，好奇地嗅了嗅圓筒的氣味。想來是看出我沒有抱持一絲殺意。倘若我稍微展現出一丁點的敵意，它肯定會立刻咬下我的腦袋。

「這是噴霧器，只要將液體裝進去，就會以霧氣的方式散布出去。而且這東西可以遠距離操控，就像這樣。」

我取出一個手掌大的裝置，按下上頭的按鈕，噴霧器立刻朝著周圍釋放霧氣。

——三十五，三十四，三十三，三十二……

「哼，這東西能派上什麼用場？」

「你看不出來嗎……？既然如此，代表你也只有這點能耐罷了。」

幽狼犬見我冷笑一聲，驚覺似乎苗頭不對，警戒地退後一步。主要是它看我沒有敵意，基於這個緣故，令它很猶豫該如何應對，最終只能拉開距離。

「……汝做了什麼？」

「你不懂也是理所當然。嚴格說來，你是看我戰意盡失才敢接近我。若我展現出一絲反擊的意圖，你就絕不會靠近對吧。」

「這是什麼意思⁉汝到底想說什麼⁉」

——十三，十二，十一，十……

幽狼犬又後退一步。明明我都站在它的眼前了，它卻聰明反被聰明誤，完全不敢輕舉妄動。

「這件事也沒有多複雜。我確實沒有一絲戰意，就連現在也沒有。可是你應該這麼想才對，我之所以毫無戰意，是因為勝負已定。」

——五，四，三，二，一……

「零。時間到，剛好兩分鐘。」

轉眼間，幽狼犬已應聲倒下。它就這麼口吐白沫，痛苦地喘著氣。這副模樣不禁讓人聯想到溺水。

「豈有此理⁉難道……吾中毒了⁉吾明明有躲過所有的攻擊啊！」

「不對，你並沒有躲開所有的攻擊。我們逃來的這個地點，有提前安裝多個如剛才說明的噴霧器。至於裡面當然裝著劇毒。你已吸入大量這裡的空氣。換言之，當你來到此處之際，你便必輸無疑。我之所以沒有戰意，就是基於這個理由。」

「不、不可能……既然如此，你們也會受到劇毒影響才對……」

「這種毒對人體無害，只對惡魔有效。對吧？亞兒瑪。」

亞兒瑪被我一問，維持坐在地上的姿勢點點頭。

「此毒無色無味且會立刻氣化，將它吸進體內的惡魔，血液中的紅血球將在兩分鐘左右便會遭到溶解。也就是說，會陷入極度嚴重的缺氧狀態。由於這是以我的血液為材料製成，因此沒辦法大量製造，但仍算得上是最高傑作。」

這是暗殺技能《毒藥精煉(blood poison)》。雖然我們在準備期間做出大約一公升的毒藥，不過亞兒瑪消耗的血液量是此數字的兩倍。就算能透過輸血補充血液，終究還是很耗體力，短期內無法頻繁重複這個步驟。

「總之就是這樣，你聽懂了嗎？」

「唔唔……骸骨騎士!!快殺了這名人類!!」

幽狼犬已奄奄一息，仍命令骸骨騎士們襲擊我。

「違背天理之人啊，汝等既無罪也已無生命。」

可是骸骨騎士們被我的《驅除死靈》接連秒殺。因為負責召喚的幽狼犬已非常虛弱，在魔力供給不足的情況下，它們的能力也會大打折扣。事到如今，骸骨騎士已不足為懼。失去軍隊的魔犬之王，懊惱地齜牙咧嘴說：

「原來你下令撤退，其實是為了將我引來這裡的一齣戲啊……」

「我的演技很不錯吧？撰寫劇本和指導演技的都是我。但並非從頭到尾都是一齣戲。為了讓你卯足全力，我方也必須全力以赴——瞧你一直很努力嘗試自我再生，卻因為魔力不足而辦不到吧？」

無論是幽狼犬擋下雷翁的《日輪極光》所使用的魔力，以及三次大規模召喚消耗的魔力，依照上述總量來推估，它理當沒有魔力替自己在如此狀態下自我再生。若是我方一開始就只想用毒打倒它，它不僅會立刻自我再生來解毒，還會令它提高警覺而導致不能重施故技。其中最重要的一點，就是沒有充足的毒藥能繼續這麼做。

正因為我方認真應戰，認真被對手逼入絕境，才能夠讓思考計算能力在我之上的幽狼犬疏忽大意，就此中了圈套。

「即便是戰術，老子仍吃了不少苦頭。為了這一戰，諾艾爾的演技指導真叫人吃不消～……不過那些努力終有得到回報。」

昊牙抹去嘴上的血，慢慢地站起身來。即便那些喪氣話都是逢場作戲，但受到的傷害卻是貨真價實。雷翁和亞兒瑪也試著起身，但我以手勢制止兩人。大家都辛苦了，接下來只需交給我一人來處理即可。

幽狼犬以顫抖的四條腿緩緩站起，與我展開對峙，接著它擠出最後的力氣撲向我。但在它的利爪跟獠牙接觸到我之前，我已扣下扳機。

靈髓彈命中目標——魔彈射進幽狼犬的脖子裡，於該處引發爆炸。幽狼犬被炸斷的頭顱高高飛起之際，以嘹亮的嗓音說：

「勇士啊，你確實很有一套!!」

幽狼犬的首級落地後，臉上掛著一個滿意的笑容。

「它竟然並非開口咒罵，而是對贏家表示讚賞。我真意外惡魔會擁有這樣的傲骨。」

我把魔槍收進槍套內，並下達最後的指令。

「作戰結束。」

「我已親眼確認諸位成功擊敗討伐目標，並且順利淨化深淵。」

擔任監察官的哈洛德，對我們露出一個十分高興的笑容。當深度八以上的惡魔降世並產生深淵時，為了避免對周邊造成傷亡，按照慣例都會直接由探索者協會的職員們負責管理，因此哈洛德也親臨現場坐鎮指揮。

「諸位完成了深度九惡魔的討伐，今後勢必將聲名大噪。」

「達成這點難度的委託是再正常不過了。」

「你是在謙虛？還是得意忘形？算了，對我來說只要能拿出成果，不論哪種態度都無所謂。」

哈洛德一臉悠哉地笑著，並從胸口的口袋裡取出一包菸。

「對了，那東西也變得相當出名喔。」

哈洛德呼出一口煙後，指著我脖子上的吊墜——這是嵐翼之蛇的標誌，長有一對銀翼的蛇。

「每個戰團都有暱稱，因為這個標誌的緣故，大多數的人都稱你們為蛇。現在只要在帝都提到蛇，就是指你們嵐翼之蛇喔。」

「蛇象徵繁榮與不死，算是好兆頭吧？」

「哎呀，我還以為你是為了自我警惕才挑選蛇喔。」

「你這句話是啥意思？死老頭。」

哈洛德被我一瞪，隨即將臉撇向旁邊，從嘴裡吐出一口環狀的煙。

「諾艾爾，支援者那邊已經喬好了，接下來會開始作業。」

雷翁從旁邊走了過來。後方能看見為了把幽狼犬帶回帝都，從支援者協會雇來的職員們。支援者是針對探索者出外活動時提供各種支援的業者。肢解和搬運惡魔的屍體都是他們的工作。畢竟光靠我們四人，根本沒辦法將巨大的幽狼犬運回去，所以事前已與他們簽訂契約。

早在深淵外待命的支援者們，手法俐落地肢解幽狼犬的屍體，並分批搬運至好幾輛馬車上。由於屍體擱置過久將導致素材的價值大打折扣，因此這是一門很高深的技術。亞兒瑪和昊牙似乎對那群人熟練的技巧十分欽佩，露出如孩童般的眼神在一旁觀摩。

「諾艾爾，方便說句話嗎？」

雷翁好像想跟我私下聊聊，於是我點頭回應，跟著他走至大岩石的後方。

「你接下來有何打算？」

雙手環胸將身體依靠在岩石上的雷翁，臉上的表情非常嚴肅。

「諾艾爾，我承認你確實非常高竿。憑現在的我們能打倒幽狼犬，你是功不可沒。

如果沒有你，我們絕無一絲勝算。」

「這是屬於團隊的勝利，缺少任何一人都無法做到。」

「也對，嵐翼之蛇是非常優秀的戰團，具備繼續往上爬的潛力。」

不過雷翁眉頭深鎖，補上一句但書。

「經此一戰我可以肯定，透過一般方法是絕無可能在半年內成為七星。就算我們成功替修格洗刷冤屈，讓他加入戰團，無論是戰力、實績與知名度，其中又以資金更是壓倒性地不足。」

雷翁稍微頓了一下，神情凝重地繼續解釋。

「理由是想成為七星，就必須設法淘汰現有的七星。你究竟打算以何種方式做到這點，身為副團長的我想先確認一下。」

七星的席次一如其名只有七個，若是不淘汰既有的戰團，我們休想擠入其中。而且正如雷翁所說，我們依照現在的步調成長下去，絕無可能超越七星。理由是至今築起的所有一切皆與他們天差地遠。

「諾艾爾，回答我，畢竟你對我發過誓要成為最強的探索者。」

「我當然已想好對策，其實只要反轉一下思緒即可。你認為我們哪方面能贏過七星？」

「哪方面能贏過七星？當真有這種事嗎？」

看著一臉不解歪過頭去的雷翁，我不禁笑了。

「有啊，就是錢。」

「錢!?這是我們最沒有勝算的部分吧！七星的財力都非常雄厚！七星的其中一項特權就是可以擁有飛船，反之就是戰團必須具有足以建造飛船的財力。至於建造飛船的最低額度是——」

「八百億菲爾，對吧？」

我先一步說出答案後，雷翁點頭以對。

「沒錯，至少也要八百億菲爾。我們歷經死鬥戰勝幽狼犬的報酬，加上變賣素材的資金總共大約是一億五千萬菲爾。即使將這些錢全都挪為戰團資金，簡單換算下來也得完成五百三十次這類的委託。以時間而言是完全來不及。重點是歷經今日一戰沒有稍微休息的話，我們的身體會先撐不住。」

「沒錯，不過你得以更彈性的方式去思考問題。說起探索者，賺錢的管道不只有討伐惡魔而已——我首先是打算招募贊助商。」

許多富豪或貴族都搶著想當知名探索者的贊助商，理由是成為贊助商可以提升自身的名聲，也能做為推行全新事業時的根基。所謂的經濟就是錢滾錢，此道理也能套用在探索者和贊助商的關係上。

「雖說這是個好主意，到時的確有機會湊到八百億的資金……可是光靠一至兩名的贊助商，無非是杯水車薪。」

「這樣的話，只要找來幾十名贊助商就好啦。」

「你、你想怎麼做？」

「修格・柯貝流斯。」

雷翁聽見我說出的名字後先是瞪大雙眼，接著逐漸冒出怒火。

「……你救他與其說是為了戰力，其實這才是真正的目的吧。你打算把洗刷冤屈當成是一場秀，藉此來取得民眾的支持嗎？」

幸好雷翁思緒敏銳。沒錯，這就是我的計畫。

「無論何時，民眾總在追求英雄。至於成為英雄的條件，就是殺死迫害世人的怪物。迫使良善市民含冤入獄的歹毒執法者，其存在對大眾來說就是名副其實的怪物。不管是誰，都渴望著英雄能幫忙除害。」

「而你就打算利用廣獲民心的英雄之名，來大量招募贊助商是吧……」

「正是如此！」

我彈了個響指，露出燦爛的笑容。

「當然這只是計畫的一部分。等到計畫全數實現的一天，我們絕對會登上探索者的頂點。」

「原來如此……」

雷翁的語氣十分冷漠，並將目光對準我。

「這下我就放心了，諾艾爾。你的個性果真是如我當初所料。」

雷翁隨即轉身準備離去，我對著那道背影說：

「雷翁，你就是你，沒必要配合我，就按照自己堅信的道路活下去。既然身為副團長，就沒必要當個應聲蟲。」

雷翁因為我的一席話而停下腳步，並刻意重重地嘆了一口氣。

「……不必你說我也知道。我就只是不反對你的計畫。人就應該懂得去利用他人……真是一個出色的想法。」

能聽出雷翁口是心非，話中充斥諸多不滿。意思是他可以理解我的意圖，內心仍難以接受。我並不打算為此提出辯解，卻還是得請他履行身為團員的義務。

「等等，我還沒說完。雷翁，我有工作要交給你。」

「工作？」

雷翁扭頭越過肩膀看著我。

「嗯，是你會喜歡的工作。」

我揚嘴一笑，只見雷翁露出十分厭惡的表情。

†

拜各大報社所賜，成功討伐幽狼人的我們不只在帝都聲名大噪，名聲甚至逐漸傳遍整個帝國。此發展對我來說是樂見其成。到時只要利用知名度，我的計畫成功率將會大幅上升。

「諾艾爾先森～你在嗎～？」

此刻是正午以前，伴隨一陣敲門聲，有道略顯大舌頭的嗓音在呼喚我。是我長期租屋的旅館．星雫館的招牌服務生瑪莉。星雫館於午餐期間總會忙得不可開交，不過她的聲音聽起來似乎十分悠哉。

房門打開後，身材嬌小的瑪莉仰頭對我嫣然一笑。

「啊～你在呀，真素太好了。」

「找我有事嗎？」

「有客倫想見你，方便讓對方進來嗎？」

「難不成是現代主張報社的記者？」

「沒錯沒錯，素新聞記怎。難道你們早就約好了？」

我點頭肯定。現代主張報社主動表示想來採訪我。

「可以麻煩妳帶他過來嗎？」

「好的～……話縮側位記怎不素帥哥喔？」

「對方是否英俊與要不要讓他見我有何關聯……？」

「因為帥哥配上帥哥才養眼呀。對諾艾爾先森來縮，既藍要與對方單獨見面，來個帥哥也比較開心吧？」

「……本人先強調一下，我並沒有那類癖好。」

「咦咦!?側怎麼可能呢!?」

「我說妳啊～……」

這個死小鬼，她的癖好真是日益嚴重。才不過十歲就這副德行，天曉得她長大後會變成怎樣……？光在腦中想像就覺得可怕。

「諾艾爾先森，側沒什麼好怕的。神明曾縮過，帥哥就應該跟帥哥結為連理，而側也素大自藍的定律。」

「那是哪來的邪神啊。我說小瑪莉，妳是不是該去給醫生檢查一下腦袋呢？要不然就是請醫生幫妳在頭殼上開個洞，看看能不能幫妳治好如何？」

「倫家才沒有錯！錯的素側個素界！」

「妳這個死小鬼，居然說出這種破天荒的歪理。為了守護這個世界，我是否該趁現在宰了妳？」

「哇～～！哇～～！倫家反對暴力!!」

看著那道落荒而逃的小小身影，我不由得深深嘆了口氣。

「真擔心這個小屁孩長人後會變成怎樣……」

「您好，我是現代主張報社的記者托馬斯。」

一名戴著眼鏡，狀似高知識分子的人叔走了進來。我們隔著一張桌子分別就座。

「很感謝您在百忙之中，願意抽空接受本報社的採訪。」

這場訪談很順利，不過托馬斯從方才就莫名一直在看手錶。看他的樣子應該是反射動作，十分鐘裡就看了五次手錶。

「你在這之後有什麼重要的急事嗎？」

托馬斯被我這麼一問，尷尬地低頭道歉。

「很抱歉在訪談期間做出這種失禮的舉動……其實是探索者協會將在不久後宣布一件大事，我也得前去採訪……」

「原來是這麼回事。」

十之八九是要宣布冥獄十王一事。畢竟危險度達到天災級的冥獄十王即將降世，將會對經濟造成嚴重衝擊。若要公布，算算也是時候了。想想這是個大好機會，我就來好好利用一下。

「探索者協會準備公布的消息，是關於冥獄十王將在一年後降世的緊急狀況。」

托馬斯聽見我透露的消息後，忍不住瞪大雙眼。

「……這、這是真的嗎？」

「是真的。因為這是負責我們戰團的監察官親口透露，相信是所言不假。雖然我們被下了封口令，但既然協會即將公布，我先一步告訴你也無傷大雅。創立戰團的審核之所以會變嚴格，就是為了精挑細選出在一年後的決戰裡，有能耐成為戰力的探索者。」

「原、原來如此，那我想應該錯不了。可是冥獄十王真的將在一年後降世嗎……？帝國恐怕會陷入動盪。」

面對將雙手交叉於胸前陷入沉思的托馬斯，我探出身子輕輕一笑說：

「托馬斯先生，我這裡有個提案，乾脆就來舉辦一場研討會如何？」

「研討會嗎？」

我對著一臉困惑的托馬斯點了個頭，延續此話題說：

「面對冥獄十王這類重大災禍，民眾肯定很好奇大型戰團將會如何應對。到時就邀請各戰團的團長們同臺討論，至於此會議由貴報社獨家報導，我保證絕對會掀起話題。」

「這、這主意真不錯！簡直是太棒了！」

托馬斯雙眼發亮顯得異常興奮。

「請務必交給本報社來籌辦！本報社會全面配合您的！」

「那就拜託貴報社安排與準備會場。另外為了提高話題性，這場會議得盛大點。到時不光邀請探索者，也多找些富豪或知名人士來參加。」

「好的，會場一事請交給本報社。至於賓客的邀請名單，方便拜託您來擬訂嗎？」

「嗯，就由我來負責吧。」

「不過，其他戰團的團長當真會願意受邀嗎？」

托馬斯的擔憂是再正常不過。我只是剛成立戰團的新手團長，自然不會有人肯賞臉參加像我這種人舉辦的企劃，因此我會利用那個男人。

「放心，我會以另一位探索者的名義召開研討會。」

「您說的探索者是？」

面對托馬斯的詢問，我回以一笑說：

「就是帝都最強戰團霸龍隊的副團長，吉克・范斯達因。」

我與托馬斯道別後，快馬加鞭來到距離帝都約莫一小時的路程，某座陡峭的荒山上。此處地形險峻，不存在正式的登山步道。想前往山頂必須透過攀岩，就連經常接受鍛鍊的我想上去也絕非易事。

山頂空氣稀薄，不斷颳著近乎零度的冷冽強風，對常人來說是個絕不能久居的地點。按照洛基的情報，吉克經常來這裡。當我四處張望尋人之際，忽然有一幕詭異的光景映入眼簾。

「山……居然在動……」

準確說來，是一部分的岩壁在上下抖動。決定上前確認的我，被眼前景象給驚呆了。竟然有一名男子，舉起一塊形同小山的岩石。依照岩石的大小來推估重量，恐怕重達四千公噸。而且該男子是以抬起那塊岩石的狀態下做深蹲運動。

這已超乎人類的範疇，而是達到神的領域。

「那就是現役EX階探索者的力量……」

男子——吉克・范斯達因把抬起的岩石拋向遠方。岩石落地時發出轟然巨響，地面也隨之撼動。

赤裸上半身不斷冒著熱氣的吉克，從腳邊的包包裡取出毛巾開始擦汗。不過臂力異於常人的他，身上的肌肉並沒有過度腫大，而是看起來相當苗條。

將頭髮擦乾的吉克扭頭望向我，儘管顯得有些驚訝，卻還是露出溫和的笑容。

「這還真是稀客呢。」

「我很意外你竟是個努力家。而且我萬萬沒料到，你還會做這種非人哉的訓練，令我對你有些改觀了。」

「謝謝誇獎，不過努力家一詞，實在讓我開心不起來。」

吉克取出水壺，喝了一口水滋潤過喉嚨後才接著說下去。

「諾艾爾先生，相信你也能明白才對。努力一詞根本算不上是讚美。原因是我們需要的只有結果，像這樣鍛鍊到滿身大汗反倒是一種恥辱。倘若可行的話，我情願只留下自己想要的結果，至於付出的努力則是都煙消雲散。」

我了然於心地笑著點頭。

「你說的很對。在這個世上，結果就代表一切。」

「那麼，你來找我有什麼事嗎？既然你特地跑來這種地方，代表並不方便在帝都裡談論吧。」

「我有件事想拜託你，不知你是否願意聽？」

「我還記得自己之前被你大肆數落一番……不過我已是成年人，就不跟你計較這麼多了。至於你的請求，說來聽聽倒也無妨。」

「謝謝。關於我的請求，是想借你的名字一用。」

我把自己跟現代主張報社提議籌辦研討會一事說明完後，吉克頗感興趣地摸了摸自己的下巴。

「聽起來挺有意思的。你的目的是想透過研討會來招募贊助商吧？」

「沒錯，你說對了，因為我很需要資金。」

吉克見我點頭肯定，狡黠一笑說：

「但你這樣的新人無論在研討會上如何高談闊論，終究吸引不了多少贊助商，所以你打算利用染血標本師(leather mask)——修格・柯貝流斯，也就是替他洗刷冤屈來打響自己的名聲吧？」

「喲～你知道啦。」

如同我結交名為洛基的情報販子，吉克也同樣有屬於自己的情報網，因此被他發現也不足為奇。

「其實霸龍隊(我們)也有看上修格的才華，對於案件的內情同樣知之甚多，但最終基於成本考量，只能放棄救他出獄。」

「成本考量？我看你們只是沒能耐實現此事罷了吧？」

見我冷笑一聲提出質疑，吉克雙肩一聳。

「我不否認，可是你又能辦到嗎？為了利用修格，前提是你必須替他洗刷冤屈，但光是找齊證據依然不夠。理由是秉持威權主義的司法省絕不會輕易認錯。只要你踏錯一步，就會被冠上叛國罪送進牢裡。」

「你忘了我的職能嗎？我接下來要站上的擂臺，完全是我所擅長的領域。」

「喲～這麼有自信。既然如此，我倒是很想坐在頭等席欣賞你的英姿。」

不過吉克露出冷笑，補上一句但書。

「諾艾爾先生，你是我的競爭對手。如果真被你得手，將會造成我的損失，並且惹怒我的團員們。這麼一來，你憑什麼要我答應你的請求？」

「我自然會為你備妥一份回禮。」

「喲～就憑你？你打算準備怎樣的回禮？」

「讓你可以跟里奧一戰。」

一聽見我的答案，吉克立刻板起臉來。

在探索者聖地的帝都裡有兩位最強，其中一人是我眼前這位霸龍隊副團長吉克・范斯達因，另一人則是百鬼夜行的團長里奧・艾汀。

儘管戰團的階級是霸龍隊較高，但帝都目前的風氣是將兩人視為一樣強。不過，自尊心高的吉克對此見解相當不滿，甚至很想找機會與里奧一分高下。經過上次的碰面，我能清楚看出他心中的怨氣。話雖如此，基於雙方的地位，各界都不容許他們擅自私鬥。

沒錯，我已看出吉克總是以這個理由來說服自己。

「你很想與里奧一戰吧？我可以幫你實現心願。」

「我確實想跟里奧戰鬥，也是時候該搞清楚誰才是真正的最強。不過擔任要職的我仍需顧慮自身立場，不被允許這種有可能危及性命的私鬥。」

「所以我會在得到大眾認可的場合下，讓你們做一場無須擔心雙方生死的決鬥。」

「……你打算怎麼做？」

我沒有馬上給出答案，而是開始依序說明。

「嵐翼之蛇將在半年後成為七星。」

吉克對於我的宣言沒有任何表示。雖然無法肯定他對我是否有信心，但他好歹也是最強戰團的副團長，至少沒有取笑我在痴人說夢。總之，吉克藉由沉默催促我把話說下去。

「七星是由皇帝親自賦予的頭銜。換句話說，我將有機會晉見皇帝。到時候，我會向皇帝提出一項計畫。」

「一項計畫？」

「舉辦一場所有探索者皆可報名參加的競技大賽。」

「你說什麼!?」

吉克震驚得瞠目結舌，我沒有理會繼續解釋。

「相信你也知道冥獄十王即將出現在帝國境內。考慮到民眾的不安，勢必得舉辦可以安定民心的大型活動，因此皇帝一定會接受我的提案。既然以皇帝之名舉辦競技大賽，許多名聲響亮的探索者們肯定想藉此機會一展自身實力，尤其是將與冥獄十王直接交手的七星戰團。」

屆時將會派遣七星戰團聯手挑戰冥獄十王。也就是說，得先決定好由誰來擔任總指揮官。若以實績來考量，非霸龍隊團長維克托爾莫屬，不過考慮到他年事已高，絕無可能在前線作戰的同時負責指揮。

除去維克托爾，七星戰團的團長們都有機會獲選為總指揮官。大家為了爭取總指揮權——為了能有個公開的場合來彰顯自身的實力，我所籌劃的這場競技大賽就是最佳舞臺。

當然這對我來說也是一樣。

「原來如此，原來如此原來如此……原來如此！這主意完全突破盲點。只要比賽規定禁止殺害對手，我就可以與里奧一戰。外加上是皇帝批准的競技大賽，各界就不會對我的報名抱持疑慮。」

「說得沒錯。雖然實際規則還在研擬中，不過我打算制定出任誰都有機會獲勝，即使雙方在階級上有所落差，也還是可以同場較勁的內容。」

「這點子著實非常有趣，但你這樣滔滔不絕地交代清楚沒關係嗎？畢竟我也可以竊取你的點子，由我向皇帝提議喔？只要我現在殺了你，任誰都不會料到這點子是出自他人。而且此處恰好鮮少有人經過。」

面對吉克再明顯不過的威脅，我不禁啞然失笑。

「奉勸你別說這種言不由衷的話。原因是你比起自己籌辦競技大賽，反倒覺得利用我會更省力。重點是你想親自去對里奧說『拜託你參賽』這句話嗎？」

「……居然一語說中我的痛腳。自尊真是個麻煩的東西。」

吉克露出苦澀的表情，轉身背對我。

「好，我同意你的計畫，答應把名字借你用。一旦你爬上七星，就必須召開競技大賽。」

「一言為定，我願意以祖父布蘭頓・修特廉的名字發誓。」

既然雙方已達成協議，我便轉身準備離去，吉克卻突然喊住我。

「諾艾爾先生，我想問問你，你覺得我跟里奧是誰比較強？」

「……雖然我並未親眼見過里奧，不過按照他的戰鬥紀錄來分析，是里奧比較強。當今最強的探索者，十之八九就是里奧。」

吉克確實是擁有逆天般的實力，不過根據我的預測，同為ＥＸ階的里奧遠比吉克更強。

「這樣啊，我就相信你的分析吧。換言之，我是站在挑戰者的立場，達到此等境界的我居然是個挑戰者……真叫人熱血沸騰。」

下個瞬間，吉克散發出駭人的鬥氣。因為背對的緣故，我不清楚他此刻露出怎樣的表情，但我相信他臉上的笑意變得更深了。

「老實說，我並不排斥你這種個性。」

我如此呢喃的剎那間，忽有一陣強風颳過，讓這句話在傳入吉克的耳裡之前就被吹散。

†

「啊～！疲倦時喝上一杯，真叫人渾身暢快！」

坐於雷翁身邊的昊牙，恍若正在暢飲哪來的頂級美酒般，將水壺裡的水一飲而盡。此刻正值豔陽高照的正午時分，雷翁跟昊牙位於帝都城牆附近擔任修繕城牆的義工。

帝都的城牆有附加防護罩功能，啟動後即可抵禦外敵的入侵。每當附近產生深淵時，為了保障帝都安全，都會大規模提升其效果。雖說城牆有導入最新技術，不過城牆本身只是以一般的石材砌成，長久下來總有一些地方會變脆弱，所以必須定期保養修繕。

環繞帝都的城牆既長又雄偉，光靠技術人員根本忙不過來，因此需要大量的勞動力支援，在他們的監督下進行工程。聘來的人手裡，絕大多數是領取日薪的勞工，不過裡面也有不少義工。想為所愛的故鄉做出貢獻，這種想法絕非多麼罕見。

雷翁和昊牙是以義工的身分參與幫忙，但理由並非他們對帝都有愛，而是聽從諾艾爾的命令。

「真受不了諾艾爾的一時興起。當老子聽見他為了提升戰團的風評，於是命令我們擔任義工時，一時之間真不知該說啥耶。也不想想都怪誰經常胡來，才導致我們風評很差。」

在稍作休息時，趁機抱怨諾艾爾的昊牙，用指頭彈了一下掛在自己脖子上的蛇形吊墜。雷翁聽完不禁露出苦笑，感同身受地點點頭。

「話雖如此，但我覺得這主意不壞。儘管這是個不起眼的工作，不過讓市民們記得我們探索者以外的另一面，確實有助於提升戰團的形象。另外戰團的風評變好的話，其他戰團也就不便騷擾我們。」

探索者之間相互扯後腿的行為屢見不鮮。諸如放假消息抹黑對手，或是直接訴諸暴力排除對手，面對競爭對手時經常毫不留情。但並非任何戰團都會碰上這類騷擾。當目標是高知名度的戰團時，執行起來就有困難。理由是隨意下手的話，反倒會令自己惡名昭彰。

以此為鑑，透過從事義工活動來提升市民們的好感，此做法對於預防這類騷擾十分有效。事實上在同樣來擔任義工的志願者裡，他們對雷翁與昊牙讚譽有加。這群人在目睹以暴力為業的探索者如此意外的一面之後，似乎都對兩人大大地改觀了。

「你們兩個也吃點吧。這是我老婆做的蜂蜜檸檬片。」

「明明平常還有探索者的工作，你們真是偉大耶。怎麼樣？要不要跟我家女兒相親看看？」

「瞧你們年紀輕輕就這麼出色。帝都只要有你們這群人，未來肯定是安定太平。」

大多的志願者都對兩人十分欣賞，等這群人與熟人分享過此事以後，嵐翼之蛇的風評將隨之提升。若是有誰與擄獲民心的戰團為敵，就等同於與民眾作對。除了做事不經大腦的蠢人們，或是對社會有壓倒性影響力的達官顯貴以外，原則上沒人敢亂來。

「起初聽諾艾爾說想交代工作給我時，我很擔心自己得要助紂為虐，但若是從事這種受人感謝的工作，我倒是不排斥。」

雷翁咬了一口蜂蜜檸檬片，臉上浮現柔和的笑容。當然他也不是沒有其他感觸。雷翁隱約認為，諾艾爾就是藉此暗指他缺乏這種細膩的心思。

在雷翁仍隸屬於天翼騎士團時，就萬萬沒想過要來從事義工活動。比方說他有捐錢給孤兒院，不過他這麼做並非基於其他目的，單純是一時興起。此道理也能套用在其他探索者的身上。

「諾艾爾真的很優秀，非常清楚應對社會所需的處世之道。」

「老子也明白他很優秀，偏偏他這個發起人卻沒來參加，就讓人覺得有點不爽了。」

「哈哈哈，畢竟他也有其他事情要籌備。」

「是研討會吧？看這樣子肯定又在打什麼歪主意……」

雷翁十分同意地笑了出來。就在這時，他忽然冒出一個疑問。

「昊牙，你為何會決定加入諾艾爾的麾下？我聽說是基於許多內情，但是先不提亞兒瑪，相信你經常跟諾艾爾意見相左吧？」

自從與昊牙共事之後，雷翁明白他是個好人。以他那柔軟的社交性，大可找到其他出路，無須拘泥於諾艾爾一人。而且他也不像雷翁是基於自身目的，才把諾艾爾當成合夥對象，所以雷翁對此感到很不可思議。

「因為他這個人很特別。儘管老子對自己的劍術很有信心，不過劍終究只是劍，若想在這個世界裡證明自身價值，老子就必須找個有毅力又聰明的主子。」

「為此，就算你有些許不滿也能睜隻眼閉隻眼？」

「主要是老子能夠接受，相信這才是最重要的一點吧？」

「……也許真如你說的那樣。」

雷翁點頭認同。就在這時，擔任監督的男子走了過來。

「啊～你們在這呀。因為建材晚點才會送來，今天就暫時停工，你們可以提早下班囉。」

「好的，之後我們會再過來。」

雷翁起身點頭回應後，昊牙也跟著站起來。

「今天的義工活動就到此為止嗎？」

「沒那回事，雖然這裡的工作提早結束了，不過我有答應四小時後會去孤兒院幫忙，在修女等人處理公務的該段期間，我們負責幫忙照護孩子們。」

「意思是陪孩子們玩吧。既然如此，相信會輕鬆許多。」

「說得也是，那我們先去吃午飯打發時間吧。」

雷翁和昊牙有說有笑地朝著鬧區走去。

「嘰呀啊啊啊啊啊啊啊！受死吧啊啊啊啊啊啊啊啊！！」

「痛痛痛痛痛痛痛！好痛好痛！！」

傳來這陣如猴子發出的叫聲，只見雷翁及昊牙正陪著一大群孩子嬉戲。兩人被孩子們抓著頭髮，並遭受木棒攻擊全身，宛若正在接受拷問，忍不住發出哀號。

「雷翁，這哪裡有輕鬆啊!?嘔呃！別把沙子塞進老子的嘴裡！」

「這、這不能怪我啊！等、等一下，不許脫我的衣服！快停下來！」

面對毫不留情的孩子們，兩人被整得叫苦連天。即使想抵抗，卻又怕弄傷年幼的孩子們。就算心中有股衝動想把所有小孩通通扔飛出去，不過他們還是只能拚命忍讓。

「哎呀哎呀，二位還真受歡迎呢。」

修女們彷彿看見十分溫馨的光景般和顏悅色。她們都是聖導十字架教會的修女，負責經營這間孤兒院。照此情形看來，她們的眼睛大概只是裝飾品吧。

「這、這個地獄還得持續多久!?」

「大、大概再三個小時……」

「不會吧!?老子的身體會先吃不消喔！」

正當雷翁和昊牙做好赴死的覺悟之際——

「喂！妳倒是說話啊!!」

忽然傳來一股怒斥聲。兩人將目光移去，發現位於孤兒院入口的修女被兩名混混纏上了。

「就叫妳趕緊把這裡的土地權狀交出來啊！」

「可、可是我已經拒絕過許多次了……」

「別開玩笑了！立刻把權狀交出來！」

按照交談的內容，兩名混混似乎想強搶這片土地。換言之，恐怕有人打算重新開發這片區域。至於不肯變賣土地的住戶，就會派人上門恐嚇。對於混混們的威脅，負責應對的修女害怕得縮起身子。

「喂，雷翁……」

「嗯，我知道。」

雷翁點頭回應昊牙的呼喚。本來有如暴君般霸道的孩子們，現在都變得相當安分，一臉擔心地望著修女。即便此事與雷翁無關，他也不打算眼睜睜看著無辜之人受暴徒欺凌。

「你們在做什麼!?」

就在雷翁準備幫忙解圍時，忽有一名金髮青年神色慌張地擋在修女和混混之間。從他身上那套黑色高領服裝來看，應該是這裡的神父。該名青年看似有些年輕，身材纖瘦，臉上長著些許雀斑，有著一張和藹可親的臉龐。

「此處是教會的相關設施，不許你們在此胡來。」

「原來是神父大人啊，你來得正好。」

看著張開雙臂將修女護在身後的神父，混混露出一臉賊笑。

「就麻煩你幫忙勸勸修女把土地交出來吧。」

「我為何要那麼做……？」

「居然還問？你身為神父竟然什麼都不知道。我們的僱主是弗卡商會代表，安東拉斯・弗卡。就算你再無知，想必也知道安東拉斯大人給教會捐了多少錢吧。」

「這、這個嘛……」

眼見神父不知所措，雷翁氣得啐了一聲。

「糟糕，沒想到主使者居然是弗卡商會……」

安東拉斯・弗卡率領的弗卡商會，是帝國內數一數二的大財閥。因為該商會於近期內快速崛起，在各方面都有強大的影響力。商會旗下有許多公司，不光與貴族頗有交情，跟黑幫的關係也十分密切。

教會的勢力是很大，但終究是利己性質的組織。為了顧全與安東拉斯這種大富豪的交情，區區孤兒院恐怕會慘遭犧牲。換言之，這種時候亮出教會的大名也無濟於事。

「上前幫忙是很簡單，但事後肯定很麻煩……」

「現在是考慮後果的時候嗎!?老子先過去了！」

「啊、喂！昊牙！」

雷翁的制止沒能奏效，昊牙已介入這場糾紛。

「你們幾個別太超過喔。」

「你這小子是哪根蔥啊～？」

混混惡狠狠地瞪著昊牙。

「局外人少來插嘴！不然就殺了你！」

「有本事你就試試看啊。」

雷翁站在昊牙的身邊，回瞪著眼前的混混。事已至此，雷翁也只能選擇介入。比起後續的麻煩，仍得優先解決眼前的問題。

「如果想惹事的話，就由我們來當你們的對手。」

「老子會放水的，你們可要心存感激啊。」

昊牙露出猙獰的笑容，並讓指關節發出聲響，嚇得兩名混混忍不住後退。就在此時，其中一名混混將目光移向昊牙胸口上的吊墜。

「長、長有翅膀的蛇形吊墜……你們是蛇的成員嗎⁉」

蛇——言下之意便是雷翁和昊牙所隸屬的戰團．嵐翼之蛇。

「大、大哥，情況不太妙喔。艾德賈就是被這個戰團整得很慘。」

「是、是啊，這幫人居然把殘暴出名的艾德賈搞得跟廢人沒兩樣……」

兩名混混嗓音顫抖地小聲交談，接著立刻轉頭溜了。

「今、今天就先放過你們！我們走著瞧啊！」

看著逃之夭夭的兩人，雷翁與昊牙不禁啞然失笑。

「都是因為諾艾爾的關係，害我們被當成哪來的洪水猛獸。」

「拜此所賜，才沒有演變成大打出手，所以就別計較吧。」

雷翁轉過身去，只見神父和修女對他們深深地彎腰鞠躬。

「謝謝二位見義勇為，我們才得以脫險。」

「請不必掛懷。我相信那幫人還會再來，若是你們不嫌棄的話，我們有空就會來幫忙巡視。」

既然已蹚了渾水，坐視不管又令人於心不忍。神父聽完雷翁的提議，卻緩緩地搖了搖頭。

「很感謝二位的好意，不過這是我們的問題，不好意思再繼續勞煩二位了。」

神父的態度堅毅果決。不管怎麼說，若是沒有解決根本的問題，就算趕跑混混們，同樣的事情也只會再次上演。想必神父也很清楚這點才婉拒雷翁的好意。

「……好的，請你們務必要小心。」

「謝謝你們的關心。儘管我能做的不多，但我一定會保護好在這間孤兒院裡的孩子們。」

這番話一反他柔弱的外表，說得鏗鏘有力。雷翁低頭一看，發現孩子們在不知不覺間都聚在神父的身邊。由於平時是修女們負責經營孤兒院，因此神父並沒有常駐於此，不過能看見那些仰望神父的孩子們，眼中都透露出強烈的信任感。

陪伴孩子們玩耍的艱苦時光終於迎來結束。

「今日真的非常感謝二位。雖說是些粗茶淡飯，我們也有準備你們的晚餐，懇請二位務必賞光。相信孩子們也會很高興的。」

受邀一同用膳的雷翁與昊牙，決定接受修女們的好意。雖說照顧這群任性妄為的孩子們很辛苦，兩人其實很想盡早離去，不過像這樣相處一陣子以後，最終與這群孩子打成一片。

「雷翁，昊牙！你們也一起來吃飯吧！」

聽見孩子們這般主動邀請，兩人實在盛情難卻。在走進餐廳時，雷翁注意到神父獨力搬起一張大桌子前往後院，於是趕緊上前幫忙。

「啊～雷翁先生，謝謝你喔。」

「搬去後院就好了嗎？」

「是的，麻煩你了。因為這張桌子的桌腳斷了，我想說拿去修理一下。」

兩人合力把桌子搬至後院，神父開朗地笑著說：

「真是幫了個大忙。雷翁先生，你先去用晚膳吧。」

「神父大人不一起吃嗎？」

「為了有效利用時間，我還是先修理桌子好了。畢竟教會那邊也有其他工作。」

「原來如此，真是辛苦你了。」

見神父如此勤奮，雷翁十分欽佩。雷翁主觀認為神父都是些高高在上且一板一眼的人，但眼前這位青年不一樣。興許是他的年紀跟雷翁相仿也說不定。

「那個——」

大概是基於這個原因，當雷翁回神時，發現自己準備向神父懺悔。

「神父大人，方便打擾一下嗎？」

「怎麼了嗎？倘若有我能幫上忙的地方，請儘管說。」

雷翁在神父的催促下，忍不住吐露心聲。諸如因為自己的疏失導致昔日同伴們分道揚鑣，以及自己能否適應新組織的不安等所有心底話。

「嗯，原來你發生過這些事呀。看來探索者也非常辛苦。」

「……我繼續這樣下去沒問題嗎？」

既然是自己選擇的路，就只能義無反顧地堅持下去。雷翁明白這個道理，卻不知該如何安身。他覺得自己就像一艘繫船纜斷掉的船隻，令他感到無比惶恐。

「我能理解你的不安。」

神父嗓音溫和地對雷翁說：

「不過你已做出選擇，事到如今由不得你反悔。」

「……是的。」

「那你就該堅定信心，相信自己的選擇，不可為此迷惘。身陷迷惘對一個人沒有任何好處。當人越是迷惘，就越容易把責任歸咎於外界。人的一生就是不斷做出選擇，你不能忽視這裡面所蘊含的意志。最重要的一點，就是你必須時時感受到是由你在駕馭自己。」

「由我在駕馭自己……」

「你的事只准由你親自作主，切莫忘了這一點。」

以一名神父而言，這樣的發言略顯偏激，但也能感受出對方是切身在為自己著想──因此，雷翁的心情有稍微輕鬆點。

「謝謝你，神父大人。」

雷翁鞠躬道謝後，神父一臉溫柔地點頭說：

「能盡綿薄之力是我的榮幸。來，請快去用晚膳吧，相信大家都在等你過去喔？」

「啊！都、都差點忘了！我這就過去！」

如果孩子們餓過頭開始搗亂，可就不得了了。雷翁連忙奔回孤兒院。目送雷翁離去的神父，臉上突然浮現一抹淺笑。

「想想螞蟻還真辛苦，若是無人幫忙指引，就連往前走都辦不到。」

語畢，神父便伸指輾死爬在桌上的螞蟻。

「大哥，接下來該怎麼做？」

逃離孤兒院的兩名混混，在酒吧裡討論接下來的對策。他們本以為是個輕鬆的工作，卻因為蛇的關係徹底亂了套。

「假如拿不到土地權狀，我們到時會被究責的……沒辦法啦，只能祭出最終手段。」

「……當真要那麼做？」

「嗯，要怪就怪不聽勸告的孤兒院那幫傢伙，落得怎樣的下場也怨不得人……晚點就去縱火燒了那間孤兒院。」

只要把一切都燒成灰，即可輕鬆取得土地。這麼做風險很高，倘若可行的話，他也不願出此下策，但眼下已別無他法。

兩名混混在酒吧裡打發時間，直到深夜才動身離開，準備前往孤兒院縱火。為了掩人耳目，他們沿途都走小路。

途中卻出現一道可疑的身影。

「是誰？」

一名穿著東洋風連身禮服的女性擋住去路。由於那頭黑髮上多出一對類似狐狸的耳朵，因此明顯是一名獸人。那身單薄的衣物將她的窈窕曲線和豐滿胸部勾勒出來，男人見了無不被勾起慾火。

可是兩人不敢輕舉妄動。隻身一人大半夜走在暗巷裡的女子，絕不是普通人。而且女子臉上戴著一張狀似骷髏頭的詭異面具。這位怎麼看都不像是一般民眾的女子，恍若嫣然一笑地瞇起雙眼。

「有意思。這招式著實很有意思。」

「啥？臭女人，妳到底在說什麼？」

兩名混混裡的小弟歪過頭去之際——

「噗、噗呼——！」

竟馬上口吐鮮血，雙膝跪地。混混大哥見小弟的狀態非比尋常，只能驚恐地待在一旁。

「啊、喂！你怎麼啦⁉喂！振作點！」

身體不斷被大哥搖晃的小弟遲遲沒有反應，很明顯已經死透了。

「不、不會吧……是、是妳做的嗎？」

混混臉色鐵青地開口詢問，女狐獸人訕笑地雙肩一聳。

「你少含血噴人，動手的不是我。」

「既、既然這樣，到底是啥情況啊⁉」

「你可曾聽過活魚現切的料理法？這是源自極東島國的做菜方式，直接宰殺活魚製成料理。相傳刀法高超的廚師把魚處理完後，魚還能存活一段時間。」

「妳、妳在說什麼啊？」

「聽不懂嗎？真遲鈍耶～裡頭提到的魚就是在比喻你們呀。」

混混無法理解這段話的意思，但至少能聽出對方瞧不起自己，於是準備破口大罵，不過從他嘴裡吐出的只有鮮血。

「嘔呃～～！咳呃～～！」

混混吐出大量的鮮血後就再無反應。女狐獸人露出燦爛的笑容，踏著小跳步接近眼前的兩具屍體。

「啊哈哈哈！被殺的目標竟然還能存活好幾個小時，簡直是神乎其技！」

女狐獸人一接近倒在血泊裡的屍體，便開始檢查屍體的受損狀況。

「嗯嗯，沒有外傷，不過體內大量出血……這簡直是太神奇了。沒有使用技能，光靠出拳就造成這種現象，真叫人難以置信。這就是噬王金獅子嗎……哈哈哈，當真是太出色了。」

當女狐獸人顯得一臉陶醉之際，突然有一隻蒼蠅停在她的肩膀上。

「你有看見攻擊的瞬間嗎？雖然周遭沒人發覺，不過金獅子確實有動手毆打這兩人。而且出拳速度迅如閃電，甚至沒有產生一絲氣流與聲響。」

蒼蠅振翅發出嗡嗡聲，將自己的意思傳達給女狐獸人。

「嗯，我也這麼認為。儘管名為艾德賈的探索者比較優秀，但這兩人應當能成為很好的素材。之後就交給你了。」

轉眼間，無數的蒼蠅從一片黑暗中冒出來，群聚在地面的兩具屍體上。女狐獸人神情歡愉地眺望著這片光景。

「真可惜沒能聽見悲鳴。反觀艾德賈倒有發出悅耳的叫聲呢～」

四章：比天國更野蠻

出席社交場合都需要穿著相符的服裝。為了參加預定於三週後舉辦的研討會，我決定去買一套禮服。

在近年的社交界裡，男性一般都穿著無尾禮服。可是說句老實話，我並不適合穿無尾禮服。理由是我不夠高，容貌又偏女性。假如穿著無尾禮服，將難以展現出男子氣概。

因此我放棄標準的無尾禮服，而是選擇燕尾服。燕尾服的外套前襬較短，旁人看了會習慣性地聚焦於上半身，又可以令自己看起來雙腿修長。換句話說，這種造型比較不會讓人覺得自己身材嬌小。到時上臺演講就會顯得很體面，還更易於吸引聽眾的目光。

需要禮服的人不只是我，我打算帶亞兒瑪一同參加。我籌備的這場研討會並非走那種單調古板的風格，不是單單邀請相關領域的專業人士，反倒更偏向於社交場合，因此必須帶女伴參加。既然亞兒瑪會跟在我身旁，就不得不為她準備一套得體的服裝。

「喂，妳別挑那種暴露的衣服啦。」

「咦～！可是這套比較可愛呀！」

這天，我陪著亞兒瑪來到服飾店。雖然亞兒瑪還算有眼光，卻容易看上造型暴露的衣服。簡言之就是個暴露狂。任由暴露狂自行挑選衣服，只會令人非常不安。

於是我才決定一同前往，結果自然不出我所料，亞兒瑪老是挑選極其暴露的禮服。比方說領口大開到胸部都快掉出來的類型，或是幾乎全面採用半透明的布料，總之都是些不宜在公開場合穿著的服裝。

「諾艾爾你太古板了，穿得招搖點才容易吸睛呀！」

「那也該有所限度啊！妳手上那套是啥⁉根本不算是穿在身上，而是僅在重點部位各貼上一塊布，走出去只會被當成妨礙風化喔⁉」

「那你就不懂了～這才符合時下潮流。」

「妳少在那邊臉不紅氣不喘地瞎扯蛋！我從來沒見過有女性穿成那樣走在路上！」

女性的禮服不同於男性，暴露點可以突顯當事人的身材曲線，但前提是落在合理的範疇內。反觀亞兒瑪挑選的衣服，每一套都明顯太超過了。

「此事果然不能交給妳，我來幫妳挑。」

「哼！你結婚以後肯定很大男人！」

「與其當妳的老公，我情願去娶一隻蒼蠅。」

於是我開始挑選適合亞兒瑪的服裝，最終看上一套白色的開領長禮服。這樣的露出程度不至於下流，而是拿捏在性感的底線內。只要配上一雙較高的高跟鞋，定能彰顯出女性的成熟魅力。

「這套不錯，就選它吧。」

「真土氣～諾艾爾明明長得很俊俏，卻毫無挑選衣服的品味。」

我回了一句「去死吧」，然後將禮服遞給老闆娘。

「我想買這套。因為她的身材比較特殊，不知這樣可以調整尺寸嗎？」

若是選定的衣服只改尺寸，大約兩週就能完工。我的燕尾服也一樣是以現有的款式來調整尺寸。不過像亞兒瑪這種大胸部小不點的特殊體型，就會需要大幅修改版型。

「這位小姐的情況可能需要全新訂製。即便使用相同造型，仍得重塑版型才有辦法合身。若是今天下單，至少得等上一個月才能夠交貨……」

「一個月啊……果然得全新訂製。」

研討會的日期是在三週後，沒辦法等上一個月。

「就算加錢也可以，請問能提早取貨嗎？」

「如果是這套，就不必調整尺寸囉！」

亞兒瑪拿起一套緊身型的衣服向我展示，我看得是無言以對。

「假如小姐願意多穿一件束胸的內襯，也許可以只調整尺寸就好。」

「喔～還有這種解決方法啊。那就來試試看。」

我點頭同意老闆娘的提議，扭頭望向亞兒瑪。

「事情就是這樣，很遺憾不能選這套衣服。」

「啐！真沒趣！」

亞兒瑪碎碎唸地跟著老闆娘走進試衣間。

「這件是有束胸效果的內襯。」

「說穿了就是束胸帶吧？討厭～感覺好緊喔。」

「請放心，束胸帶是單純綁住胸部，這件內襯則會柔和地罩住胸部，藉此達到縮小的效果，所以不會讓人覺得很緊，也能防止壓垮形狀。」

「喔～那我穿穿看………如何？有變小嗎？」

「嗯～小姐妳的胸部太有彈性了，不容易達到縮小的效果。這麼一來，恐怕只能綁緊一點才行。請讓我來幫妳。」

「唔呃呃呃呃！好、好緊！這、這終究是束胸帶嘛！」

「真、真是不好意思！但只能再綁緊一點了！哼！哼！」

「唔嘰～～太緊了！太緊了啦！肺都要擠出來啦！」

聽著試衣間不停傳來的騷動，努力憋笑的我小聲數落著。

「妳活該，亞兒瑪，就給我再多吃點苦頭。」

每聽見一聲亞兒瑪的慘叫，我平日裡受到的怨氣就舒緩幾分。在我心情大好之際，突然想起祖父說過的一段往事。

聽說祖母在結婚前是一名優秀的服裝設計師，大概也曾像這樣努力為顧客解決問題。一想到這裡，我心中莫名有股懷念的感覺。由於祖母年紀輕輕就離世，因此我不曾見過她，但我當真覺得非常懷念。

老闆娘幫亞兒瑪量尺寸應該還需要一段時間，閒來無事的我便扭頭看向窗外，只見路上車水馬龍，不變的日常光景映入眼簾。

「就算冥獄十王的消息已經公布，民眾仍表現得事不關己……」

探索者協會於日前召開記者會，公布冥獄十王將於一年後降世。公布當時確實是引起一陣軒然大波，如今卻已呈現一片祥和。

該消息同樣對市場造成極大衝擊，各類商品的市價皆有劇烈波動，可是一般大眾的生活並沒有任何變化。民眾毫無緊張感到近乎異常，就這麼過著與往常無異的生活。

倘若民眾能保持冷靜倒也很好，人心惶惶才叫人傷腦筋。不過就我看來，只覺得是民眾缺乏危機意識。恐怕只是缺乏真實感罷了。換言之，一旦發生類似前兆的大事，民眾很可能就會亂成一鍋粥。

「這點究竟能否拿來利用，還是弊大於利……」

我如此喃喃自語時，目睹一道熟悉的身影橫切過窗前。我反射性地探頭再看一次，只見對方以倒退跑的姿勢退了回來，並直接走進店內。

「諾艾爾，你在這裡做什麼呢!?」

紫電狼團成員之一的女精靈・麗莎來到我的面前。

「這句話是我想問的，妳來這間店有什麼事嗎？」

麗莎聽完我的詢問，轉身環視四周。

「……諾艾爾，你有穿女裝的癖好嗎？」

「妳這個狗屎精靈，別逼我切下妳的耳朵喔！」

這裡確實是女性服飾店，但我是陪人過來，絕非有女裝癖。

「你、你別這麼嚇人嘛～總覺得你這句話不像是在開玩笑……」

麗莎護著自己的耳朵，趕緊與我拉開距離。

「誰叫妳在那邊胡說八道。」

「抱歉嘛。不過你為何來這裡呢？」

我用下巴指了指試衣間。試衣間裡傳來亞兒瑪與老闆娘的聲音。

「是陪亞兒瑪來買衣服嗎……？咦，難不成是在約會？」

「妳覺得我會跟亞兒瑪約會嗎？」

「不覺得，就連一絲可能性都沒有。」

麗莎一臉認真地如此回答。儘管這反應也頗有問題，不過我沒有多說什麼。

「亞兒瑪和我都需要一套禮服。」

「嗯～這樣呀。」

「妳呢？」

「我準備去跟隊友們會合。」

「啥？那妳還不趕快去？別在這裡浪費時間啊。」

「瞧你說得這麼冷淡！而且這都要怪你在那邊多嘴！」

「啥？我有說什麼嗎？」

見我完全摸不著頭緒，麗莎便解釋來龍去脈。似乎是紫電狼團準備與拳王會、紅蓮猛華合併，之後再去申請成立戰團。發起人是維洛妮卡，紫電狼團跟拳王會都贊同這個提案。為了決定出合併後的團長，三個隊伍的隊長們準備展開決鬥。

「原來如此，這是件好事呀。為了應對一年後的冥獄十王戰，探索者協會對於創立戰團的審查變得更為嚴格。要是你們完成合併的話，相信會立刻通過審查。」

「是、是這麼說沒錯啦，但也沒必要操之過急呀！而且還是透過決鬥來決定團長！這都得怪你之前那樣刺激沃爾夫！」

「沒那回事，你們本就該加快腳步。我便是為此才去刺激沃爾夫跟洛岡。」

我輕笑一聲繼續說：

「能否以探索者之姿在冥獄十王一役大展身手，不僅會影響自身評價，還會成為今後絕對難以顛覆的評價基準。若是錯失一年後的大好機會，天曉得往後幾十年裡是否還能再碰上。假如不趁現在加快腳步，妳是打算等到什麼時候？」

「唔～……可是能成為團長的只有一位喔？」

「所以呢？當事人們也明白這件事。既然妳也是探索者，就該尊重沃爾夫的意見。他已做出選擇，下定決心要成為一名真正的探索者。」

「……我有尊重沃爾夫呀，所以才沒反對他的決定。不過變化這麼劇烈，我會感到害怕嘛。明明自己一直以來都是為了紫電狼團在奮鬥，現在卻無論成敗，都不能再像從前那樣……」

麗莎斂下有著濃密睫毛的眼簾，發出一聲嘆息。

「因為我是長壽的精靈族，所以才討厭變化嗎？你們都沒有這種感受？」

「沒那回事，這對任何種族來說都一樣，因此鮮少有人敢向前邁進。」

「這樣啊，說得也是……」

「麗莎，我能理解妳的心情，但妳至少要記住這件事，天底下並不存在永恆不變的事物，維持現狀等同於停滯不前。換言之，就只是慢慢迎向終結罷了。倘若妳當真很珍惜眼下的一切，就別害怕所謂的變化。」

「你是在對我說教嗎？別看我這樣，我可是比你年長許多的大姊姊喔。」

「沒那回事，是對朋友的一些建議而已。」

麗莎先是顯得有些錯愕，隨即又換上一個燦爛的笑容。

「雖然你總是很可怕，但偶爾也挺溫柔的。」

「我一直都很溫柔啊。」

「真虧你有臉說這種話，也不想想是誰之前把天翼騎士團當成踏腳石。就算我不清楚詳細情形，反正你肯定有使詐對吧？要不然你們根本沒勝算呀。」

「沒錯，我有用計讓他們成為踏腳石。」

我毫不猶豫地說出實情。

「對了，記得天翼騎士團的奧菲莉亞與妳是同鄉吧。難不成妳想代替奧菲莉亞向我抱怨嗎？」

「才沒有那回事呢。我好歹也是個探索者，自然明白不管諾艾爾你使出何種手段取勝，只能怪另一方沒有想出對策因應的道理。」

不過麗莎補上一句但書，露出苦笑說下去。

「但無論諾艾爾你為了實現理想爬得再高，也絕不能忘記那些曾被你當成踏腳石的人們喔？即使你收了雷翁先生為同伴，也彌補不了自己做過的事。你不可以踐踏他人的意志，而是必須將其背負在身上讓自己變強。」

「妳這是在對我說教嗎？」

「沒那回事，只是對朋友的一些建議。」

我釋然地回以苦笑。

「我會銘記在心的。」

在我將雙肩一聳當作回應之際，試衣間的門被一把推開。

「呼～果然還是原來的衣服最舒服！能自由解放胸部才是最棒的！」

亞兒瑪喜上眉梢地走出試衣間，在見到麗莎後不禁睜大雙眼。

「咦？麗莎妳怎麼會在這裡？」

面對亞兒瑪的問題，麗莎回以苦笑又再解釋一次。

「聽起來真有趣，我也想去觀戰。」

聽完來龍去脈的亞兒瑪，雙眼發亮顯得很感興趣。

「既然是決鬥，總需要一位立場公正的裁判吧？」

「啊～這麼說也挺有道理……」

麗莎表示同意地點了個頭，然後稍微瞄了我一眼。

「……唉～好吧，我也一起去擔任見證人。」

「好耶！既然是諾艾爾，相信大家都能接受的！」

麗莎欣喜地拍了一下手。此事的始作俑者確實是我，所以我實在無法置身事外。

在麗莎的帶領之下，我們來到位於帝都某座訓練設施內的決鬥地點。為了更貼近實戰，遼闊的設施裡重現出各種環境地形。三位隊長選出並依約前來的決鬥地點，是放眼望去幾乎皆由沙地組成的荒土區域。

「喔，這不是諾艾爾嗎！」

沃爾夫看見我之後，笑嘻嘻地揮著手跑了過來。

「麗莎跟亞兒瑪也在啊。你怎麼跑來了？」

「聽說三位隊長為了爭奪團長的寶座，正準備展開決鬥吧？麗莎拜託我來擔任見證人。要是你們三人都不反對的話，我願意接下這項職務。」

我開門見山地表明來意，沃爾夫先是相當驚訝，很快就換上一個豪邁的笑容。

「這可真是求之不得。若能讓近來嶄露頭角的大型戰團・嵐翼之蛇的團長來當見證人，我們的這場決鬥將會更有價值。」

「喲~意思是你打算利用我來宣傳合併後創立的戰團嗎?」

「為了能繼續向前邁進,我也需要這種心理層面的韌性。」

沃爾夫聳了聳肩,扭頭看向其他人所在的位置。

「由我去跟大家解釋。麻煩你務必要來擔任見證人。」

「這我知道。我之所以會過來,打從一開始就是為了此事。」

「謝啦。啊~另外——」

沃爾夫突然將話鋒一轉,看著我露出開心的笑容。

「恭喜你創立戰團。」

「謝啦。不過決鬥前像這樣向人道賀,難道是胸有成竹?」

「這怎麼可能嘛。純粹是很高興見到你如此活躍。況且我可是十分明白,你在這一年裡付出了多少努力……」

沃爾夫將目光從我的身上移開,換上一張不同的表情——臉上寫滿了鬥志。

「所以這次輪到我了。」

「我不反對。」

沃爾夫在我的陪同下,對大家傳達完想讓我擔任見證人之後,拳王會隊長洛岡立刻表示贊同。

「只要有見證人,事後也就無人敢有怨言了。」

洛岡露出挑釁的眼神望向另外兩人。

「……雖然我很不甘願，但也同意接受。不過！」

紅蓮猛華隊長維洛妮卡擺出一副柳眉倒豎的表情，伸手指著我說：

「你終究只是個見證人！沒有任何修改規則的權限！唯一能做的就是等決鬥結束後，恭敬地宣布我獲得勝利！聽懂了嗎！？」

「這些我都知道。我只是局外人，本就不打算插嘴此事。」

徵得三人同意的我，聽完他們早先制定好的決鬥規則之後，為了避免妨礙戰鬥，我跟他們拉開很長一段距離。至於各隊伍的成員們，也保持差不多的距離關注著這場對決。

紫電狼團、拳王會以及紅蓮猛華全部加起來共有二十七名探索者。從這場決鬥脫穎而出之人就能夠創立戰團，負責領導這群高手。不論是戰力、實績與規模等方面都無可挑剔，探索者協會十之八九會批准他們的創立申請，並且從此名列夠格代表帝都的大型戰團之一。

「這是一場非贏不可的鬥爭……」

規則裡並沒有輸家必須離開團隊，但要是輸了的話，就會從原本率領同伴們的立場，一口氣淪為必須對打贏自己的團長言聽計從。沃爾夫、洛岡以及維洛妮卡的個性皆不相同，卻都擁有身為領導者的矜持。因此，落敗後也得付出慘痛的代價。

「諾艾爾，你要站在這裡觀看嗎？」

原本和紫電狼團站在一起的亞兒瑪，此時來到我的身邊。

「因為我必須保持中立，得與三方陣營劃清界線。」

「這樣啊，那我也在這裡欣賞吧。」

「妳不跟著麗莎沒關係嗎？」

「畢竟她有自己的同伴。」

我將目光移向紫電狼團的陣營，能看見麗莎神情緊張地和其他同伴站在一起。拳王會、紅蓮猛華的成員們也是相同反應，都衷心期盼自家的隊長能取得最終勝利。不過唯有一人，唯獨紅蓮猛華裡的其中一名狼獸人正看著我。

「是伏拉卡夫。原來他加入紅蓮猛華啦。」

伏拉卡夫與我對上視線後，尷尬地將臉撇開。

「我從麗莎那裡聽過比賽規則了。」

盤腿坐在地上的亞兒瑪，用手托著臉頰繼續說：

「這場決鬥是不計生死，即便不幸喪命也怨不得人。禁止同伴們出手幫忙，也不准使用道具。當其中兩人無法繼續戰鬥時，比賽就宣告結束。最後還站在場上的人就是贏家。我沒說錯吧？」

「嗯，跟我聽到的都一樣。」

我點頭後，將魔槍的槍口朝上。

「我不光是見證人，還得負責宣布比賽開始。」

「這可是重責大任耶。」

「就只是來打雜的。不過，唯獨今天是特例。」

我對空鳴槍。由空包彈產生的一聲巨響，為這場決鬥拉開序幕。

對決開始至今已過了數分鐘，不過場上沒有一人採取行動，導致戰況陷入膠著。

「……那三人都還沒出手，難道是想坐收漁翁之利？」

亞兒瑪不耐煩地提出疑問，我搖搖頭回答。

「不管怎麼說，至少絕不是基於這個原因。」

「為什麼？既然站到最後一刻的人就是贏家，坐收漁翁之利才更有勝算吧。」

「若是單純追求勝利，妳說的確實很對。但妳忘了嗎？這場戰鬥可是賭上合併後的團長之位喔？」

「啊、對耶……因此不只要贏，還得展現出身為團長的器量。」

我點頭肯定了亞兒瑪的話。

「即便是戰術，倘若老是採取落井下石的打法，將無法展現出自身的器量。就算原本的同伴們願意體諒，新加入的成員們勢必會心生不滿。確實探索者應當講究合理性，但要讓人服從自己，就得考驗一個人真正的價值而非合理性，這就是所謂的領袖特質。」

這情況不能跟我挖角雷翁一事相提並論。若想拉攏一整個組織而非個人時，就得設法掌握該組織麾下成員們的心。如果合併時有太多人選擇離去，可就本末倒置了。

這場對決恐怕不會持續太久。為了展現自身的器量，他們理當會毫無保留全力應戰。場上三人之間瀰漫著一股視死如歸的覺悟，更足以印證我的觀點。

「這是一場講求以拳頭輾壓對手的戰鬥，也是我辦不到的打法。」

「但在準備以拳頭分勝負之前，諾艾爾你就會憑智慧先取得優勢吧。」

我回以苦笑表示同意。正如亞兒瑪所言，我有屬於自己的戰鬥方式。可是就算我抱有上述自知之明，依然對這種堂堂正正從戰鬥中取勝的高尚做法抱持憧憬。

「唔～他們還是沒動作。對了，諾艾爾你覺得誰會贏呢？」

「我想想喔……」

三人到現在仍保持警戒，隨時伺機而動。根據我的分析，三人的實力並沒有相差多少，都在伯仲之間，因此戰況才會陷入膠著。

另外我在聽取規則時有稍微確認，那三人目前都已升為B階。

沃爾夫・雷曼，【劍士】系B階職能【劍鬥士（gladiator）】。

洛岡・豪雷特，【格鬥士】系B階職能【鬥拳士（monk）】。

維洛妮卡・雷德包恩，【魔法使】系B階職能【魔導士（wizard）】。

既然三人皆為同階，就不會因為階級差距而影響勝負的走向。不過他們之中，唯獨維洛妮卡是後衛職業。

【魔法使】是可以借用仙精之力，使出各種屬性攻擊，尤以大範圍的殲滅能力著稱。反之則是不擅長近身戰，一旦被敵人拉近距離就不堪一擊。先不提單挑，假使同時應付身為近戰職業的另外兩人，戰況將會非常嚴峻，但是——

「我認為維洛妮卡會贏。」

「維洛妮卡？我反倒覺得她最沒勝算喔。」

這一戰確實對維洛妮卡不利，不過依照麗莎的說詞，此次合併的發起人是維洛妮卡。換言之，她勢必已想好能顛覆職能不利的對策。

「維洛妮卡是個女強人。明明成為探索者的女性就已經偏少，她還成長到可以率領一大勢力，所以她跟我屬於同一種人。」

「性格也很卑劣是嗎？」

「不對！是擅長打造出對自己有利的戰況！」

在我大聲回嗆亞兒瑪之際，膠著的戰況也產生變化了。

「率先行動的是維洛妮卡！」

當拳王會陣營傳來這聲大喊的瞬間，維洛妮卡已發動技能。她以灼熱的烈焰產生無數火鳥，朝著沃爾夫和洛岡射去。挨上一下可不是受點燒傷就能了事。沃爾夫跟洛岡已紛紛躲開，火鳥卻持續緊追著兩人不放。

這段期間，維洛妮卡繼續準備發動其他技能。只見她將自身周圍的火焰集中於頭頂上方，產生一顆彷彿太陽的火球。

「好熱……」

「其熱度足以和雷翁的《日輪極光》匹敵。雖說這招威力驚人，不過一旦失手就沒有退路，看來維洛妮卡打算就這麼分出勝負。」

被火鳥窮追猛趕的沃爾夫與洛岡，似乎也注意到維洛妮卡準備發動下一波攻勢。轉眼間只見洛岡從原地消失，下一秒便出現在維洛妮卡的背後。那是鬥拳技能《縮地絕空》，能一招與目標拉近距離的移動技能。

來到維洛妮卡背後的洛岡，對準她的延腦揮出一記剛猛的手刀。來不及反應直接受創的維洛妮卡，整個人癱倒在沙地上。對於身經百戰的人而言，這是確信對手絕對無法再度起身的擊倒方式。維洛妮卡的火焰就這麼消失得無影無蹤。

「維洛妮卡大人～～～～！！」

在目睹隊長倒地之後，紅蓮猛華陣營發出慘叫聲。

「哦哦～好猛的一擊～看那樣子肯定是起不來了。果然這一戰對後衛很不利。」

亞兒瑪瞥了我一眼，得意地揚起嘴角。

「沒想到諾艾爾你也有猜錯的時候。」

「畢竟我也沒那麼料事如神啊。」

我雙肩一聳回以苦笑，接著看向倒地的維洛妮卡。從這裡觀察，能肯定她已失去意識，不過我總有一種難以言喻的異樣感。

「喔喔喔喔————！！太屌啦啊啊啊啊————！！」

觀眾的歡呼大聲到足以撼動整座設施。在我注視維洛妮卡的期間，戰鬥仍以目不暇給的速度發展下去。展開單挑的沃爾夫和洛岡，不斷激發出熾熱的火花。洛岡連續施展《縮地絕空》發動猛攻，沃爾夫則以雙刀迎擊。洛岡的拳頭和踢擊理當難以預測，沃爾夫卻靈活揮舞雙刀，精準地化解攻勢。如此精采的攻防，怪不得觀眾會歡聲雷動。

「沃爾夫真有一套！」

面對這場白熱化的激戰，亞兒瑪興奮地探出身子。

「洛岡也很有一套，其實《縮地絕空》是相當難以駕馭的技能。理由是使用者必須將所有動作看得比對手更清楚，要不然就會在毫無防備的情況下慘遭反擊。他之所以能掌握在這麼精確的位置上現身，表示他有為此做過不少訓練。」

沃爾夫跟洛岡展開激烈的攻防。在觀眾的注視下，兩人把速度提升至極限之際，卻突然同時單膝跪地。

「唔……」

這場激鬥對雙方都造成沒辦法徹底化解的傷害。沃爾夫的劍砍中洛岡的右手臂，洛岡的拳頭擊中沃爾夫的左腹部。沃爾夫用手壓著自己的左腹部，洛岡則是右手臂流下涓涓鮮血。此刻他們都滿頭大汗，並將掩飾不了的痛苦表現在臉上。

「沃爾夫不僅肋骨被打斷，內臟也受傷了。」

「洛岡也出血得相當嚴重，沒辦法支持多久。」

這場勝負已不能繼續拖延，於是兩人忍痛起身，再度燃燒鬥志對峙著。

「沃爾夫！別輸啦啊啊!!」「洛岡，展現出你的男子氣概——!!」

雙方陣營的熱情聲援，激起兩人滾燙的靈魂。紫色電流在沃爾夫的身上遊走，洛岡則以金黃色氣場纏繞全身。那分別是劍鬥技能《迅雷狼牙(vorpal sword)》跟鬥拳技能《金色夜叉》，分別為【劍鬥士】與【鬥拳士】的最強攻擊技能。

兩人將在一瞬間分出勝負。沒錯，當眾人都冒出上述想法之際——

「喂！都給我看向這邊!!」

從旁傳來一股宏亮的嬌斥聲。兩人的終局之戰竟被這股不可能出現的聲音給打斷了。這聲已徹底拋下矜持的怒吼是來自於——維洛妮卡。

「「咦!?」」

沃爾夫和洛岡都發出驚呼聲，理由是維洛妮卡理當已無法繼續戰鬥，現在竟重新站起。她全身燃起鮮紅色的烈焰，那頭栗子色的長髮恍若與火焰合而為一般染成紅色，就這麼怒眼瞪著另外兩人。

「接招吧。」

維洛妮卡嫣然一笑，緊接著從原地消失，閃現於洛岡的面前。

那是魔導技能《空間轉移(warp drive)》，效果是瞬間移動。面對維洛妮卡的奇襲，洛岡揮出左拳展開反擊，但是——

「太慢了!!」

維洛妮卡使出比洛岡的回擊更快的一拳。遭人硬生生擊中心窩的洛岡，沒能發出聲音就直接倒地。明顯已徹底失去意識。這場對決的發展完全顛覆眾人的想像，竟然是維洛妮卡撂倒洛岡。

「這太扯了吧！」

亞兒瑪發出驚呼，猛然從地上跳起來。

「那一拳的威力不輸前鋒！難道維洛妮卡不是【魔法使】!?」

「嗯——一般來說是無法辦到的，但此時的維洛妮卡非比尋常，她居然使出《人身供奉(sacrifice)》……」

魔導技能《人身供奉》，是將自己眼中很有價值的部分肉體，當成祭品獻給締結契約的仙精，藉此讓雙方的連結更為緊密的技能。對於操控仙精之力的【魔法使】來說，與仙精的連結是極為重要的。也就是說，當施術者成為【魔導士】學會《人身供奉》時，可以透過這個技能讓自身戰力得到飛躍性的提升。

不過這招未必一定成功，即使獻出肉體也可能遭到仙精拒絕。在此情況下，施術者將因為反噬而喪命，所以鮮少人會使用《人身供奉》。唯獨敢拿自身性命孤注一擲的愚昧之人才會這麼做。

「維洛妮卡有跟全部的仙精締結契約，其中又和火精——紅炎魔人(Ifrit)最為契合。她就是與紅炎魔人同化後，才得以發揮出這等力量。」

「與仙精同化……那我就可以接受了。」

仙精是擁有獨立意識，構成這個世界的一切自然元素。【魔法使】就是與之溝通，借用其力量來改變自然法則。透過《人身供奉》讓連結達到與仙精同化的維洛妮卡，稱之為是仙精本身也不為過——換句話說，正是猛烈燃燒的火之化身。

一拳打倒洛岡的維洛妮卡，將矛頭對準還站在場上的沃爾夫。她使出伴隨烈焰的猛攻，不斷毆打沃爾夫。儘管沃爾夫勉強撐住，卻徹底陷入被動。

「太、太厲害了……那她為何不一開始就使出來呢？」

「聽說想與仙精同化，必須陷入深度的精神高昂恍惚狀態。不單單是鬥志激昂，還得處於性命垂危的情形下才可以發動。」

「意思是沒有洛岡的那記手刀，就沒辦法完成同化嗎？」

「很有可能。雖說身體在達成同化時會自動康復，但要是失敗的話，就會繼續失去意識，因此這對維洛妮卡而言也是一場豪賭。」

結果是維洛妮卡賭贏了。與紅炎魔人同化的維洛妮卡，其戰鬥力明顯遠在沃爾夫之上。

「看來勝負一如你的預料，最終是由維洛妮卡拿下勝利。」

亞兒瑪笑著抬頭看向我，我點頭說：

「雖說三人的實力在伯仲之間，但維洛妮卡的覺悟勝過另外兩人。依照她的戰鬥動作來判斷，應該是將右眼獻給仙精。原因是她大多都護著右側應戰，恐怕是還不習慣自己的義眼。」

在魔工文明先進的帝國境內，以惡魔為素材製成義肢與義眼等技術也相當發達。就算獻給仙精的右眼已拿不回來，但只要裝上義眼，視力就不會有所影響。

「看來……這場對決已經結束了……」

勝負已非常明顯，維洛妮卡可說是勝券在握。不只是拳王會，紫電狼團看似也接受了敗北的事實。不過，唯獨沃爾夫還沒有放棄希望。看著目光仍炯炯有神的他，我不由得握緊雙拳。

「……別輸了，打贏她給我看。」

「還不趕快給我倒下!!」

面對遲遲沒有倒下的沃爾夫，失去耐性的維洛妮卡停下攻勢，與對方拉開距離，接著產生一個比先前大上兩倍的熾熱火球。

「你要是沒閃開這招的話，就會瞬間燒成灰燼！這是你最後一次投降的機會！」

「……吵死了，想動手就快點。」

沃爾夫毫不在意自己已遍體鱗傷，臉上浮現一個挑釁的笑容。維洛妮卡似乎也做好覺悟，操控火焰的動作中明顯蘊含殺氣。

「那你就消失吧！《劫火滅燒（Inferno）》!!」

魔導技能《劫火滅燒》是【魔導士】能使用的火屬性技能之中，擁有最頂級的破壞力。煉獄般的太陽快速逼近沃爾夫，他卻不躲也不閃，任由紫電纏繞全身維持著戰鬥架勢。看來是打算以劍鬥技能《迅雷狼牙》與之抗衡。

「太勉強了！快逃啊！」

亞兒瑪發出驚恐的尖叫聲，周圍觀眾也驚呼連連，我卻扯開嗓門吶喊。

「上啊！沃爾夫！別停下來!!」

也不知沃爾夫是否有聽見我的聲音，只見他提劍衝向《劫火滅燒》所產生的灼熱火球。《迅雷狼牙》的技能效果是讓當事人發揮出電光石火般的速度。藉由電流強行激發肌力，並在前方產生磁場軌道，賦予當事人超乎想像的加速效果，是在B階之中無論速度與威力皆達到最強級次的攻擊技能。

當然不管這招具備多麼駭人的速度和威力，直接撞上超高溫的火球，終究只會瞬間化成焦炭。但我非常清楚，電氣是能夠逼退火焰的。

「不會吧!?火球竟然被切開了!?」

亞兒瑪的形容已近乎答案。我過去為了鑽研更多戰術，翻閱過最新的物理學論文，內容提到電場——由電流所產生的空間，也能對火焰造成影響，而且影響效果會隨著電流提升而加劇。《迅雷狼牙》產生的電流量，確實足以影響維洛妮卡的火球。

我不覺得沃爾夫看過這篇最新的科學論文，但他依靠天生的直覺，為自己在險境中闖出一條活路。

沃爾夫穿過火球，衝到維洛妮卡的面前。儘管他受到嚴重的燒傷，鬥志卻全然沒有消退。正面迎戰的維洛妮卡，以帶有火焰的手刀劈斷沃爾夫的劍，當她準備反手斬殺沃爾夫之際——沃爾夫的上段側踢直接命中維洛妮卡的頭部右側。

沃爾夫在方才的交手中，已識破維洛妮卡的右眼視力出了問題。維洛妮卡在毫無防備之下，側頭部硬生生挨了一記強力踢擊，只見她像個斷了線的人偶趴倒在地——此次沒能重新再爬起來。

「勝負揭曉！由沃爾夫．雷曼取得勝利!!」

最後仍站在場上的人是沃爾夫。我扯開嗓門宣布勝利者的名字。所有觀眾不分紫電狼團、拳王會或紅蓮猛華，都在為沃爾夫的勝利大聲喝采。此時此刻的沃爾夫是大家公認的勝利者，原因在於這場戰鬥就是如此精采。

「沃爾夫真厲害～居然贏了……」

我對著傻住的亞兒瑪露出微笑。

「我有說過吧？我並沒有料事如神。」

在完成見證人的工作之後，我轉身朝著出口走去。

「你不去跟沃爾夫道賀一下嗎？」

對於亞兒瑪的問題，我搖搖頭說：

「勝負總有贏家與輸家，身為局外人的我們不該貿然闖進去打岔。」

「這樣啊，說得也是……」

「走吧，我們還得去面對屬於自己的戰爭。」

我無法像沃爾夫那樣與人戰鬥，但我仍有屬於自己的戰鬥方式——

研討會當天，做為會場的飯店大宴會廳裡已擠滿受邀的賓客。

同意參加這場研討會的大型戰團，包含我們在內一共有九支。雖說個個都是備受世人矚目的戰團，但其中有兩支特別出眾。一支是掛名的主辦方，也就是吉克所屬的霸龍隊，另一支則是同為七星戰團的人魚鎮魂歌。

我本想借用吉克的名字讓大型戰團願意參加，卻沒料到人魚鎮魂歌也同意出席。不論他們是基於何種目的，這樣的發展都正合我意，就讓我來好好利用他們。

我們邀請的賓客不只有探索者，也包含能成為贊助商的各界名人、大富豪以及貴族們。打扮得光鮮亮麗的這群人，在高掛奢華水晶吊燈的宴會廳裡有說有笑。

他們似乎也對擺放於桌上，精心準備的各種料理和美酒十分滿意。不愧是王侯貴族御用的一流飯店。答應一手包辦會場準備的現代主張報社，似乎不惜下重本。但老實說都邀請此等政商名流參加，最後竟在廉價飯店舉辦的話，報社大概明天就直接倒閉了。

一襲白色禮服打扮的亞兒瑪，以女伴之姿站在身穿燕尾服的我旁邊。只要她別開口，就是一位妖豔的美女。再加上踩著一雙高跟鞋，也能掩飾她那嬌小的身材。光是有她陪在身邊，就足以吸引旁人的目光。

昊牙和雷翁沒來現場。基於安全考量，各戰團只允許代表和一名陪同者參加。那兩人似乎不習慣這類場合，在得知不必到場後都鬆了一口氣。

「喔～你就是蛇戰團的團長吧。我已聽說你們僅憑四人就成功討伐幽狼犬，還真是年輕有為呢。」

前來打招呼的男商人，在聽完我的自我介紹後發出讚嘆。

「不敢當，這一切都多虧了優秀的同伴們。」

「你客氣了。不管身邊的同伴們再優秀，如果組織領袖過於無能也難以取勝。我十分清楚你是一名擁有非凡才華的探索者。」

「倘若真是這樣，都是託祖父的福。多虧英雄不滅惡鬼的教誨，我才有今日的成就。」

男子聽我搬出不滅惡鬼的名號後，興奮得面紅耳赤。

「對了，令祖父是英雄中的英雄，赫赫有名的不滅惡鬼對吧。果真是虎父無犬子呢。」

上流社會特別重視血統。為了達成我的目的，就算是家族的名聲也得加以利用。

「我想成為不辱祖父之名的探索者。為此，我正在尋找願意提供援助的各界人士。假如您感興趣的話，很歡迎日後找個時間詳談，不知您意下如何？」

「我知道了，那就之後找個時間再見面吧。」

男子爽快答應後與我握手，並互相交換名片。到時能從他身上榨出多少錢呢？此人是帝國相當有名的富商，若他願意成為贊助商，我們就可以籌到更多活動資金。

距離研討會正式開始前還有一段時間，我積極上前與各個賓客交談，並順利取得日後再見面的約定。

「從剛才起一直重複著相同的對話，我陪笑到整張臉都發疼了……」

亞兒瑪苦著臉低聲抱怨，我回以苦笑說：

「別那麼說，這都是為了籌備資金。」

「有個貪婪的弟弟還真是傷腦筋呢……」

「我強調過好幾次，我不記得自己成了妳的弟弟。比起這個，那件事有辦妥吧？機會只有一次，若是錯過就沒救了。」

亞兒瑪被我一問，隨即豎起大拇指。

「沒問題，一切包在姊姊身上。」

「妳說誰是姊姊啊。真是的。」

亞兒瑪除了擔任我的女伴以外，我還有委託她另一項工作。雖說應當不會搞砸，但看她那副吊兒郎當的模樣，實在是令我有些不安。在我忍不住發出一聲嘆息之際，忽然有人從身後叫住我。

「嗨，諾艾爾先生，你有好好享受與金主們的交流嗎？」

出現在我背後的人是吉克。從襯衫到領帶一身黑色的他，面露笑容地站在我面前。不過我和亞兒瑪的目光並非對準吉克，而是鎖定在他身旁的女伴身上。

這位身材火辣且濃妝豔抹的金髮美女，怎麼看都不像是尋常人。其中又以她的服裝更是非比尋常，因為她穿著亞兒瑪之前看上，唯獨重點部位有鋪上布料的服裝，大剌剌地站在吉克的身邊。

「你看你看！她穿著我之前選的那套衣服喔！看見了吧！」

我沒有理會神情激動的亞兒瑪，只是默默扶住自己的額頭。

「哈哈哈，這對諾艾爾少年來說太刺激了嗎？」

「……住口，你果然很惹人嫌。」

依照吉克的口吻，十之八九是為了挖苦我，才特地請了這位招搖的特殊行業女性來擔任女伴。同樣身為男人，我打從心底鄙視他。

「話說回來，旁邊這位美麗的小姐，就是蛇戰團的王牌攻擊手亞兒瑪小姐嗎？初次見面，我名叫吉克・范斯達因，是霸龍隊的副團長。」

吉克溫文儒雅地說完自我介紹，亞兒瑪簡短地打了個招呼。

「你好。」

「根據傳聞，妳是傳說級殺手亞爾戈的孫女嗎？」

「是啊。」

「嗯～傳說級殺手的孫女與傳說級英雄的孫子。看二位像這樣站在一起，著實令人心情澎湃呢。假如可以的話，真想把你們一起挖角過來。」

「少說這種玩笑話，聽了就讓人不爽。」

吉克被我嚴辭制止後，無奈地雙肩一聳。

「無妨，此事等下次有機會再說，我是來提醒你一下的。」

「提醒我？」

吉克見我一臉困惑，點了點頭壓低音量說：

「奉勸你提防一下人魚鎮魂歌，那是個負面傳聞不斷的戰團。即便他們不至於在大庭廣眾下亂來，不過被盯上的話會很麻煩。」

「這種小事，我打從一開始就知道了。」

吉克見我回答得如此乾脆，不由得瞪大雙眼。

「意思是你明知此事，還同意讓他們參加嗎？」

「沒錯，只要有知名度可以利用，不管哪個戰團都無所謂。麻煩？只要七星願意來參加，我可是舉雙手贊成。」

「原來如此……」

吉克又稍稍點了點頭，不過眼神變得銳利如刃。

「諾艾爾先生，你是不是太小看七星了？」

他以帶刺的口吻接續下去。

「七星並不如你想像得那麼單純。倘若只仗著自己的腦筋還算靈光就恣意妄為，最終將會引火自焚。畢竟現在的你們還太弱小了。」

真是一段嚴厲的告誡。我直直地與吉克對視。

「謝謝你的忠告——但有一件事你搞錯了。」

「什麼？」

「這與七星無關，不論是誰阻擋在前，我都會全力擊潰對手。小看七星？哼，一群只敢恃強凌弱的窩囊廢，少跟我混為一談。」

想成為七星者，豈能對七星心生畏懼。正因為無法輕易得到，才值得我去追求。我們對視一段時間後，吉克終於放鬆表情。

「你那股足以焚燒自我的鬥爭心，當真很吸引人。」

吉克滿意一笑，扭頭看向四周，並將目光對準其他戰團的團長們。那群人理應準備參加研討會，卻喝了那麼多酒，即使不到酩酊大醉的程度，判斷力恐怕遠不及平常水準。

「看那邊，明明探索者協會已公布冥獄十王即將帶來威脅，那幫人別說是野心，甚至連一絲危機意識都沒有。就算身為大型戰團的團長，終究是一群只想安全累積成果的凡夫俗子。」

「就算比那群窩囊廢更出色，我也一點都不開心。」

「這麼說也對，畢竟你就是這種人，因此我很期待你的表現。」

吉克倒退一步，以目光仔細打量我。

「我就拭目以待，你究竟會讓這場鬧劇變得多麼精采。」

「我會努力回應你的期待。」

「這是自然，因為你有這個義務，奉勸你最好別令我失望。別看我這樣，其實是個火爆浪子，一發起飆來可不知會做出什麼事情。」

吉克對我露出一個凶狠的笑容，隨即帶著女伴遠離我們。

「啊～諾艾爾先生，你在這裡呀！我找了你好久啊！」

吉克才剛離去不久，現代主張報社的托馬斯氣喘吁吁地跑了過來。

「差不多是時候了，請你快上臺吧。」

「好的，我馬上去。」

宴會的時間已經結束——接下來才是重頭戲。

包含我在內，講臺上一共有九位探索者。在準備好的座位裡，自上座依序霸龍隊的吉克、人魚鎮魂歌的約翰・艾斯菲爾特等餘下的探索者，我則是敬陪末座。站在我身邊擔任司儀的托馬斯，對著賓客們大聲宣布。

「讓各位嘉賓久等了，研討會就此正式開始！」

托馬斯伸手對著坐在座位上的我們。

「在座的每一位都是帝都內赫赫有名的探索者們，相信大家對於他們的活躍耳熟能詳。此次邀請他們來到現場，就是想請教關於日前宣布的冥獄十王一事。現場諸位探索者到底會如何應對這場迫在眉睫的危機，想必大家都非常好奇。若能藉由這場研討會，讓心中抱有不安的帝國境內所有居民燃起一絲希望，將是本報社的榮幸。」

司儀的開場白至此結束，接下來就輪到我們了。

「那麼，有請諸位探索者來自我介紹。首先由這場研討會的發起人，霸龍隊的副團長吉克・范斯達因大人為各位致詞。吉克大人，麻煩您了。」

在托馬斯的介紹下，吉克從座位上起身。

「我是霸龍隊的副團長吉克・范斯達因。首先，很感謝在座嘉賓接受邀請蒞臨現場。嗯～各位還真的是很閒呢。工作方面都不要緊嗎？啊～想想聚集在此的人，都是只需在工作時負責耍大牌就好。就連我也一樣是站在相同的立場，害我運動量不足都胖了一圈。」

吉克的玩笑讓會場笑聲連連。

「不同於臺上的其他人，我是副團長而非團長，但這裡面仍屬我最偉大。畢竟累積的實績有所差距，又是唯一的ＥＸ階，因此我仍會表現出符合自身立場的態度，還請大家諒解。」

吉克以說笑的口吻講完後，現場又掀起一陣笑聲。不過我很清楚，他其實是在說真心話。吉克致詞完便重新坐下。下個瞬間，他將目光對準我，並以充滿好奇的眼神表示「讓我瞧瞧你的本事吧」。

「謝謝吉克大人的致詞。接下來有請人魚鎮魂歌團長，約翰・艾斯菲爾特大人來為大家致詞。」

在托馬斯的主持下，這次輪到約翰從座位上站起來。

「我是人魚鎮魂歌的團長約翰・艾斯菲爾特，今天還請各位多多指教。」

約翰是身材高挑的銀髮男子，年齡將近三十歲，容貌眉清目秀，穿著冰藍色的無尾禮服。是個跟吉克一樣擁有眾多女粉絲的探索者。

「由於我沒有吉克先生那般出色的幽默感跟實績，因此不會仗著七星的身分藐視他人，是誠心誠意想與大家交流討論。」

這番話乍聽下是相當謙虛，實質上是對吉克冷嘲熱諷。自尊心高的吉克不悅地皺起眉頭。

約翰致詞結束後，接下來依序輪到其他人，而我則是最後一位。

「我是嵐翼之蛇的團長諾艾爾・修特廉，能受邀參加如此盛大的會議，我心中的感激是無以言表。身為初出茅廬的晚輩，懇請眾人賜教。」

等我簡短地結束致詞，托馬斯便扯開嗓門繼續主持。

「謝謝諸位探索者的致詞。那我們就立刻進入主題。對於即將面臨冥獄十王的威脅，諸位有何看法？就請吉克大人先來回答。」

吉克點頭準備開口時，身旁的約翰卻舉起一隻手。

「不好意思，方便打個岔嗎？」

「約翰大人請說。」

「我覺得這個問題有點刁難人。」

「此話怎說？」

約翰露出有些傷腦筋的笑容。

「實際與冥獄十王交手的是我們七星。當然我也明白其他人都會各司其職。不過冥獄十王所產生的深淵，範圍遠比一般更加遼闊，侵蝕速度也十分驚人。參考過去的戰鬥資料，他們支配的眷族也達到魔王級。換言之，受威脅的區域將相當遼闊，所以除了對抗冥獄十王，也須部署保護各都市的戰力。畢竟在前一次的討伐裡，有三個國家遭到毀滅。」

約翰的一席話，令現場賓客都倒吸一口涼氣。世人透過戰鬥紀錄的確很清楚冥獄十王造成的威脅，但是三個國家被毀的事實過於沉重，當有人再度提及時，即便是酒醉之人也會瞬間清醒。

「在場每一位都是優秀的探索者，戰團的實績也無可挑剔。可是為了避免誤會，我在此重申一次，七星和其他戰團之間有著一道鴻溝，相信大家也心知肚明，因此以同等的立場來回答同個問題，恐怕會對其他人造成負擔吧？」

「這麼說也不無道理……那麼，請問該以何種方式來徵求大家的意見呢？」

面對托馬斯的提問，約翰爽朗一笑給出答案。

「無須更動問題本身，但我認為不必請大家勉強回答，只需允許眾人能對問題行使緘默權如何？」

語畢，約翰將視線對準我和其他團長。

「各位也不想勉強回答吧？過於艱澀的問題就交給我和吉克先生來應對，你們儘管放輕鬆坐著即可。」

其他團長開始騷動。因為約翰的言下之意，便是在暗指沒能力就不要強出頭。提出抗議是很簡單，不過抗議者就得肩負起更多責任。

對手是高高在上的七星，倘若無視他們的意思強行開口，一旦拋出沒有自知之明的半吊子答案，只會導致戰團的形象嚴重受損。如此一來，倒不如服從約翰保持沉默，至少不會丟人現眼。

這下我已能肯定人魚鎮魂歌——約翰參加研討會的意圖了。他想排除其他阻礙者，讓焦點落在自己跟吉克身上，並設法掌控現場的主導權，打算從吉克口中套出霸龍隊的情報。

「司儀，你認為呢？」

被約翰詢問的托馬斯稍微瞄了我一眼。儘管這場研討會的發起人名義上是吉克，不過其實是我才對，所以托馬斯想徵求我的意見。我輕輕一笑舉手發言。

「方便容我說句話嗎？」

「諾艾爾大人請說。」

在得到托馬斯的回應後，我接著把話說下去。

「約翰先生確實言之有理，不過按照你的說法，聽起來像在暗指我們沒資格發表意見，要我們通通閉上嘴巴是嗎？」

「這樣的說法有點過度解讀了，甚至算是惡意扭曲。那個……你叫做諾艾爾對吧？

我純粹是基於好意才如此提議，實際上想怎麼做都端看你們。」

約翰做作地將雙肩一聳。想必他認為自己已做好下馬威，堅信不論我說什麼都影響不了他的優勢。不過他還太嫩了。提議舉辦研討會的人是我而非吉克，只要我有意，隨時都能輕鬆瓦解他的優勢。

「不然這樣如何？讓受訪者們分成兩組，由約翰先生你與吉克先生擔任組長，然後以兩組輪流的方式，針對冥獄－王這個議題盡情交換意見。這麼一來，也能減少每個人在發言上的負擔吧？難得名聲響亮的探索者們齊聚一堂，若因緘默權導致討論變狹隘就太可惜了。」

「說穿了就是想採取辯論會形式吧？可是臨時變更會有問題吧？想回答的人就回答，不想回答的人也不勉強，這樣不是簡單多了？」

「你也虛情假意得太明顯了吧。」

我加重語氣，正眼看向約翰。

「你是企圖控制會議的進行吧？同為受訪者，理所當然會想阻止這種情況發生。」

在約翰準備反駁之際，這次換成吉克舉手發言。

「我贊同改變會議形式，反正這麼做也無傷大雅。」

吉克表態後，約翰錯愕地睜大雙眼。幾乎在同一時間，臺下觀眾紛紛表示支持。

「吉克準備跟約翰分組對抗嗎!?聽起來感覺更有意思！」

「原本那種乖乖接受司儀提問然後回答的形式，老實說我覺得很無聊。」

「對啊對啊！讓會議變有趣點！」

見我與約翰爭辯而不知所措的其他賓客，在聽到上述內容之後，隨即明白這麼做將是一場非常有趣的秀，於是騷動瞬間蔓延開來，爭相支持修改會議的進行方式。

面對這意料外的狀況，約翰不禁瞠目結舌。他恐怕萬萬沒料到，賓客裡有我雇來的暗樁。當我一得知負面傳聞不斷的約翰答應參加研討會，我就假想過各種事態，並做好準備能即刻把狀況導回我所期望的方向發展下去。雇用暗樁配合我說的話在臺下起鬨，是理所當然的事前準備。其他團長聽見賓客們的聲音，也受到感染紛紛表示贊同。

「我也贊同改採辯論會形式。」

「也對……既然得到這麼熱烈的迴響，我認為應該修改形式。」

「不管怎樣都行，總之趕快開始吧。」

這些團長表面上裝出一副通情達理的嘴臉，內心深處肯定都鬆了一大口氣。如果改成辯論會的形式，即使自己從頭到尾都沒有發言，仍算是有參與會議。也就是說，能保住身為大型戰團團長的顏面。即使是再蠢的笨蛋，也明白表示贊同的好處遠在反對之上。

「既然贊同者占大多數，接下來就變更成辯論會的形式。只不過每個議題並非三言兩語就能回答完畢，因此還是採取分組辯論的方式。首先由吉克大人跟約翰大人針對議題提出論點，其他受訪者再依照想支持的論點來選擇組長，等分組結束後就正式開始會議。」

托馬斯口齒流利地將我藉由話術技能《思考共有》傳達的內容通通說出。這麼一來，約翰就無法掌控會議的主導權了。

「約翰大人，畢竟這是多數人的意見，請您見諒。」

「……好吧。」

約翰神情苦澀地點頭同意。若想顧全面子，事到如今也由不得他打退堂鼓，除了接受以外別無他法。他露出充滿敵意的眼神瞪著我。其實他這樣與我敵對是正合我意。在他察覺這場會議的真正用意之前，看我來把他徹底利用一番。

首先是由吉克提出自己的論點。

「冥獄十王確實是一大威脅，到時很可能會死傷慘重，不過事實已經證明它們絕非無法戰勝的強敵。」

吉克露出無懼的笑容接著說：

「理由是探索者會不斷進化，繼承先人的知識和技術等一切奠定基礎，完善接下來的各種制度。探索者培養學校和鑑定士協會等公家機關的成立就是拜此所賜。參考以前銀鱗之悲嘆川降世的戰鬥資料，並加上帝國現有戰力重複模擬計算，得出的勝率高達百分之八十，可謂是穩贏不輸，因此大家都可以安心度日。」

聽眾對吉克的演說予以熱烈的掌聲。話說勝率百分之八十倒是初次耳聞。根據我的預測，最多只有百分之三十。難道霸龍隊藏了一手？要不然就只是權宜之計……不管怎麼說，都已達到令聽眾安心的效果。

吉克結束演說，便輪到約翰上場。

「我的觀點不同於吉克先生，認為大家應當更有危機意識。當然此話並非示弱，而是抱持必勝的決心。我覺得應該擬定出能有效減少傷亡的對策，畢竟不論文明多麼發達，仍無法挽回逝去的生命。至於為此運籌帷幄，我堅信就是我們七星的義務。」

約翰的主張非常正確，但我不認為他是發自內心，這傢伙究竟在盤算什麼？

「因此我有另一個提案，就是為了迎接決戰之日的到來，希望能暫時賦予我管理所有戰團的權限。如此一來，我保證必能取得勝利且有效降低傷亡。」

這番話令全場陷入騷動。

「與其讓所有戰團各自為陣，倒不如重新整編為一個龐大的組織，這樣能促使指揮系統更加順暢，同時提高整體的配合度。我認為這是最有效的作戰方式。」

原來約翰是想搞這套。儘管在這裡的發言未必可以實現，不過各界的大人物都群聚於此，若能徵得在場眾人的認同，將有助於付諸實行。

照此情況看來，約翰・艾斯菲爾特是個比我想像中更有頭腦與膽識的男子。

「竟然要所有戰團統一聽令於你？愚蠢至極，你是認真的嗎？」

吉克毫不避諱地罵出聲來，並一臉嫌惡地瞪著約翰。不過身為當事人的約翰，仍保持著一派輕鬆的樣子。

「既然都已賭上國家存亡，卻還想讓各組織獨立作戰，這才是愚蠢至極。這種時候，大家就該同心協力迎向挑戰。」

「所以就要大家服從你的提案？區區三等星還真會叫囂呢。」

「既然如此，只要本戰團登上一等星就可以囉？」

「就憑你辦得到嗎？」

「至少我是這麼認為，有意見嗎？」

「哈哈哈，看來你這個人比我更有幽默感呢。」

吉克和約翰都維持著臉上的笑容，眼神卻冷酷無比，現場氣氛凝重到一觸即發的地步。為了化解眼前的僵局，我以眼神對托馬斯示意。雖然托馬斯被兩人的氣勢嚇壞了，卻還是點了個頭。

「約、約翰大人，以上就是您的論點嗎？」

「嗯，差不多就是這樣。」

「我知道了。那麼，接下來開始分組與更換座位。請臺上的其他人開始選擇支持的組長。兩位組長分別是吉克大人與約翰大人，選好組別即可就座。」

我遵循托馬斯的指示，坐在吉克那邊的座位上。分完組後，吉克這邊有四個人，約翰那方有五個人。縱使只相差一人，卻也能證明約翰的演說更吸引人。

「你稍微去學點話術會不會比較好呢？」

「不用你雞婆。」

我趁著換座位的期間如此低語，吉克臉上浮現一張打從心底感到不悅的表情。

於是會議就此開始。議題是為了對抗冥獄十王，所有戰團是否該統合。可說是非常具衝擊性的議題。約翰組是代表正方，吉克組則代表反方。

「我贊成。考慮到冥獄十王帶來的威脅，這是個很正確的對策。」

「我反對。為何我們的戰團非得因此解散不可？」

「先等一下，那只是暫時吧？」

「這與暫時無關，一旦接受之後，就會被當成先例一再重演，這麼一來就跟解散沒有分別。」

「只要事前好好討論過各種規定，就可以避免這種狀況吧？況且要是打不贏冥獄十王的話，無論戰團是否存續都沒有意義。」

「誰能保證那些規定公不公正⁉」

「別老是主張自己的權利！這可是國家的危機喔⁉」

正方以約翰為首，反方以吉克為首，讓討論逐漸白熱化。面對這場激烈的辯論，無論是當事者們或臺下賓客都沉浸在會議中。

但我故意沒有參與討論，只是靜靜地旁觀著。儘管討論很熱烈，卻完全沒有交集，當兩方陣營都表達完意見時，約翰將矛頭對準我。

「諾艾爾先生，瞧你從方才就一直默不吭聲，也是時候聽聽你的意見了。明明是你反對緘默權，結果像這樣完全不參加討論是什麼意思？」

「哎呀，約翰先生想徵求我的意見嗎？」

「嗯，我洗耳恭聽，期待你提出出色的見解。」

我自然而然成了眾人的焦點。由於兩陣營都已發表完意見，現在可說是輪我表現的最佳時機。

「一如我所選陣營的觀點，我反對所有戰團統合。」

「是嗎？請讓我聽聽你的理由。」

「各戰團都有屬於自己的戰鬥風格，即便統合也未必能成功互相合作，反倒有可能只會造成無謂的混亂，因此我持反對意見。」

「這種先入為主的說法，似乎有點強詞奪理。」

約翰翹起二郎腿，一副高高在上的模樣繼續說：

「我承認各戰團皆有各自不同的戰鬥風格，但只要決定好方針，再經過重複演練，理當可以解決這個問題。」

「你說理當？這還真是消極的論調，就憑你這種曖昧不明的思維，也敢痴心妄想實現統合所有戰團的理念嗎？更何況還得服從自己所排斥的人，我不覺得大家會團結一心攜手抗敵。臨陣磨槍的默契加上士氣低落，簡直是百害而無一利。」

「……這可是關乎國家存亡，堅持無意義的自尊而罔顧大義才是愚蠢透頂，我相信大家會做出明智的抉擇。」

「呵呵呵，我反倒認為你是在自打嘴巴喔。」

「什麼？」

看著眉頭深鎖的約翰，我加深臉上的笑意。

「若要主張大義，你憑什麼以自己是總司令的前提來討論此事？這等大事，理當交由負責管理所有探索者的探索者協會來決定不是嗎？」

「……當然此事必須交由探索者協會裁定。不過任何的主張，發起人於情於理都該表現出願意負全責的態度。我是為了對自己的主張負責，才強調願意由自己來擔任代表。」

「這個想法很出色，但還是沒有所謂的正當性，夠格成為總司令的人才比比皆是。若想堅稱自己沒有一點私心，身為發起人的你就該排除在候選名單之外，這樣對其他探索者來說更有說服力。關於這部分的看法，我倒想聽聽你的意見。」

我即刻展開反擊，約翰一時之間陷入詞窮，但他很快就擠出一個虛假的笑容，拍了拍手說：

「嗯～這想法真是太出色了，諾艾爾先生說的很有道理，今後我會將你的意見納入考量，先在此向你道謝。」

明明不知如何作答還在那邊耍大牌。看來這男人的話術就是以高姿態放話，一旦碰上對自己不利的問題就裝作沒聽見。

「對了，諾艾爾先生你自己又有怎樣的考量呢？如果方便的話，可以請你指教指教嗎？」

約翰打算令我主動發話，藉此讓自己改站在提出批判的立場上。不過他太嫩了，就算腦袋還算靈光，終究不是我的對手。

「我認為不必特地做些什麼，真要說來是不該這麼做。深淵是只要消滅身為核心的惡魔，就會自動遭到淨化，其他惡魔也將無法行動。換言之，就只要設法迅速殲滅冥獄十王即可，而這也是有效降低傷亡的最佳做法，與應對一般惡魔沒有分別。若是過度高估敵人反被牽著鼻子走，即便是有勝算的戰爭也會輸得一敗塗地。」

「哈哈哈，還以為你想說什麼，根本就是滿嘴歪理。難道你忘了最重要的一點嗎？直接與冥獄十王交手的是我們七星。把自己辦不到的事情推給他人，還說這麼做才是最佳做法，害我不得不數落你臉皮真厚。關於這部分的看法，我倒想聽聽你的意見。」

約翰彷彿勝券在握地揚起嘴角，所以我也跟著笑了。

「哈哈哈，我何時說過要把責任推給別人？決戰當天，我的戰團也會與冥獄十王正面對抗。當然是以七星的身分參戰。」

「咦!?」

「我願意以祖父布蘭頓・修特廉，又被稱為不滅惡鬼的大英雄之名發誓，嵐翼之蛇會在冥獄十王降世之前成為七星，對此絕無一絲虛言。」

我如此斷言後，會場內是一片譁然。

「他的戰團不是才剛成立嗎!?居然就說想成為七星!?」

「他們的戰力與實績都不足！怎麼想都不可能啊！」

「但他可是不滅惡鬼的孫子喔!!」

「考量到他的戰團創立後崛起得如此迅速，也無法肯定他絕對辦不到！」

即便沒有動用暗樁，臺下賓客已興奮地不斷起鬨。此時此刻，我的一舉一動都是萬眾矚目的焦點。

「少在那邊睜眼說瞎話!!」

約翰氣得從座位起身。

「憑那種毫無保證的未來做為藉口來逃避問題，以一名探索者而言簡直是不知羞恥！你那些都是空口白話！」

「你這麼激動想幹麼，你這句話也一樣是自打嘴巴。記得你先前說過會成為一等星吧？那也同樣是毫無保證的未來啊。」

「本戰團與你們有如天壤之別！就算你這個人再傲慢，也沒資格與我平起平坐討論此事！」

「傲慢的是你吧？七星的資格並非永存，而是會被人取代的。這麼一來，你怎能認為貴戰團會一直是七星啊？呵呵呵，我已能預見你從那個位子滾下來的落魄模樣了。」

被我這麼挑釁後，約翰憤怒得渾身顫抖。

「……好啊，既然你有種這麼說，就讓我們看看證據，有本事就拿出你們夠格成為七星的證據。」

約翰肯定認為我辦不到才如此放話，但他錯得離譜，其實我就是在等他說出這句話。

原本議題是圍繞著所有戰團是否該統合一事打轉，不過多虧他的發言，主旨就切換成我能否提出自己夠格成為七星的證據。

換言之，接下來是我的個人秀。

「好啊，這是你說的喔？」

「唔、嗯，是我說的……」

約翰對態度強硬的我心生怯意，不過如今他已無法收回前言，就只能點頭肯定。

「既然是七星三等星，人魚鎮魂歌的團長大人如此吩咐，我自然是不能拒絕。像這種毫無交集的討論，想必在座各位也看累了吧，希望大家可以撥點時間聽我一言。」

我從座位上起身，簡短地與大家打個招呼。身為協力者的吉克自是不必多說，其他團長也沒有提出異議。這是自然，因為要是沒有我的話，他們就只能對約翰言聽計從。面對一名口才遠在自己之上的敵人，沒有哪個笨蛋敢在這種公開場合針鋒相對。

「那我就當作大家都默許囉。司儀，可以嗎？」

「好、好的，您請說，諾艾爾大人。」

徵得托馬斯的同意後，我走至舞臺中央，轉身面對臺下賓客。

「正如各位所知，七星的稱號是皇帝陛下欽賜。以此為鑑，擁有此稱號的戰團不只得講求實力，也必須具備足以成為所有戰團表率的節操。」

能打動人心的絕非惡意，而是善意。換言之，謀略乃赤誠也。

「為了證明本戰團夠格成為七星，我想藉著這個場合，向眾人保證我們會根絕一個在帝都內蔓延的邪惡。此惡名為欺瞞，以不當的裁決迫使無辜之人入獄，進而放任必須制裁的邪惡逍遙法外。身為明君之下的一介百姓，我豈能姑息此事。」

賓客們聽得有些動搖。我輕輕一笑把話說下去。

「各位，請問你們對於名為修格·柯貝流斯的男子可有印象？」

當我搬出修格·柯貝流斯這個名字的瞬間，臺下的賓客立刻躁動。

「他說修格·柯貝流斯!?」

「是染血標本師嗎!?」

「提起這名死刑犯究竟想幹麼!?」

修格的事件發生於兩年前。以時間來說，就算已被世人淡忘也不足為奇，不過由於該事件太過殘酷，因此許多人仍記憶猶新。

「距今兩年前，於某富豪家中發生一起滅門血案。於本案中被逮捕的凶手，就是稀世人偶製作師修格·柯貝流斯。修格當時不僅殘殺被害者一家，還把死者的皮剝下放到人偶身上，其手法宛如在製作標本，因此才被冠上染血標本師這個外號。相信大家對此都印象深刻吧。」

回想起事件始末的賓客們，都因為那殘酷的手法而眉頭深鎖。

「這是一起不共戴天的凶案。被害者之中甚至有年幼的孩子。一想到他們的委屈，我就痛心無比。犯下如此滔天大罪的凶手，我是絕不輕饒，在此發誓必將凶手繩之以法。」

我舉起一隻手貼在胸口上，狀似痛心疾首地閉上雙眼，在感受到憤怒與悲痛之情於賓客間擴散開來之後，我才睜開雙眼扯開嗓門大喊。

「我在此宣告，修格．柯貝流斯是被冤枉的！真正該接受制裁的凶手目前仍逍遙法外！」

賓客們聽完都驚呆了。在一陣鴉雀無聲之後，現場徹底鬧成一團。

「被冤枉的⁉這是怎麼回事⁉」

「難道是搜查出錯了嗎⁉」

「這可是對司法的侮辱喔⁉」

「如果此事屬實，將會驚天動地喔！」

賓客們慌了手腳，幾乎與暴動無異。大家之所以如此動搖，是因為我在公開場合上批評司法省的判決有誤，進一步來說就等於是批判國家，眾人擔心受牽連才恐慌到這種地步。

「請大家肅靜‼」

我發動話術技能《精神解法》，賓客們聽見這陣能使人精神穩定下來的吶喊之後，漸漸都平靜下來。真佩服自己這招方便的技能，除了戰場以外的地方也能派上用場，有著優秀的泛用性。

「各位會如此詫異也實屬難免，但我絕非為了蠱惑大家而信口雌黃。關於修格含冤入獄一事，我敢斷定絕無一句假話。」

我挺起胸膛，對著冷靜下來的賓客們侃侃而談。

「修格之所以被當成凶手，追根究柢純粹因為他是案發現場唯一的生還者。依此情況來考量，他確實很有可能就是凶手，不過他在被捕時已經失去意識。換句話說，他是被人弄昏過去的。」

根據偵訊的結果，修格是為了將訂製的人偶交給富豪才造訪對方的住處，但在他一踏進宅邸的瞬間就失去意識。等到再次甦醒時，富豪一家已遭到殺害，在他嚇傻的這段期間，就被接獲線報的憲兵團給逮捕了。

「參照判決紀錄，修格被認定為凶手，只因為案發現場除了修格以外，找不到任何能顯示凶手另有其人的蛛絲馬跡。換言之，檢方無視修格是被誰打昏，僅憑間接證據就把他視為凶手。大家不覺得這未免太奇怪了嗎？」

我納悶地歪過頭去，只見其中一名賓客厲聲喊道：

「修格患有精神病！所以被打昏的證詞肯定是假話！」

該名男子是我安排的暗樁，用意是為了搶在其他賓客之前提出反論，以防現場氣氛超出我的預期。實際上其他賓客也只是點頭認同暗樁的言論，不見一人插嘴擾亂現場秩序。

「修格並沒有罹患精神病。經過精神方面的鑑定，他完全是個正常人，不過法院仍把他認定為精神異常患者，全面駁回他的上訴。」

「這樣的話，就是他刻意撒謊騙人！」

「的確有這個可能性。但即便如此，仍應該以凶手或許另有他人的前提展開搜查，偏偏檢察官打從一開始就認定修格是凶手，根據當時的判決紀錄，一眼即可看出檢方怠忽職守。」

在帝國裡，法官與檢察官皆屬司法省管轄。意即控告與審判罪犯者都隸屬於相同組織，倘若司法省基於考量而導致判決失去公正性，將會是輕而易舉。這麼一來，被告就只能乖乖服從判決。

「其實除了修格以外，還有另一名很可能是凶手的人物。大家不必多想，正是該事件的報案者。」

賓客們聽見這個事實後，無一不目瞪口呆。這條情報並未被寫入判決紀錄裡，就只存在於當年的搜查紀錄之中。我能掌握這項線索，全都歸功於情報販子洛基。

「紀錄提到報案者是因為聽見宅邸傳來慘叫聲才通知憲兵團，不過案發當天，宅邸的門窗全數緊閉，建築物本身又是全新建造，採用最先進的隔音設備，外加上與人行道還相隔一座偌大的庭院。無論屋內的人如何喊叫，外界也絕不會聽見一絲聲音。如此一來，報案者如何能得知屋內的狀況？」

賓客們一聽完我的反問都如夢初醒。

「想必各位都明白了吧。沒錯，答案只有一個，報案者便是真凶，或是其中一名共犯。檢方在事後也注意到這點，但已找不到報案者的下落。一般來說，這種時候就該傾力搜查，偏偏司法省欲盡早完結此案，便斷定修格為凶手，草草中止搜查。」

搜索嫌犯是憲兵團的工作，負責指揮憲兵團的則是檢察官，代表搜查一事是全權委任於司法省。

「司法省將修格認定為凶手，用意只在於想盡早結案。話說回來，司法省又為何不惜中止針對真凶的搜查，一心只求馬上結案呢？理由就在於當時的國內情勢。」

面對一頭霧水的賓客們，我微微一笑。

「雖然國內目前欣欣向榮，但當年恰好正值經濟最不景氣的時候，無論是提高徵稅、失業率攀升以及物價上漲。這種情況下，民眾想當然會把矛頭指向政府。倘若讓世人知曉司法省放跑了這起備受全國關注、極度殘酷之案件的頭號嫌疑人，他們極有可能性會飽受輿論抨擊。不對，是必定會淪為眾矢之的而受到責罰。」

一旦民眾有能夠抨擊的目標，直到注意力被轉移之前都會窮追猛打。在最糟的情況下，有可能因司法省一事引發大規模的暴動。為了避免這樣的事態，不難想像司法省會為此狗急跳牆。

「反之，要是能盡早解決事件的話，司法省不僅可以保住威信，甚至能一躍成為正義使者，因此才決定放棄繼續追查逃跑的頭號嫌疑人，直接把修格塑造成凶手——以上就是本案的真相。」

賓客們又開始躁動，同樣一臉像是聽了不該聽的內容。不過駕馭局勢的那條韁繩，已掌握在我的手中。

「這都是你的臆測！難道你有證據嗎⁉」

喊出這句話的人同樣是暗椿。我笑著點頭回應。

「這是自然，我並非想擺出一副名偵探的嘴臉在這裡推理，純粹是想讓在座各位知曉這個不可動搖的事實。」

接著我將手伸向會場的入口處。

「我就來介紹可以證明修格清白的證人——司法省前司法次長，雷斯達・格拉海姆伯爵！」

入口的大門被推開後，亞兒瑪帶著一位穿著法袍的中年男子走了進來。

「居然是雷斯達伯爵⁉」

「我曾經見過他！他就是本人！」

「雷斯達伯爵是證人⁉這是怎麼回事⁉」

賓客們會大驚失色也是無可厚非。我邀請來的這名男子並非一般貴族，而是曾擔任過司法省第二把交椅的人。他在社交界聲名遠播，是在場眾人都熟悉不過的名人。

「雷斯達伯爵，請上臺。」

「啊、嗯……」

在我的催促下，雷斯達心驚膽顫地走上臺。看他那副畏首畏尾的模樣，我便在他的耳邊細語。

「要是那件事不想被流傳出去的話，就請你好好配合喔？」

雷斯達艱難地嚥下口水，嚇出一身冷汗微微點頭。

直到半年之前，這名男子都還是司法省的司法次長，卸任理由是與現任司法首長交惡。自那之後他就隱居於領地內，成天詛咒著逼他下臺的司法首長虛度光陰。

這名男子是典型的小人，沒有任何可取之處。不過基於這個理由，他是一顆絕佳的棋子，而且還有個絕不能讓外界知曉的祕密。至於這個祕密，就是他有嚴重的戀男童癖。一旦流傳出去，他不光是名譽與威望掃地，領地也會被強制充公，所以他只得完全服從握有此把柄的我。

「這、這名少年說的……都是真相。」

雷斯達像是好不容易擠出聲音似地據實以告。

「司法省為了顧全顏面，決定把修格．柯貝流斯當成凶手……一切都是司法省的錯……」

「那麼，皇帝陛下是完全不知情嗎？」

「這是當然！陛下是全然不知，一切都是司法省隻手遮天所造成的結果！」

「原來如此。雷斯達伯爵，那您接下來有何打算？」

「……必須把真相公諸於世，並立刻釋放被不當逮捕的該名青年，同時設法將逍遙法外的真凶逮捕歸案。這也是曾經擔任司法次長的我，沒能阻止司法省胡來的責任。」

儘管雷斯達說得這麼慷慨激昂，但我明白他對此事是一點愧疚感都沒有。不對，事實上是打從一開始就沒考慮插手，真虧他能表現得如此大義凜然。

當然這完全是正合我意。雷斯達之所以會服從於我，並非只因為擔心戀男童癖一事被洩漏出去。追根究柢，是對現任司法首長抱持醜陋的復仇心。

雷斯達擺明想利用此事，迫使現任司法首長下臺，同時想藉此東山再起重回司法省。為了實現這個目的，即使是再懦弱的小人也甘願賣命。

因此由他帶頭要求司法省改判修格一案，是再合適不過的頭號人選。至於卸任的理由，只需捏造成修格一案是只有他堅決反對才慘遭迫害。如此一來，他就能擁有更多大義名分。實際上也能清楚看出賓客們的內心已相當動搖。

「各位，如今已真相大白，司法省本該是皇帝陛下的臣子，竟然為了私利私欲藐視司法，在帝都內做出這等隻手遮天的欺瞞行徑。這完全是欺君枉法，更是絕不能姑息的行為。」

我之所以多次提及皇帝，就是為了明確表示我想彈劾的對象僅限於司法省，並非想與國家作對。至於另一個用意，便是明確指出司法省違背皇帝對他們的信賴——更進一步還能衍伸成罔顧全國人民，讓世間得以認知這才是不可輕縱的惡。

按照上述思維，賓客們心中的答案將只剩一個。

「修格・柯貝流斯是出生於貧窮鞋店的三男，在惡劣的環境裡過著不知是否有明天的困苦生活，不過他非常幸運地獲得名為【傀儡師】的才華，這才有了出人頭地的機會。」

賓客們耳聞我提及修格的過去，都十分認真傾聽。

「他以探索者之姿獲得成就後，利用存下的資金改當人偶製作師。這是因為心地善良的他不好鬥爭，只想透過自己製作的人偶為世間帶來歡笑。這部分的風評，相信大家都印象深刻吧。」

修格製作的人偶不分國內外，廣受許多人的喜愛。就連在場的賓客之中，肯定有不少人曾是他的支持者。

「如此出色的他，竟因莫須有的罪名入監服刑，被狠心奪走長達兩年的時光！一想到他心中的苦楚，我就悲痛到近乎肝腸寸斷！倘若可行的話，我只想立刻把他從牢裡救出來！不對，是非得為他平反冤屈不可！」

賓客們都默默地點頭同意，更甚者是熱淚盈眶。

「為此，懇請大家助我一臂之力！首先是發起聯署請求撤回死刑！為了帝國，讓我們攜手替天行道吧！」

語畢，現場隨即傳來掌聲。起頭的是暗樁，不過很快就有人跟著照做，迫於無形的壓力，在場所有人都只能選擇支持。此時此刻，會場內掀起一陣如雷的掌聲與歡呼聲。

只要順勢請求大家聯署簽名，事後就再也無法反悔了。至於今日一事，也會透過托馬斯所在的現代主張報社流傳出去。光是提交有在場這些大人物聯署的請願書，司法省也只能撤銷原判。之後再從帝都內號召更多支持者，修格就肯定能安然出獄。到時我也能打響知名度，再以此為籌碼爭取更多的贊助商。

『諾艾爾。』

在我感到心滿意足之際，忽然收到亞兒瑪傳來的意念。

『我找到了。錯不了的。的確如你所說，真凶就在現場。』

『這樣啊，幹得好。』

即使委託洛基，最終也沒能查出陷害修格的真凶。畢竟案發距今已過了兩年，所有證據早就消失了。但在我不屈不撓的調查下，成功把嫌疑人縮減至僅僅數名。至於這群人，都有接受邀請出席。

當我一提到修格是含冤入獄時，此人恐怕是嚇了一大跳吧。簡直就是晴天霹靂，此人絕對驚恐得差點休克吧。

正因為如此，真凶的反應絕對有別於旁人。

我事前有吩咐亞兒瑪幫忙觀察這些人的反應。就算是觀察力優秀的【斥候】或【弓箭手】，想在如此大量的群眾裡觀察特定人物的反應變化也絕非易事，不過亞兒瑪仍漂亮地完成這項任務。

事件的真凶接下來會如此行動，早在我的預料之中。我該做的便是將計就計。

我突然感受到視線而回頭望去，發現吉克露出十分滿意的笑容。一旁的約翰至此才終於識破真相，對我擺出充滿敵意的表情。其他團長似乎也明白我才是這場研討會的真正發起人，有人對我是充滿好奇，有人則顯得相當警戒。

我轉身面向他們，像個舞臺演員準備謝幕般單腳稍稍往後挪，一隻手貼在胸口上鞠躬致意。表面上看似恭維，我卻盡可能表現出狂妄的姿態。

「感謝諸位前輩耐心欣賞我的表演。」

無論對手是七星、貴族、皇帝或一整個國家，我全都會拿來利用並生吞活剝。

這就是我——身為【詁術士】的戰鬥方式。

†

修格・柯貝流斯身為探索者的才華，無可否認是首屈一指。縱使他擁有這等力量，仍舊沒有隸屬於哪個特定團體。

事實上修格排斥暴力，即便具備探索者的才華，也不願成為以暴力為業的探索者。他之所以迫使自己成為探索者，是因為這對他來說是最容易賺錢的一條路。

對一心成為探索者的人而言，這是個欠缺覺悟且不負責任的動機。不過在探索者的世界裡，結果就代表一切。就算動機再有瑕疵，只要能得出凌駕於他人之上的成果，任誰都不敢有意見。

正因為此業界是秉持實力至上主義，無論受何人雇用都穩贏不輸的修格，就這麼諷刺地以常勝傭兵之姿逐漸打響名聲。

有許多人都想獨占修格的力量，當然他也婉拒了所有的邀請。不論對方開出何等優渥的待遇，他不曾考慮過加入特定組織，重點是他並不打算長久從事探索者的工作。不過在這之中，也有難以拒絕的對象。

修格當時二十歲，正值探索者的黃金時期，聲勢如日中天的他在那天準備共進晚餐的女性，便是絕不能輕易冒犯的對象。

修格受邀來到帝都最頂級的餐廳前。此餐廳受歡迎到必須提前三週預約才有機會訂到位子，甚至能來這裡用餐都被視為是一種能力上的證明。兒時曾在外流浪的修格，經過十年的歲月已成長為夠格進入這間餐廳的出色青年。

走進餐廳報上姓名，男服務生便為修格帶位。修格就座後，對著先一步到場的眼前女子露出微笑。

「能見到您是我的榮幸，華倫坦小姐。」

「我才是很高興能見到你，謝謝你接受我的邀請。」

這位臉上掛著柔和笑容的女性名叫夏蓉・華倫坦，是個擁有一頭耀眼的白金色長髮，婀娜多姿的精靈。她身上穿著一件狀似軍服，有著兩顆釦子的連身長外套。

這名女性邀請修格吃飯，同樣是為了拉攏他入隊。不過她的身分非比尋常，因為她是七星一等星，帝國最強戰團霸龍隊的副團長。

儘管修格對探索者都不感興趣，但還是打從心底非常尊敬夏蓉。理由是以副團長之姿支撐霸龍隊的她，是個赫赫有名的兵法家，曾使用過的各種戰術也對修格影響甚距。

雖然今日是雙方首次見面，修格卻一直暗自將夏蓉視為導師，能見到對方自然是非常高興。不過欣喜之餘，他一想到接下來的事情，內心就感到一陣苦澀。

「嚴肅的話題晚點再提，現在先享用餐點吧。」

夏蓉爽朗一笑，請男服務生過來幫忙點餐。在雙方點的美酒和料理都送上桌後，他們邊品嘗佳餚邊開心聊天。

當料理都享用完時，夏蓉便正色道：

「既然餐點也吃完了，就讓我們進入正題吧。」

夏蓉談起霸龍隊近來的戰果，以及邀請修格加入霸龍隊的待遇跟職位。他們開出的條件當真非常吸引人，被譽為帝國最強戰團可說是當之無愧。

「如何？修格先生，加入霸龍隊對你而言絕非壞事。若是你對我們開出的條件還不滿意，我們也願意考慮繼續加碼。因為你就是有這樣的價值。」

「這番話我當真承受不起，不過——」

修格收起下巴，端正坐姿接著說下去。

「真的很抱歉，請容我拒絕這個提議。」

「假如你有任何不滿——」

面對仍想繼續交涉的夏蓉，修格伸手制止。

「華倫坦小姐，我並非對待遇感到不滿。」

「……那到底是為什麼呢？」

「確實貴戰團開出的條件很吸引人，加入霸龍隊對探索者而言也是無上的榮耀，像這樣拒絕反而才奇怪。但老實說，我並不考慮長期從事探索者的工作。」

夏蓉聽完修格的說明，不禁瞪大雙眼。

「你這句話的意思是打算引退了？」

「是的，我打算在今年辭去探索者的工作。」

「……你引退後有何計畫？」

「我想成為人偶製作師。只要再工作一段時間，我就會擁有一筆足以讓自己至死都能專注當個人偶製作師的資金。接下來的心底話也許會令人誤會，老實說我之所以成為探索者，就是為了賺取讓我成為人偶製作師的資金。在達成這個目標之後，我就沒理由繼續當個探索者了。」

夏蓉釋懷地點了個頭。

「既然如此也莫可奈何。我明白了，我們願意放棄招攬你。」

「真是非常抱歉。」

「你不必道歉，強人所難的是我們才對。不過真令人遺憾，倘若你願意加入的話，霸龍隊就能成為一支更棒的戰團了。」

看著真心感到惋惜的夏蓉，修格覺得十分愧疚，但他並不打算為此改變初衷。因為修格長久以來的夢想就是成為人偶製作師，而且他實在喜歡不了探索者這份工作。

「其實──」

夏蓉以指頭摸著紅酒杯的杯緣繼續說：

「我打算近日內將副團長一職交由其中一名徒弟來繼承，因此在我仍是副團長的這段期間，希望盡可能為戰團做出貢獻，不過看這樣子只得另想他法了。」

「您說的徒弟是吉克・范斯達因嗎？」

吉克在探索者之間已是一位名人。此人的年紀與修格相仿，是個擁有非凡才華的【劍士】。聽似是由夏蓉負責指導此人。相傳單以一名戰鬥員而言，其實力已凌駕在副團長夏蓉之上。

「沒錯，就是這個笨蛋。」

夏蓉愉悅地笑了出來。

「這個無藥可救的笨徒弟儘管性格惡劣又花心，不過他的才能是貨真價實，而且即將達到我這輩子都沒能實現，登上名為ＥＸ階的顛峰。」

「ＥＸ階……」

修格不由得瞠目結舌。

職能分級的確是從Ｃ至ＥＸ，但成為ＥＸ階者是寥寥無幾，因此Ａ階被當成實質上的最高階。倘若吉克真能升上ＥＸ階，霸龍隊就擁有兩位ＥＸ階探索者，其王者的地位將更加穩如泰山。

「霸龍隊今後會變得更強。」

夏蓉似乎看穿了修格的心思，語氣堅定地如此說著。

「為此，我願意去做任何事。」

「看來您真的很珍惜霸龍隊。」

「沒錯，是非常珍惜，畢竟霸龍隊對我來說宛如自己的親生孩子。」

修格很清楚此話絕非誇大，畢竟夏蓉是霸龍隊的元老級成員。相傳此戰團一開始就只有她和身為團長的維克托爾・克勞薩兩人而已。

在這之後的幾十年來不斷招收成員，組織也隨之擴大，夏蓉宛如母親般將戰團一路拉拔大。霸龍隊對她而言，恐怕是真的比任何事情都重要。

「記得你一直是傭兵吧？修格先生，難道你都不寂寞嗎？」

被人冷不防問到這件事，修格回以苦笑。

「不寂寞，而且一次都沒這麼想過。」

修格在成為探索者以前，真要說來是打從出生當時開始，他就等同於無依無靠。但他僅憑一己之力得到現在這樣的成就，而這也是他不需要任何人，最強而有力的證明。

「就算沒有同伴，我也可以活下去。」

「哎呀，這句話也太極端了吧？」

「沒那回事，我不這麼認為。同伴確實是很可貴，卻並非絕對。既然如此，獨自一人反倒更逍遙。」

「嗯～～」

夏蓉瞇起眼睛，像在觀察修格似地注視一段時間。

「有事嗎？」

「我對你有著相當高的評價，可是——」

那張親切的美貌忽然浮現一個冷酷的笑容。

「我不覺得你有這麼堅強。」

修格感覺到大量血液直衝腦門。他的確是尊敬夏蓉，卻輪不到一個沒有相識多久的人這麼數落自己。

不過修格很快就恢復冷靜。

夏蓉說的不無道理。就像修格理當把自身的價值觀藏在心底，並不適合跟人訴說。因為修格自己也相當清楚，這種內容難以得到他人的共鳴。自己明知這點還對夏蓉脫口而出，恐怕是黃湯下肚而導致自制力下降。

修格認為這很不符合自己平日的作風，因此思緒變得更加平靜。

「這只是晚輩我年少輕狂的發言，請您別這麼不給面子嘛。」

修格自我解嘲地露出苦笑，在雙肩一聳之後，夏蓉也開心地笑了出來。

「啊哈哈哈，抱歉抱歉，基於立場的緣故，我總會不小心對人說教。」

「沒那回事，是我失言了。酒還真是會蠱惑人心。」

「也對，但你這句話也並非完全錯誤。雖然我方才的發言像是在侮辱人，但我並非在指責你是個懦弱之人。我覺得你這個人確實很強大，也非常出色，不過你提出的理想，與你的本質略有差異。」

語畢，夏蓉突然將食指戳入自己的左眼。

「您、您在做什麼⁉」

修格大驚失色，只見夏蓉把自己的左眼挖出來。

「你別慌，這是義眼。」

修格再度觀察夏蓉掌中的那顆眼珠，發現那確實是人造物。

「這個道具是以價格高昂的惡魔素材製成，還可以這樣使用。」

義眼張開收起的翅膀，稍微飛行了一段距離。

「我在某場戰鬥中失去雙眼，自此之後就一直使用這對義眼。它真的很方便，一顆可以聽從我的命令飛在空中，並將捕捉到的畫面傳給另一顆義眼。只要有這東西，我就能夠暗中監視任何地方。」

「……所以您用這對義眼調查過我？」

「當然僅限於符合道德操守的範圍內。」

修格忍不住嘆了一口氣。

「……我就相信您的道德操守吧。」

「呵呵呵，謝謝。你戰鬥時的表現一如傳聞非常出色，要說【傀儡師】是全職能之冠也絕非誇大，因此我原以為僅僅這樣並不能滿足你。」

「不能滿足我？」

「因為你過於優秀，什麼事都難不倒你，導致你缺乏熱情。不論你得到再多的名聲，也絕不會對你的內心造成一絲動搖。」

修格至此便了然於心。

「我對工作沒有抱持任何私情，而且正如我先前所說，我已認清自己成為探索者只是為了存錢，也就不需要從中得到滿足。」

「你這番話乍聽之下是很合理，卻也像是在提醒自己。」

「那個……」

修格感到一陣語塞。夏蓉讓義眼恢復原樣，並塞回自己的眼窩。

「修格先生，我調查過你的生平，你因為自己的往事而過於習慣認清……不對，是太習慣選擇放棄了。」

面對不發一語的修格，夏蓉語氣淡然地說下去。

「所謂的同伴不光是相互扶持，更是彼此競爭的對手，藉此促進雙方的成長。」

「因此您希望我能改變心意？」

「我不是這麼死纏爛打的女人，而是身為一名前輩，建議你繼續當個探索者會比較好。」

「這又是為什麼？」

「探索者的世界裡人才濟濟，只要你繼續待在這個世界，相信終有一天能遇見你真心想結交的同伴，替你那顆過於習慣放棄且飢渴的心帶來慰藉。不對，該說是點燃你心中的渴望會更貼切。」

修格回以苦笑，心底只覺得不需要對方多管閒事，但他仍陪笑地說出場面話。

「我會銘記在心的。」

一段時間後，修格遵循初衷辭去探索者的工作，成為一位人偶製作師。

但在命運女神的捉弄之下，他於兩年後被無故冠上殺人罪名而成了死刑犯。

†

修格在矇矓之間緩緩甦醒，只見幽幽的月光從鐵窗射入室內。

「是夢啊……」

等他回神時已非置身於高級餐廳，而是牢獄之中。由於夢境和現實的落差實在太大，令他感到一陣惆悵。

不過相較於過去，狀況已改善許多。首先是牢房換了一間，修格目前被關押在貴族專用的牢房。這裡有床跟馬桶，已不是昔日那種只有乾草堆與木桶的破爛牢房。

修格的身體也清潔許多，不再像過去那樣蓬頭垢面且滿臉鬍碴。儘管仍穿著囚衣，材質也不會太差。頸部那個用來妨礙技能發動的項圈也已拆下。相較於先前，他的模樣優雅多了。伙食方面也改善很多，還有配給營養劑，因此體力恢復不少。雖然他還是骨瘦如柴，但至少不會光是站起來就令他疲憊不堪。

若想看小說或報紙，只需對獄卒吩咐一聲即可。環境之所以會像這樣大幅改善，一切都是拜諾艾爾所賜。在修格的床上，放著一份寫有以下內容的報紙。

『染血標本師是被冤枉的!?嵐翼之蛇團長諾艾爾・修特廉於研討會上證實此事！』

這是一週前的報紙。多虧諾艾爾，這起冤罪已成功昭雪。即便真凶尚未落網，但至少社會大眾已不再認為修格是凶手。時下輿論皆將修格視為可憐的受害者，要求司法省立刻放人。

司法省召開記者會，表面上是為了釐清真相，卻始終不斷想替自己脫罪，總說些難以令民眾信服的內容。顧慮到情況不斷惡化，現任司法首長勢必會遭到彈劾。

修格在立場上仍是死刑犯，實際上已與撤銷原判無異。他之所以還不能離開，是因為要求重審的程序尚在處理中。即便已被證明清白，卻是在法庭以外的場合上。以一個法治國家來說，倘若沒有經過正式的重審程序就讓人無罪釋放，制度將蕩然無存。

不過只要開庭重審，修格肯定會立刻重獲自由。一想到這漫長的地獄生活即將宣告結束，修格不由得重重地發出一聲嘆息。

「假如當初聽取夏蓉的意見，我就不會落得這步田地吧……」

修格在成為人偶製作師以後，也不曾與特定的人物深交。換言之，他是個遭到孤立的人，沒有同伴願意對他伸出援手。基於上述原因，可說是頂替殺人罪的不二人選。

那個時候，修格是就連作夢都沒想過自己竟會成了死刑犯，縱使這一切都是以結果論來看，但他會碰上這種事，不得不承認是自己的生活方式有所疏漏。

「同伴……嗎……」

可是如今的他，有辦法改變自己的生活方式嗎？

事已至此，修格全然無法想像自己還能與其他人一同生活下去。正如夏蓉所言，他已過於習慣放棄了。

不過，唯獨一件事他是非常清楚。

「……諾艾爾・修特廉，我承認你是最強的探索者。」

修格在擔任傭兵的期間見識過許多探索者，不曾聽說或見過有誰能駕馭這種戰鬥方式。單就戰鬥能力來看，諾艾爾確實是遠不如其他強者們，不過修格已開始認為諾艾爾才是最強的探索者。

或許修格是出於對諾艾爾的感激才有所偏袒，但即便撇開這點不提，諾艾爾的才華仍是非比尋常。區區探索者對抗國家體制居然還能扳回一城，簡直是聞所未聞。

「蛇……」

諾艾爾已成立戰團，並取名為嵐翼之蛇，戰團的象徵是一條長了翅膀的蛇。根據報紙上的內容，世人因為此象徵而把該戰團簡稱為蛇。

『……你真是一名可怕的少年，彷彿一條蛇那樣既狡猾又無情，將人玩弄於股掌間並打算一口吞掉。』

修格想起自己說過的話，不由得噴笑出聲。

「哈哈哈，你真是人如其名，當真成了一條蛇。」

大笑完後，他擦掉眼角的淚水。

「但是很不錯。嗯，是真的很不錯……」

修格喃喃自語——並在胸口燃起一股儘管微弱卻極為滾燙的星星之火。

†

距離那場研討會已過了一週。

依照我的預測，輿論已全面傾向於支持修格，政府被迫對此做出回應。民間訴訟團體已正式成立，該團體的領導者正是雷斯達・格拉海姆伯爵。當然這是我安排的。我跟雷斯達保持密切聯繫，他會遵循我的腳本行事，另外我也要求他必須馬上將收到的任何情報都傳達給我。

縱然眼下狀況對雷斯達而言是大好機會，背叛的可能性非常低，但他終究是個笨蛋，絕不能對他產生一絲信任。就算他沒打算叛變，也可能會擅作主張牽連到我。為了防患於未然，至少在我達成目標之前，必須隨時掌握他的動向。

身為罪魁禍首的司法省召開記者會，最終只是在更加惹怒民眾的情況下收場。司法的不公只會導致整個社會崩盤。執法者藐視法律所帶來的危險性，現在已是人盡皆知。

雖然尚未公開，不過政府內部已決定開除現任司法首長，讓雷斯達復職並接掌該職務。

修格目前仍被關押的名義是等待重審。即使司法省犯下的過錯已罪證確鑿，不過真凶尚未逮捕歸案，也就無法完全證明修格是無辜的。

但只要修格尚未獲釋，這件事就不會落幕。政府自然是想盡早收拾殘局，於是派人與身為訴訟團體代表的雷斯達展開交涉，答應會由他接掌司法首長一職，試圖藉此來控制情況。

若由團體代表雷斯達擔任司法首長，並由他宣布重審修格一案，即可突顯出全新體制的清廉，進而消除民怨——以上便是政府的計畫。

按照政府的內部情況來研判，雷斯達接任司法首長一職約莫會在一個月後。畢竟現任司法首長是大貴族，無論基於何種理由，都得做好相應的準備才能夠換人頂替，若要將此人治罪就更是不能馬虎。在做好萬全的準備之前，政府是不會採取下個行動。

也就是說，修格得等上一個月才有辦法出獄。

「——當然上述前提是我沒有插手。這樣枯等只是在浪費時間，我得設法加快事情的進展。」

這天，我們聚集在已經改裝完畢的戰團基地內，我坐在辦公室的椅子上如此說著。戰團所有成員齊聚一堂。昊牙聽完後，歪著頭提問。

「不是已經查出事件的真凶了？那就趕緊將此人扭送憲兵團啊。一旦真凶落網，政府就沒道理不放人啦。」

一如昊牙所言，修格被拘留的名義是等待重審，只需逮捕真凶歸案他便能出獄，不過——

「昊牙你真笨耶。」

亞兒瑪靠著牆邊，以嘲諷的口吻說：

「正因為真凶尚未落網，和諾艾爾一夥的雷斯達才有辦法被捧為下任司法首長。如果我們立刻交出真凶，迅速解決這起事件，就無法打造出現在的局面。換句話說，對我們一點好處都沒有。」

「話、話是這麼說沒錯啦……」

「你這個廢物，給我從精子重新來過。」

「妳、妳不必罵得這麼難聽吧！」

看著兩人還是老樣子，我發出一聲嘆息。

「確實我們最主要的目標是幫修格洗刷汙名，讓他願意加入我們。不過考慮到後續的情況，能利用的最好還是物盡其用。」

「要是不趕緊把人救出來的話，政府是否會改變主意去暗殺修格？」

雷翁擔憂地提出假設，我搖頭以對。

「政府不可能暗殺修格。若是他死在獄中，將會導致民怨鼎沸，令事態一發不可收拾。另外修格所在監獄的所有獄卒，都在我的掌控之中。根據消息，他們為了討好修格，似乎想盡辦法在巴結他。哼哼哼，畢竟含冤入獄者曾遭受非人道的對待一旦公諸於世，那可不是鬧著玩的。即便事已至此，他們還是想取回民心。」

「那就好……」

雷翁接受了我的說詞，但神情還是相當陰鬱。

「意思是仍要執行那個計畫嗎？」

「嗯，我已做好事前準備了。」

我點頭後，雷翁不禁臉色一沉。

「……無論如何都要那麼做嗎？」

「沒錯，這是既定事項。你放心，此事一定成功。」

「我、我並不是擔心成敗與否，而是這實在……痛痛痛痛痛，我的胃！」

雷翁因為腹痛，連忙從醫療包裡取出藥劑一口服下。

「你這個沒膽量的傢伙。」

「……單純是諾艾爾你太膽大包天啦。畢竟那計畫還真是……」

昊牙感到傻眼地如此低語之際，外頭傳來一陣馬嘶聲。

「諾艾爾，有訪客。」

望著窗外的亞兒瑪揚嘴一笑。

「如諾艾爾你所料，是菲諾袞．巴爾基尼。」

我讓三人負責接待搭乘馬車來訪的菲諾裘，請對方來到辦公室裡，然後三人聽從我的指示待在房間外面，室內只剩下我和菲諾裘單獨兩人。

「……好久不見，小艾艾，很高興看你這麼有精神。」

穿著一身華麗紫衣的菲諾裘露出微笑，可是他的眼神十分陰冷。

「你應該很清楚我的來意吧？」

「嗯？難道不是來跟我打好關係的嗎？」

菲諾裘見我在打馬虎眼，不悅地冷哼一聲。

「少跟我在這裡裝瘋賣傻。你戰團的象徵是蛇吧？想想跟你真是絕配，你的個性就是這麼惹人厭……相信你早就知道修格一案的幕後黑手是誰了吧……？而且還跟我的黑幫有著密切關係。」

我不安好心地大大揚起嘴角。

「就是弗卡商會的代表，安東拉斯・弗卡。」

經過那場研討會，我已找到案件的真凶。弗卡商會是帝國內數一數二的大財閥，但資歷尚淺。此財閥是直到現任當家接掌，和帝國第一黑幫路基亞諾幫建立密切的關係後飛快崛起。

在確定安東拉斯為真凶後，我委託洛基幫忙徹查此人，結果發現他不光盜賣惡魔素材至國外，甚至包含該素材的相關研究與研究情報。

對於魔工文明繁榮的各國來說，惡魔素材帶來的貢獻和價值可是其他事物難以取代的，因此盜賣跟洩漏相關情報皆屬重罪。但既然是重罪，能藉此謀取暴利也是事實。在修格一案裡遇害的大富豪，正是安東拉斯在生意上的對手。如果放任對方壯大，明眼人都曉得只會增加競爭對手。而且除了安東拉斯以外，該名大富豪還有其他競爭對手。

不過這位大富豪，其實有抓住安東拉斯的把柄並加以威脅。上述事實是我確認安東拉斯為幕後黑手之後，詳加調查才掌握到的情報。

「安東拉斯除掉礙事的競爭對手後，把修格塑造成代罪羔羊。至於理當湮滅的真相，如今竟掌握在我的手中。對於與安東拉斯有著密切關係的路基亞諾黑幫來說，這自然是個無論如何都必須處理的問題吧。」

我直視著菲諾裘繼續說：

「所以我打從一開始就料到會由你過來。理由是你對自己之前放我一命的決定感到內疚。」

菲諾裘露出苦笑。

「你這孩子真是除了臉蛋以外一點都不可愛，想藉此表示一切事情都在你的掌握之中嗎……？不過你說對了，我明知你會給路基亞諾黑幫帶來災禍，卻還是執意放走你，所以我非得為此負責不可。」

菲諾裘無奈地搖搖頭，板起臉開口說：

「安東拉斯是本幫的大客戶。既然他有難，本幫自然不能坐視不管。小艾艾，你做出選擇吧。看你是願意收手，還是想死在我的手中，答覆就只能二選一。」

忽然間，我感到身體不太對勁。有股外來的魔力流進我的體內。下一刻，我的心臟被菲諾袞取走的畫面閃過腦中。

那是斷罪技能《神罰覿面》(judgement)。由身為【斥候】系A階職能【斷罪者】(punisher)的菲諾袞所擁有，針對人類特化的即死技能。雖然從前的我就連察覺異樣都辦不到，但升階後就不同了。話雖如此，我終究無法抵抗此技能的效果。

「這麼殺氣騰騰，我都要被你嚇尿了。」

「你少跟我開這種無聊的玩笑，我現在沒那種心情。」

我聳聳肩，望向表情冷若冰霜的菲諾袞。

「人稱瘋狂小丑(mad pierrot)的你怎麼改變作風啦？這副表情簡直跟醫院裡的櫃檯人員毫無分別，看起來一點都不開心。」

「就算想活得目中無人，為所欲為地橫行於世間，終有一些非履行不可的責任……而這就是所謂的男子漢。」

菲諾袞瞪著我，壓低嗓音擠出這段話。

「原來如此，這麼說也很有道理。不愧是菲諾袞．巴爾基尼。不同於亞爾巴特那種小貨色，你是真正的男子漢。」

我還是討厭不了這個男大姊。不對，甚至對他有股好感。

「菲諾袞，我已不可同日而語。假如你真想殺我，你也會沒命的。只要我一聲令下，等在門外的三人就會立刻衝進來。」

「大概吧。真虧你能找來這麼出色的同伴們。縱然我已達到A階，同時與你們四人應戰也無法全身而退。可是那又怎樣……？難道你以為本大爺會怕死嗎？說啊!!」

「你當然不怕死！因為你是真正的男子漢，我也明白你在緊要關頭會不惜犧牲自己。但你不覺得為這點小事拚個你死我活很無趣嗎？安東拉斯當真值得你為他賭上性命嗎？」

面對我的質問，菲諾裘搖頭否定。

「我不是為了安東拉斯賭上性命，而是為了黑幫。可惜啊，小艾艾，這點程度的話語是說服不了我。來吧，是時候給出答覆囉。你是願意收手？還是不願意？」

「為了黑幫？真是了不得的忠誠心。但你錯了，菲諾裘。倘若你真為黑幫著想，就應該捨棄安東拉斯。」

「又想展現你最得意的話術？就說這種事──」

我伸手制止準備動手的菲諾裘，從抽屜裡取出一份資料，然後遞給菲諾裘。

「這是什麼…………？啥!?為所有探索者舉辦的競技大賽!?等！這是真的嗎!?」

菲諾裘看完資料封面上的文案，吃驚不已地大叫出聲。

「該企劃一如字面所言，我會在帝都舉辦競技大賽。這可不是二流以下的選手才會來報名的地下競技比賽，而是帝國首度由官方舉辦的競技大賽，這場賽事究竟有著何等價值，相信你應該很清楚吧？」

「這、這種事我當然知道。雖然競技大賽這項企劃曾有人提出過，不過探索者的本行是狩獵惡魔，大家擔心會弄傷身體，導致最終沒有多少人報名。若是當真順利開辦的話，就算是首度試辦，也會帶來前所未有的龐大商機。但、但這是不可能的！絕不會有人報名參加！」

「那只需拿捏好規則即可。細節都在資料裡，你只管帶回去看個仔細。而且已經有一位赫赫有名的大人物報名了。這人就是霸龍隊的副團長，也是帝都內屈指可數的EX階探索者吉克・范斯達因。」

我拿出吉克已簽上名字的同意書。

「你說吉克・范斯達因⁉真、真的嗎……？居然是真的。等、咦～～……你、你是如何說服這位最強的探索者？真、真叫人難以置信……」

我對著呆若木雞的菲諾裘露出微笑。

「怎麼樣？聽起來頗有機會實現的吧？」

「不、不過……這種事……」

「倘若你願意，我同意讓你參與這項企劃，不對，即便把營運一事全權委任給你也行，你甚至可以設法讓它變成定期舉辦的活動。到時所帶來的收益，究竟會多可觀呢～？至少我能肯定賺到的錢，將是安東拉斯那種小貨色永遠達不到的天文數字。即使把他從過去到未來所賺的金額全部加起來也望塵莫及。」

「這、這種事……」

眼見菲諾裘開始動搖，我加把勁繼續遊說。

「菲諾裘，你就用這筆錢成為路基亞諾幫的下一任總帥，由你來統治路基亞諾幫。」

「啥!?你、你說什麼!?」

「喂喂，有必要這麼驚訝嗎？你是路基亞諾幫直屬幹部，就算比不上總幫的少帥，好歹也是繼位候補之一，因此成為路基亞諾幫下任總帥也毫無問題吧。」

「這、這麼說是沒錯啦……但我們也有屬於自己的內情……」

「真叫人不耐煩。」

我起身走向菲諾裘，抬頭望著他。此刻我們所站的位置，與前一次對峙時完全相同。

「我的事只准由我親自作主，絕不受任何人的束縛。」

「你、你……」

「菲諾裘，你成為路基亞諾幫的總帥，統領帝國的黑道。而我則成為七星的一等星，當上白道之中擁有最高榮譽與權力的男人。換言之，只要我們聯手的話，帝國實質上就落入我們的手中了。」

菲諾裘臉色鐵青地向後倒退一步。

「……難不成你想造反篡位？」

「你別誤會，我對皇帝這位子是一點都沒興趣，我只想追求眾所公認，名為最強的地位而已。你不是也說過『身為膽識上贏過我的男人，要是沒能站上頂點的話，我絕對不會放過你』這句話吧？而這正是邁向頂點的道路。」

我一字不漏地複誦當時的臺詞，菲諾裘聽了又退了一步。

「就算這樣，你的提議也太胡來了……根本是瘋了……」

「菲諾裘，這次是兩步。」

「什、什麼？」

「你當時是倒退一步，這次則是兩步。再這樣下去，你究竟是打算倒退幾步啊？如你這般的男子漢，難道甘願以這副不好樣結束嗎？」

「你、你你你、你這個死小鬼！別給本大爺太放肆喔!!」

菲諾裘暴怒地散發出漫天殺氣，即便我在這一瞬間被砍下腦袋也不足為奇，但我不會逃避，堅決不肯移開日光繼續大喝。

「菲諾裘·巴爾基尼，做出抉擇吧。不對，瘋狂小丑，你是要為了區區的安東拉斯而死？還是要與我聯手登上頂點？答覆就只能二選一——來吧！做出選擇！說出你身為男子漢該有的答覆!!」

「唔、唔~~……」

菲諾裘懊惱得整張臉都皺了起來。

不過我能肯定——這傢伙已落入我的手中。

在踏上歸途的馬車內，菲諾裘的怒火已達到頂點。

「氣死我了氣死我了氣死我了！氣死我啦～～!!」

菲諾裘在馬車內不斷跺腳，小弟不禁嘆了一口氣。

「幫主（大姊頭），請不要在馬車裡動手動腳，這樣很不檢點的。」

「吵死了！這種事我也知道！可是我實在嚥不下這口氣啊!!本姑奶奶竟被一個是否有帶把都無法肯定的死小鬼罵得狗血淋頭喔!?什麼叫做『說出你身為男子漢該有的答覆』！去死啦去死啦!!」

「結果您就打腫臉充胖子同意了吧？這就叫做自作自受。」

「住口！你這個沒腦子的蠢蛋!!被人批評到那種地步，本姑奶奶豈可善罷甘休!?沒錯！我同意了！我同意跟他聯手!!這回答有錯嗎!?我也知道錯得離譜啊!!一切都是我的錯!!唉唷～～討厭啦!!」

菲諾裘用力抓亂頭髮，懊惱地咬著手帕。

「氣死我了～～!!為何本姑奶奶菲諾裘・巴爾基尼，竟被人當成一個容易操弄的女人嘛～～!!」

「幫主（大姊頭），那是因為您——」

「臭小子，要是你膽敢再多說一個字，我就殺了你!!」

菲諾裘殺氣騰騰地狠瞪小弟，接著彷彿快從嘴裡呼出靈魂般，重重地發出一聲嘆息。

「……我該怎麼跟總帥（爸爸）解釋才好……」

「裝聾作啞不就好了？反正今日一事也是您擅作主張。」

「偏、偏偏就是不能這麼做呀。總帥(爸爸)明白我和小艾艾頗有交情，即使裝作沒這回事也會被找去談話。我得趕緊想個對策。」

諾艾爾籌劃的競技大賽確實極具吸引力，不過現階段還是紙上談兵，憑這件事恐怕還說服不了總帥。

「既然如此，還是您暫時閉關別出門呢？就謊稱您身體欠佳，不想再插手諾艾爾一事。」

「這麼明顯的謊話也無濟於事……」

「只要能拖延時間即可。以蛇的本事，一定早就做好擊潰安東拉斯的準備。到時就算不去說服總帥，此事也會安然落幕。到時您即可不必提及競技大賽一事，進而獨占所有好處啦。」

「但、但是但是但是我們袖手旁觀，其他幫會會派人襲擊小艾艾喔？」

菲諾裘困惑地歪過頭去，只見小弟露出駭人的笑容。

「其他幫的刺客由我們暗中收拾掉，然後偽裝成是被蛇反殺就好啦。」

「哎呀。」

菲諾裘用手托著臉頰，做作地皺起柳眉。

「哎呀哎呀，這提議還真是好嚇人呢。居然打算窩裡反。這太野蠻了。簡直嚇壞寶寶了。怎麼辦？這種事是不被允許的。」

菲諾裘嘴上否定，語氣卻聽起來惺惺作態，一副事不關己的樣子。不過，唯獨神情像是相當愉悅地瞇起雙眼。

「只要別穿幫就好啦，幫主（大姊頭）。別穿幫就好。」

「唉唷～！你這個壞孩子！真想看看你父母長成什麼德行！我什麼都不知道喔！如果其他幫的刺客丟了性命，絕對是碰上意外！都是意外！跟我一～點關係都沒有喔！」

菲諾裘憋著笑，將目光移向窗外。明明隨著馬車行進，不斷流逝的光景與平日無異，今日卻看起來莫名耀眼。

「『只要我們聯手』……嗎……真虧他能說出這種話來。」

俗話說『士別三日，刮目相待』，這拿來形容諾艾爾飛躍性的成長是再貼切不過。他展現出遠在菲諾裘想像之上的驚人速度不斷茁壯，即將以全新的王者之姿躍上舞臺。

「……我就如你所願，在你的手掌上翩翩起舞吧。」

雖已得到菲諾裘的認同，但諾艾爾的戰鬥還沒有結束。原因是幫安東拉斯撐腰的不光只有路基亞諾幫。

菲諾裘回想起自己在臨行之際，曾對諾艾爾提出忠告。

『小艾艾，你可要小心蒼蠅王喔。』

其實在黑社會裡，潛伏著遠比黑幫更可怕的未知邪惡。

「踏上霸王之路的你，究竟會如何對抗蒼蠅王呢……？」

†

此處是一間裝潢奢華的辦公室，空間十分寬敞，隨處可見來自古今中外的珍貴藝術品。基於此原因，這裡與其說是辦公室，更像是一間展覽室。此房間的主人是一名中年男子，他穿著一看就知道價格不菲的西裝。就連他身上的手錶和戒指，每一件都是要價遠在市民年收入之上的極品。

坐擁人人稱羨之財富與名聲的該名男子，名字就叫做安東拉斯・弗卡。他是弗卡商會的領導人，也是帝都內數一數二的大富翁。不過理當春風得意的安東拉斯，此刻彷彿隨時都會昏倒般臉色發青，在房間裡來回踱步著，模樣宛如一頭被關在牢籠裡的熊。

說起安東拉斯現在的心境，的確有如被關在一個又黑又窄的監牢裡。

「可惡～……為何會變成這樣……」

他已無法肯定自己重複這句話多少次了。

「可惡……該死的蛇……可恨的諾艾爾・修特廉……」

還有咒罵蛇的話語，同樣不知說了第幾次。

事情的開端便是安東拉斯受邀參加的那場派對。他原以為只是一個尋常的社交場合，最終竟然是如此不得了的結果在等著他。

安東拉斯於兩年前殺了一名生意上的對手。該男子查出安東拉斯將惡魔素材盜賣至他國，並打算利用這個把柄來併吞弗卡商會，因此安東拉斯不得不痛下殺手。

而他相中的代罪羔羊，便是修格・柯貝流斯。司法省認定修格就是凶手，完全沒有懷疑到安東拉斯的頭上。

他原以為一切都木已成舟。

「可惡——————!!」

安東拉斯暴跳如雷，任由怒火宣洩而出地一拳捶向桌面。他幾乎快把拳頭捶爛般多次重擊桌面後，整個人順勢趴在桌上，渾身顫抖地哭了出來。

「結束了……我已經完蛋了……」

在那場派對的最後，嵐翼之蛇的團長諾艾爾・修特廉竟然主張修格・柯貝流斯是含冤入獄，並且揭穿了司法省的不公，甚至還將卸任的司法次長雷斯達・格拉海姆伯爵請來現場。

於名門貴族雲集的該場合上公開的真相，藉由報紙傳遍整個帝國。世人皆對無辜的修格予以同情，並嚴厲譴責失職的司法省。

儘管尚未公布真凶的姓名，但要是此案在輿論壓力之下決定重啟調查，很有可能查出是安東拉斯所為。不對，即使沒有重啟調查，安東拉斯的罪行早就被人識破了。

主張修格清白的諾艾爾，在下臺時曾望向安東拉斯。並不是安東拉斯多心，這位狡猾的少年的確有與他對視，並且竟然笑了。少年如蛇般露出一道盯上獵物的眼神，對著安東拉斯微微一笑。

「那小子絕對已經察覺我是幕後黑手……」

諾艾爾之所以沒有當場揭穿安東拉斯的罪狀，不難想像是打算利用這個把柄。雖然到現在還沒找上門來，不過諾艾爾已確實掌握對安東拉斯的生殺大權。

倘若諾艾爾公布自己的罪狀該怎麼辦？或是他早已將消息洩漏出去了？一想到這裡，安東拉斯是如坐針氈。

「哎呀哎呀，身為大男人怎能如此輕易落淚？」

忽然傳來一道說話聲。那是一股聽起來雌雄難辨、很不可思議的聲音。

安東拉斯驚恐地扭過頭去，只見一名身穿漆黑長袍之人站在那裡。辦公室的房門依然上鎖，正常來說是無人能夠進來。而且袍子上的帽兜產生近乎不自然的陰影遮住來者的臉龐，以致無法看清此人的長相。

面對這位來路不明的入侵者，安東拉斯倒吸了一口涼氣，不過一段時間後，他便聯想到一個人。

「你、你是蒼蠅王嗎？」

安東拉斯出聲提問，無臉的入侵者恭敬地行禮。

「正是，安東拉斯大人，本人便是蒼蠅王。」

「果然是你……」

確認來者的身分後，安東拉斯這才放鬆下來。安東拉斯認識蒼蠅王，因此也明白絕不能輕信這名怪人。

安東拉斯是在決心謀殺競爭對手時結識蒼蠅王的。他原本想把這件事交給與自已有著密切關係的路基亞諾幫，但路基亞諾幫考量到刺殺目標的影響力甚鉅，屆時得承蒙莫大風險，於是婉拒這件差事。

而且路基亞諾幫也提到，暗殺者教團肯定會基於相同的理由拒絕委託。先不提昔日的該教團，現任教團長是絕不會承接這類高風險的工作。

可是不除掉這名競爭對手，安東拉斯將沒有未來可言，在他進退兩難準備死心之際，路基亞諾幫總帥表示或許有一人能幫忙擺平此問題。

此人正是蒼蠅王。蒼蠅王是黑社會裡的萬事屋，相傳只要能拿出足夠的錢，再天大的難題都可以代為解決。在萬事屋業界裡，專門接受常人不會受理之危險案件的這些人被稱為食腐者(scavenger)。至於這群食腐者之中，最赫赫有名的就是蒼蠅王。蒼蠅——意即食腐者之王。

路基亞諾幫總帥在介紹完蒼蠅王的同時，也提醒切勿信賴此人。安東拉斯在當年沒能明白此話的含意，畢竟那時他已身陷走投無路的窘境，無暇顧慮這麼多。

安東拉斯最終會理解那句話的意思，是在路基亞諾幫聘雇蒼蠅王的數天後，當他得知競爭對手的死狀。他確實是想除掉該名競爭對手，卻沒想過要用這麼殘酷的手法殺人，甚至連年幼的孩子也不放過。因此他是打從心底非常後悔雇用蒼蠅王。

當一切都結束後，安東拉斯只再見過蒼蠅王一次。確切說來是無意間撞見的。那時他帶著家人一同參觀美術館，忽然有一位擦身而過的路人在他耳邊說：

『衷心期待您再次交付委託。』

當下同樣沒能看清楚對方的長相，並且也是那股雌雄難辨的奇妙嗓音。

「……蒼蠅王，你來做什麼？」

「這還用問？您也太冷漠了吧，安東拉斯大人。您明明已傷透腦筋，為何不來找我呢？」

「別開玩笑了！我不需要你的幫忙！」

安東拉斯厲聲喝斥。

「我會變成這樣，追根究柢都是你害的！都怪你把修格．柯貝流斯選為代罪羔羊，才會有人重提此案！」

面對安東拉斯的指責，蒼蠅王搖頭以對。

「這不過是結果論。要是沒有找人頂罪，司法省恐怕會查出是您指使的。不對，即便沒逮到您，也可能因為深入調查而發現您將惡魔素材盜賣至國外。」

「你、你怎會知道盜賣的事？」

盜賣一事的知情者理當只有路基亞諾幫。蒼蠅王沒有理會相當動搖的安東拉斯，淡然地把話說下去。

「司法省當年之所以會草草結案，將修格認定為凶手，用意是為了盡早破案，藉此提升司法省的形象。為此，他們需要一樁內容夠聳動的案件。」

「所以你才用那種方式殺人？」

「沒錯，我上演一樁變態殺人案，並把當時名聲響亮的新興人偶製作師修格·柯貝流斯選為代罪羔羊。相信您也非常清楚，此計畫最終是順利達到目的。」

要不是蛇從中作梗，確實一切都會非常順利。只因眼下狀況就責怪蒼蠅王，實在是不太適合。

「……好吧，此事到此為止。不過你現在還能幹麼？」

「很簡單啊，殺了獄中的修格·柯貝流斯即可。」

「殺了修格？這樣能解決什麼？」

「倘若修格死在獄中，批判的聲浪便會指向司法省——甚至是整個政府。民眾的情緒將徹底失控，發展成就連政府也阻止不了的大規模暴動。不對，是我們設法煽動民眾。如此一來，政府就沒有餘力逮捕您了。」

「確實我在發生暴動的這段期間是不會被逮捕，但問題是結束之後呢？」

「在暴動結束前先想好對策不就好了？一旦民怨鼎沸引發暴動，政府便無法輕易平亂。假如您沒辦法繼續待在帝國，大可動用關係逃出國去。無論如何，您都得逃離蛇的監控。」

蒼蠅王抿嘴一笑，繼續解釋。

「縱使蛇識破您是幕後黑手，理當沒有取得任何具體物證。換言之，在除去此案件的核心人物修格之後，相信蛇也難以繼續追查此事，到時就會知難而退，根本不是我們的對手。」

「原、原來如此……不過這計畫當真會那麼順利嗎？」

「這是自然。」

蒼蠅王信誓旦旦地誇下海口，並補上一句話。

「只要我方不擇手段，任何計畫都能實現。」

安東拉斯低頭煩惱。確實委託這名怪人，或許可以擺平眼前的問題。不過繼續依賴此人，安東拉斯莫名有股自己終將大難臨頭的不祥預感。

安東拉斯不經意地將視線往上移，只見蒼蠅王就站在眼前。即便在極近距離之下，仍舊無法看清楚蒼蠅王的相貌。

不對，安東拉斯終於明白，蒼蠅王打從一開始就沒有臉。原以為是臉部的位置，只見該處爬滿無數的蒼蠅。這名怪人只是由大量的蒼蠅組成人的形體罷了。

「蒼、蒼蠅王，你到底是……」

安東拉斯不禁背脊發涼，蒼蠅王則慢條斯理地又問一次。

「來吧，請您做出選擇。」

安東拉斯驚恐到動彈不得，他憑本能察覺一旦拒絕，自己必會身首異處。打從一開始，他能選的就只有一條路。

「……我、我明白了，價碼任你開，一切都交給你去辦……」

†

這天，修格收到一件物品。寄件人是諾艾爾。在送來的那只皮箱裡裝著一件衣服。乍看下是件尋常的西裝外套，不過修格一眼便看出那是以惡魔素材製成的戰鬥衣。因為那件西裝外套，與修格在從事探索者工作期間穿的是如出一轍。這件衣服是使用深度十惡魔・貪暗魔蛛（Atlach-Nacha）的蜘蛛絲所編織而成，不僅具備各種攻擊抗性，還有著促進魔力恢復的效果。對於魔力消耗劇烈的【傀儡師】而言，這件裝備無疑是如虎添翼。除了西裝外套以外，裡頭還有一副眼鏡。

修格看完內容物不禁露出苦笑，轉頭望向將此物送來的獄卒。

「這東西實在不適合交到一名囚犯的手中吧？」

獄卒露出傷腦筋的表情，搖搖頭回答。

「雖然你是囚犯，卻不是真的囚犯。」

「意思是即使我收下也無所謂嗎？」

看著點頭回應的獄卒，修格再度露出苦笑。一如獄卒所言，修格現在是囚犯，但實際上又並非囚犯。縱然名義上是等待重審才加以拘留，牢裡卻沒有一人把修格當成罪犯。修格肯定會在近期內無罪釋放，因此獄卒們都明白他沒有理由強行逃獄。

獄卒離去後，修格穿上那件西裝外套。因為目前他身材消瘦，穿起來鬆垮垮的，但只要恢復原本的體格就會非常合身。

「……嗯。」

明明他已離開探索者業界很長一段時間，不過穿上這件西裝外套，就反射性地繃緊神經，心中莫名湧出一股鬥志。

「即使有空窗期，身體卻不曾忘記過……」

諾艾爾希望修格能成為同伴，修格也對諾艾爾率領的戰團——嵐翼之蛇產生興趣，但他到現在仍未得出結論。理由是他不想草率做出決定，避免事後悔不當初。

「嗯？」

修格在確認戰鬥衣時，從外套的胸口口袋裡發現一張紙條。看來這紙條是諾艾爾偷偷夾帶進來的，上頭寫著這麼一句話。

『儘管大展身手吧。』

「……嗯？」

當修格大感困惑歪過頭去之際——

「咦!?」

他感到身體一軟，意識逐漸矇矓，同時有一股奇妙的甘甜香氣飄進鼻腔裡。這種突如其來的狀況，他在兩年前也經歷過。

「……難不成又是那傢伙？」

來者正是當年迷昏修格，害他無辜被捕的可恨真凶。面對與案發當時一模一樣的情形，修格嚇出一身冷汗。

「可、可惡……」

修格為了維持住意識想咬破舌頭，偏偏他就連這點力氣都使不出來，最後在完全無法挪動一根指頭的狀態下趴倒在地。

待修格再度回神時，他發現身旁站著一名穿著黑色長袍的人。修格想擠出僅存的力量發動技能，但終究是力不從心。此刻的他依然意識模糊，無法有效控制魔力。

萬事休矣——修格在做好喪命的覺悟時，竟然發生難以置信的事情。

耳邊傳來一陣轟然巨響，整座監獄隨之撼動。

明顯是有東西引發爆炸。現場突然颳起一陣猛烈的強風，修格所在牢房的房門被炸破，毫無防備的襲擊者重重撞在牆上。

另一方面，身穿貪暗魔蛛外套倒在地上的修格，奇蹟似地沒有受到爆炸絲毫的傷害，而且幾乎快被吸入黑暗之中的意識逐漸清晰。看來是多虧這場爆炸，將參雜催眠效果的氣體盡數吹散。

在滾滾沙塵之中，修格立刻起身。嗅著刺激鼻腔的火藥味，他馬上就搞清楚現場狀況。與此同時，內心也錯愕不已。

「居、居然是炸藥……？」

換言之，這間牢房早已安裝炸藥。多虧炸藥在絕佳的時機引爆，修格才死裡逃生。

撞在牆上的襲擊者似乎受到不小傷害，儘管沒有倒地，卻能看出已腳步不穩，就連拔劍擺出戰鬥架勢也力不從心。

按此情況來看，安裝炸藥的並非襲擊者。畢竟設下這種會令自己陷入不利的機關根本沒有意義。換句話說，嫌犯只有一位——

「諾艾爾・修特廉……你真是料事如神……而且這麼不擇手段……」

修格自認為已很了解諾艾爾那異於常人的作風，事實證明自己還是太小看他了。即使是為了拯救修格，在監獄裡引爆炸藥的做法簡直是異想天開。

如同災禍從不會顧慮人的感受，那條蛇——真可謂是風暴的化身。

「……哼哼哼，啊哈哈哈哈哈哈哈哈!!」

修格忍不住笑了，而且是肆無忌憚地放聲大笑。

「……我終於明白了，諾艾爾。你確實是最強也是最狂的男人。」

修格打從心底感到愉悅地喃喃自語，並發動【傀儡師】的技能。

傀儡技能《創造槍兵(servant lancer)》，是藉由分解周圍的物質，製造出身穿鎧甲並手持長槍的人偶兵。讓人偶兵守在自己身邊的修格，昂首傲視著襲擊者。

「我排斥暴力，認為動粗太不優雅，但是——」

修格從指尖發出魔力絲線，與人偶兵相互連結。這是傀儡技能《魔絲操偶(ether link)》，利用魔力絲線連接人偶兵時，可以將其性能提高十倍。

「偶爾一次為了復仇大開殺戒，想想也挺不賴的。」

我打從一開始就料到，安東拉斯會派人暗殺修格。倘若修格死在獄中，民怨必會一觸即發，演變成任誰都無法阻止的大規模暴動。這麼一來，政府就沒有餘力去逮捕安東拉斯。

由於眼下已沒有直接性的物證能夠證明安東拉斯是幕後黑手，一旦掀起暴動模糊了焦點，日後就不太可能繼續重審此案。安東拉斯也會趁著暴動期間擬定對策，即便與我勾結的雷斯達順利成為司法首長，終究難以促成重審。

雖然可以運用話術技能《真實喝破（confess）》迫使安東拉斯主動認罪，不過使用干涉精神的技能讓頗有社會地位者招供，將會伴隨很高的風險，實質上是無法執行。而且一個不小心，我還會被當成罪犯遭受起訴。

像這樣以毀棋的方式扭轉頹勢，儘管粗暴卻也是最有效的應對方式。假如立場對調，我恐怕也會採取類似的做法。

不過正因為如此，早就料到會出現這種情況的我，決定來個將計就計。為了這個目的，才故意放任安東拉斯在我的眼皮底下遊走。

不難看出對手的計畫是暗殺修格，然後謊稱是政府所為，進而誘導輿論引發暴動。反過來說，只要沒能成功暗殺修格，此計畫便會不攻自破。倘若能順利逮捕殺手，將會是最確切的證據。防範暗殺於未然根本毫無意義，理由是不能來個人贓俱獲，就無法當成揪出真凶的直接證據。

這段期間，為了可以即時應對襲擊監獄的殺手，我們在監獄附近租了一棟房子住在那裡。從該棟房子的頂樓監視，就算是入夜後，僅憑月光也能將四面環河的監獄看得一清二楚。

「諾艾爾，有人來了。」

此刻，輪到負責監視的亞兒瑪發現襲擊者的到來。閉目養神的我、昊牙以及雷翁聽見這聲提醒後，立刻爬起身來。

「來了多少人？」

「嗯～大約是五個人？其中不乏高手。」

「原來如此，事前多準備一手果然是正確的。」

我從懷中取出一個小盒子，盒子裡有個紅色按鈕，我一用力按下，提前在監獄裡安裝的炸藥便瞬間引爆。換言之，這是一個遠距離引爆裝置。

「對手可是有能力暗殺A階的修格，憑我們現在的身手，正面衝突恐怕勝算渺茫，所以先用預設好的炸藥擾亂敵方陣腳，再來個出奇制勝。」

以上就是我的作戰計畫。負責在監獄裡安裝炸藥的是洛基。對於能改變容貌的洛基而言，這工作簡直是易如反掌。

當然爆炸一事就通通栽贓給殺手們。而我為這場戰鬥預先設想好的說詞，就是湊巧經過現場的我們・嵐翼之蛇，順利制伏一群不惜炸毀國營設施也想暗殺修格的不法之徒。

一旦事成，我們就會躍升為全民英雄。就算有人質疑我們自導自演，因為確實有逮住殺手，無論如何都有辦法蒙混過去。至於主動當個踏腳石助我們揚名立萬的安東拉斯，我對他的感激還真是無以言表啊。

我在修格的牢房裡安裝竊聽器，機器與我左耳上的耳環型接收器相連，可透過傳來的聲音將牢房內的情況掌握得一清二楚。

「那麼，是時候了——出發。」

「先、先等一下！」

在我準備按下引爆器時，雷翁大聲喊停。

「你、你真的要炸了監獄嗎？」

「嗯，沒錯。」

「現在停手並不遲，引爆炸藥終究太超過了，乾脆還是算了吧。」

我對著臨時想打退堂鼓的雷翁嘆了一口氣。

「我應當解釋過好幾次了吧？雖說是炸藥，但威力並沒有多大。這種程度對近戰系職能來說，就連C階也承受得住。該監獄為了讓職員能負責押送犯人，所有人都是近戰系職能，因此肯定沒問題。即使運氣不好受了重傷，只要立刻接受治療就定能得救。至於修格，我已將防禦效能卓越的戰鬥服交給他了。」

我再度解釋完計畫後，雷翁仍是一臉無法接受的樣子。

「可、可是其他囚犯會死吧？」

「是啊，但那又怎樣？那裡的囚犯除了修格以外都是窮凶惡極，死了有什麼不好的？難道你還沒擺脫在天翼騎士團時的那種思維嗎？拜託你可別讓我失望喔，雷翁・弗雷德里克。」

「我並沒有那種意思……」

這句話似乎刺傷雷翁的心，令他不禁皺眉。

「既然我已認定你為團長，只要是為了戰團，我都會服從指揮，即使違反我的原則也一樣。但這麼做真的太超過也是事實，我沒說錯吧？」

「是沒說錯。」

我能理解雷翁想反對的心情。即便是為了確保能將襲擊者們一網打盡，動用炸藥仍是風險極高。我也同樣覺得如果可以的話，最好是能免則免。

「……我明白了，雷翁，就中止引爆炸藥吧。」

「咦，是真的嗎!?」

「沒錯，是真的。不過我繼續拿著，有可能會不小心按下去，所以先寄放在你那裡——接好啊！」

「等、這麼突然!?」

我沒等到回應就將引爆裝置拋過去，雷翁連忙接住。雖然他勉強抓在手裡，卻也順勢用力按下引爆鍵。

「啊。」

雷翁驚呆地發出驚呼，下個瞬間便從監獄傳來驚天動地的爆炸聲響，並竄起一陣火焰。也恰好是襲擊者準備殺死修格的時候。

「啊啊啊啊啊啊啊啊啊啊啊啊啊啊!!」

雷翁放聲慘叫，但已經太遲了。一切都在我的算計之中。

「這、這招也太狠了吧……」「諾艾爾還真是狼心狗肺……」

昊牙和亞兒瑪都感到相當傻眼，但我沒有多加理會直接發號施令。

「作戰開始！」

我發動戰術技能《士氣高昂》。昊牙跟亞兒瑪在我的號令下充滿鬥志。原本跪在地上落淚的雷翁，也同樣斂起表情站了起來。

「指令！將阻礙者全數掃蕩殆盡！」

戰術技能《戰術展開》發動。

「既然是剷惡鋤奸，我們就代表正義！大家盡情放手戰鬥!!」

監獄內已是一片混亂。

一如我所料，獄卒們受傷卻無人喪命。能看見許多人失去意識，但都還有氣息。有一半的囚犯被當場炸死，至於存活下來的其他囚犯則想趁著這場騷動逃獄，於是與前來阻止的獄卒們展開激戰。

囚犯們尚未解下妨礙技能發動的項圈，不過職能賦予的體能上升依然存在，外加上人數遠在獄卒之上，導致戰況陷入膠著。

「昊牙、亞兒瑪，掃光那些蝦兵蟹將。」

「好。」「收到。」

兩人聽從我附帶增益效果的指示，雙雙發動攻擊技能。

武士技能《櫻花狂咲》與暗殺技能《投擲必中》隨即施展，只見無數的刀光劍影將囚犯們砍成肉塊，無數的鐵針把囚犯們通通射死，立即終結原本陷入膠著的戰況。

「是、是蛇!?你們怎麼會在這!?」

面對錯愕的職員們，我扯開嗓門大喊。

「本戰團驚覺監獄發生爆炸！於是前來幫忙鎮壓想趁亂逃獄的囚犯們，以及捉拿引爆炸藥的犯人！」

獄卒們開始騷動，接著從中走出負責指揮現場的典獄長。

「蛇……不對，嵐翼之蛇，容我先向前來幫忙的你們道謝。關於前來幫忙一事，我自是非常歡迎……可是，我當真能相信你嗎？」

看在典獄長的眼裡，我們登場的時機過於湊巧，也難怪他會心生疑竇。

「這是自然。憲兵團還得再過一陣子才能前來支援。這段期間，無論如何都必須阻止囚犯跟襲擊者趁隙脫逃，讓我們攜手保護所愛的帝都吧。」

典獄長順從地點頭同意。

「好吧，那就聽從我的指揮——」

「我們會獨立行動，全力捉拿襲擊者。你們就負責救助傷患，並包圍現場避免有人逃脫。」

「你、你說什麼!?」

看著大驚失色的典獄長，我納悶地歪過頭去。

「難道你有意見嗎？」

「別開玩笑了！這裡的負責人是我！你必須服從我的指示！」

我散發出怒意走向典獄長，並盡可能在臉上擠出一個柔和的笑容。

「你有什麼意見嗎？」

「唔、唔～～……」

典獄長懊惱得整張臉都皺了起來，光是看見我的笑容就已沒了原來的氣勢，完全不敢多說半句話。這也是理所當然，我早就握有這個男人的把柄。為了幫修格脫罪，我不斷透過情報販子洛基幫忙蒐集情報，從典獄長到所有獄卒的把柄都拽在我手裡。不管他們再有不滿，也沒有任何一人敢忤逆我。

「我只再問一次，你有意見嗎？」

我講完後，只見典獄長低聲下氣地搖搖頭說：

「……我沒意見，你想怎樣都行。」

我維持著臉上的笑意，在放棄抵抗的典獄長耳邊低語。

「你這個人渣只管閉上嘴巴乖乖服從我就好，倘若你膽敢再反抗我，奉勸你到時做好覺悟，我會讓你非常後悔誕生到這個世上。」

「咿、咿～！」

典獄長發出驚呼，嚇得當場跳了起來，臉上則是布滿恐懼。若想馴服這種駑鈍的禽獸，恐懼是最有效的方法，相信這男人今後再也不敢跟我頂嘴了。

我轉身對雷翁下達指示。

「雷翁，你幫在場的獄卒們治療，並設下防護罩。」

「好的，交給我吧。」

雷翁發動騎士技能《療癒之光（light veil）》和《聖盾屏障》，只見有如極光般的光芒籠罩住獄卒們，效果是能幫人治療傷口。另外還設下一道隱形的防護罩，可以幫忙阻絕攻擊。

捉拿襲擊者是我們的工作，但還是需要有人幫忙包圍現場。原因是對方全力脫逃的話，捉拿起來會相當困難。不過這裡就是他們的終點，即使是一隻螞蟻也休想溜出這座監獄。

「走吧。」

我往前走，其他三人尾隨在後。途中，昊牙扭頭窺視我的臉。

「你剛剛說『讓我們攜手保護所愛的帝都』是吧？雖然每次都一樣，真虧你撒起謊來還能臉不紅氣不喘，著實令老子欽佩不已。」

「我沒撒謊啊，畢竟我們現在就是代表正義，你不是喜歡扮演正義使者？」

「哈，根本是虛有其表的正義使者。真同情那些受騙上當的人。」

昊牙笑著說完後，將雙手枕在後腦杓上。

「反正我們就是一群惡棍。既然如此，就好好享受這種感覺吧。」

「哼，真會耍嘴皮子……亞兒瑪，監獄內的情況如何？」

我停下腳步提問，亞兒瑪閉上雙眼集中精神。

「監獄內仍有許多正在交戰中的獄卒與囚犯，另外還有不少傷患。這裡面有五個人的氣息有別於其他人，其中四名是襲擊者，最後一個我想應該是修格。」

襲擊者理當有五個人，大概是其中一人被修格打倒了。

「襲擊者們是集體行動嗎？」

「不是的，他們因為囚犯的暴動被迫分散，並且因為爆炸受了傷，想各個擊破就要趁現在。」

「這樣啊，確實是個大好機會。」

看來引爆炸藥一事非常順利。在我沾沾自喜地揚起嘴角時，亞兒瑪忽然偏過頭說：

「情況有點不太對勁。」

「不對勁？」

「襲擊者們的氣息怪怪的，即使非常不明顯，卻很像是來自同一個體。」

「妳說什麼？」

氣息都來自同一個體是什麼意思？難道對方會操控詭異的生物？我試著推敲敵人的真正身分，最終還是得不出確切的答案。

「面對未知的敵人風險太高，可是眼下已由不得我們臨陣脫逃，得稍微改變方針。老實說我原先想至少活捉一人，現在改成全數殲滅，你們都別手下留情。」

雷翁聽完我的新指示，神情變得有些複雜。

「這樣好嗎？你本來想對現行犯使出《真實喝破》吧？假如通通殺光，就查不到安東拉斯了吧？」

正如雷翁所言，我起先想對活捉的襲擊者施展《真實喝破》來逼供。就算襲擊者跟安東拉斯不太可能有直接的關聯，但只要調查雙方的關係性，就會成為明確的直接證據。

若是改成殺光所有襲擊者，也就無法實現上述目的。話雖如此，假如堅持冒險活捉敵人，難保我方會有人犧牲，這麼一來就本末倒置了。

「作戰時講求臨機應變，眼下先控制住局面救出修格。就算沒能明確掌握此事與安東拉斯有關的證據，但至少能證明這場襲擊是有幕後黑手的。到時，修格就可以立刻出獄。在那之後，我只需利用雷斯達促成案件重審，安東拉斯將必死無疑。」

「可是就算重審，當真有辦法找出證據嗎？」

「畢竟離事發當時已有兩年，應該很難。不過你忘了嗎？那傢伙還犯下其他重罪。」

「啊～！對喔，原來如此！」

雷翁釋然地捶了一下手掌。以安東拉斯為首的弗卡商會，一直有在盜賣惡魔素材至國外。此事肯定是紙包不住火，只需正式搜查就會立刻露出馬腳。如此一來，安東拉斯註定逃不過制裁。

沒錯，根本無須拘泥於兩年前的那宗命案。在揭穿司法省的不法勾當後，修格早已洗刷汙名。而且這場襲擊，足以證明真凶另有其人。襲擊者因為我引爆的炸藥而徹底失手，再加上這起事件鬧得滿城風雨，即便無法查清背後的關係，世人也不得不承認真凶仍逍遙法外。

換言之，修格不必多等一個月即可無罪釋放，而我也徹底掌握安東拉斯的生殺大權。

「當然我不打算把安東拉斯交給司法處置，而是盡可能從他身上榨出更多油水。」

「真過分。」「沒人性。」「沒良心。」

面對眉頭深鎖的另外三人，我嗤之以鼻。

「我哪裡過分？記得在極東有一句諺語吧？對了，就是因果報應。我以正義之名，讓他受到應有的報應。」

「按照這個道理，諾艾爾你有朝一日也會不得好死，應該趁現在開始積陰德。具體來說，就是換上女裝跟我做——痛痛痛痛痛痛痛痛痛!!」

看著準備說出下流發言的亞兒瑪，我卯足全力掐住她的臉頰。

「暫停暫停，先等一下！狀況有變！」

「啥？」

我鬆手後，亞兒瑪摸著自己的臉頰說：

「……修格與其中一名襲擊者開始交戰，兩人邊戰鬥邊移動，再下去將會抵達頂樓。若想救人的話最好抓緊時間。」

聽完亞兒瑪的報告，我不禁發出咂嘴聲。

「啐，真麻煩。」

明明暗殺已宣告失敗，襲擊者竟然還不肯放過修格。

「沒辦法，我去支援修格，你們負責殺光剩下的襲擊者。」

既然襲擊者不打算放過修格，餘黨很可能也會前往頂樓。任由對方會合將非常危險，支援修格與殲滅餘黨有必要同時進行。

「雷翁，那邊的指揮交給你。你們殺光襲擊者之後就離開監獄。」

「嗯？啊、啊～好的，不過你那邊光靠兩個人有辦法應付嗎？」

對於雷翁的關心，我揚起嘴角。

「那當然囉，我已想好對策了。」

修格正在頂樓與另一名襲擊者展開殊死鬥。

由於最初的襲擊者遭爆炸波及受了傷，再加上正面交手的表現是實力平平，因此三兩下就被修格解決了。既然對手想迷昏修格，或許是擅長異常狀態的後衛職能。

儘管已取得一勝，這次的對手卻截然不同。

「好、好強!!」

敵人手持長度足足等同於一名成年人的大劍，並且揮舞得飛快無比，打算將修格劈成兩半地發動猛攻。憑那非比尋常的臂力，能肯定對手是近戰系職能。雖說靠著人偶兵的長槍勉強化解攻勢，局勢仍對修格相當不利，一旦稍有閃失就會命喪黃泉。

既然是派來殺害A階的自己，修格也明白對手肯定不弱。可是真要說來，此次對手的實力過於蠻橫——修格看不到一絲勝算。

修格之所以陷入苦戰，理由是他的各項能力都衰弱太多，動作也很遲鈍。他無法好好駕馭魔力，總會白費太多力氣，無法精準操控人偶，外加可以同時創造出來的人偶兵僅有一尊。偏偏眼下又只能施展自己最熟悉的《創造槍兵》。換作是從前的他，甚至可以在交戰期間視戰況製造出多尊人偶兵……

修格對自己無法像全盛時期那樣戰鬥感到十分焦慮。明明是他主動遠離打打殺殺的生活，如今卻深刻認知到這樣是何等愚蠢。就算辭去探索者的工作，他也該持續鍛鍊。弱者只會單方面遭人蹂躪，修格就此辜負自身那股本該能避免此情形的力量。

修格覺得自己過於膚淺、傲慢且欠缺思量。如此簡單不過的道理，現在已將他壓得喘不過氣。

「若是能活著離開，我絕對會拚死重新鍛鍊自己!!」

修格發動千軍技能《魔導破碎》（Ink burst），此技能唯獨在《魔絲操偶》的有效期間內可以施展，效果是藉由魔絲解除人偶兵所有的限制。釋放出來的力量將高達原本的一百倍，可說是相當強大的技能，不過該人偶兵會在數秒後崩解。

換句話說，最有效的使用方法就是——捨命突擊。

「刺穿他!!」

人偶兵以超音速的速度往前衝，光是移動就颳起一陣強風。閃避不及的黑衣襲擊者以劍為盾，擋下人偶兵的長槍，當場引發一陣震耳欲聾的金屬碰撞聲，大氣也為之撼動。

「擋下了!?但是……!!」

人偶兵在《魔導破碎》的效果之下，所有能力都提升至極限。即使突襲被擋下，修格仍繼續把襲擊者往後推。襲擊者連忙站穩馬步想穩住下盤，結果只是在屋頂徒增兩道裂痕。這攻擊恐怕殺不死襲擊者，卻還是可以把對手從樓頂推下去。

「給我摔下去吧!!」

修格放聲怒吼，在襲擊者只差一步就會被推下樓頂之際——

「咦!?」

修格目睹一幕難以置信的光景，令他不禁瞪大雙眼。在襲擊者快被推下樓時，竟然從背後伸出多根觸手，刺入屋頂來穩住自己的身體。

「他居然……不是人類?」

修格早有不祥的預感。原因是襲擊者的戰鬥表現確實出色，卻又老是給人一種哪裡不太對勁的感覺。那就是技術——沒錯，此人毫無戰鬥技巧可言。

明明襲擊者擁有超人般的能力，卻並未具備相符的技巧，僅憑蠻力揮舞手中的大劍。當然光是這樣就能造成無比威脅，也莫名給人一種正在和野獸交手的錯覺。

原來襲擊者並非人類。修格可是再清楚不過，天底下沒有哪個人類能從背部長出觸手。如此一來，眼前的怪人到底是誰？現在回想起來，起初交手的那名襲擊者也一樣，即便擁有就連修格都無法抵抗的強大催眠能力，卻幾乎不具備其他方面的戰鬥能力。

換言之，這些襲擊者都是肉體遭人改造的存在？在修格恍神的期間，人偶兵因為不堪負荷而崩解。

「糟了！」

修格想立刻再創一尊人偶兵，不過他的身體過於衰弱，得花上些許時間才能夠辨到。襲擊者自然不會錯失這個破綻，一口氣衝至修格的眼前，在他無情地將大劍朝著修格劈去時——

忽然有一陣鮮紅色的火焰纏繞住襲擊者。

「GUOOOOOOOOO!!」

被火紋身的襲擊者開始痛苦掙扎。修格震驚得說不出話來，並從身後感受到有人接近，於是他扭過頭去一看——

「今晚的月色還真美呢。」

只見手持魔槍的蛇就站在那裡。

今晚是滿月，皎潔明亮的月光灑落於屋頂上。我朝向呆若木雞的修格走去，從長大衣的口袋裡取出一條銀製吊墜，該吊墜的形狀是一條身上長著翅膀的蛇。

「你選吧。」

我沒把話說白，因為就算我沒提，修格也早已心知肚明。

「哼，呵呵呵……原來如此，這就是蛇啊。」

修格輕聲笑著，了然於心地點頭以對。

「當真宛如一陣風暴，毫不在意他人的感受——但是這正合我意。好，我從今日起就承認你是團長。」

接著他從我手中收下吊墜，掛在自己的脖子上，恭敬地朝我行禮。

「我發誓願意為你效忠，My master。」

「我接受你的誓言，【傀儡師】修格・柯貝流斯。」

這段月下的誓言，讓蛇得到一雙全新的翅膀。

「GUOOOOOO!!NOERUUUUU!!」

襲擊者忍住烈焰的燒灼，發出嚎叫地爬起身來，而他背上則有好幾根不停蠕動的觸手。原來如此，那模樣確實非比尋常，而且此人似乎和我有些淵源。

「我在哪見過你嗎？」

襲擊者沒有回答我的問題——此時颳起一陣強風，將襲擊者身上那套烤焦的長袍帶走了。當他露出真面目後，即便是我也感到十分錯愕。

鼻子。

「你是……」

此人是個男性，是個身穿黑色鎧甲的壯漢，能看見他臉上滿是傷痕——並且缺了鼻子。

「戰鷲烈爪的艾德賈？」

「NOERUUUUU………」

儘管問題仍得不到回應，卻能肯定此人正是艾德賈。看他的樣子恐怕已失去神智，不僅目光失焦，嘴角也不停流下口水。

「諾艾爾，你認識他嗎？」

修格從旁提問，我點了點頭。

「嗯，稍微有段孽緣。」

「沒想到你交友這麼廣泛，還認識能從背上長出觸手的男人。」

「我也對自己如此意外的一面相當詫異。」

「NOERUUUUUU!!」

在我們閒聊時，艾德賈以觸手發動攻擊。雖然我們迅速躲開，不過對方的速度著實嚇人，再多來幾下恐怕就閃不掉了。

「他似乎很厭惡你，你做了什麼？」

「有看到他缺了個鼻子嗎？」

「嗯，是啊。」

「那是我割的。」

「……原、原來如此，我明白了。」

「GUOOOOOO!!」

艾德賈再度使出觸手攻擊，而且這次還連帶揮劍進攻。我們向後遠遠一跳，並在地上翻滾一圈迴避。

「諾艾爾，你的朋友太強了！麻煩你負責指揮！」

「這我知道。」

現在的艾德賈當真非常難纏，修格的狀況也一如我所料，因為空窗期太長而弱化許多，即便我們聯手禦敵，勝算也只有五成左右。

但我沒有感到一絲焦慮，畢竟這都在我的掌控之中，甚至連一點挑戰性都沒有。

『諾艾爾！我們這邊已經搞定了！目前人都在外頭！』

雷翁經由《思考共有》捎來消息。面對這絕佳的時機，我彈了個響指。

「好！修格，我的指令是──著陸就拜託你囉。」

「什、什麼!?此話是──」

話說到一半，修格立刻恍然大悟。

「啊、喂，難不成……」

我笑盈盈地點了個頭，並從懷裡取出另一個引爆裝置。

其實我在監獄內安裝的炸藥一共有兩種，第一種是最初引爆的那種，會在室內引發火焰跟強風。至於第二種則是安裝於用來支撐整座監獄，位於地底下的主柱。炸掉這東西會發生什麼事？答案是——整座建築物會應聲倒塌。

「NOERUUUUU!!」

艾德賈迅速逼近，在大劍即將砍中我的瞬間，我已按下引爆裝置的按鈕。

「艾德賈，你終究不是我的對手。」

下一秒，監獄產生強烈晃動。失去主柱的監獄恍若往內垮般開始倒塌。屋頂也沒能倖免，失去立足點的我們隨之往下摔。

「NOERUUUUUU!!」

艾德賈無能為力地向下墜落，卻還是持續呼喚我的名字。

「吵死了，別一直喊我的名字啦。」

看著跟我一樣在半空中無法調整姿勢的艾德賈，我將魔槍的槍口對準他。

「有本事就閃開給我看。」

魔彈——靈髓彈命中目標。在魔彈的效果下，艾德賈的身軀如氣球般迅速膨脹，然後炸得支離破碎。因爆炸的餘波令我下墜速度變慢之際，忽有一隻大手從旁抓住我。

「諾艾爾，做好衝擊準備！」

那隻大手是來自修格所創的人偶兵，修格自己則是位於人偶兵的背上。繼續墜落的我們將人偶兵當成墊背，順利化解落地時產生的衝擊。

「哈哈哈，完全勝利。」

我忍住摔傷的疼痛露出笑容後，修格大大地發出一聲嘆息。

「這哪裡叫做完全勝利。真是的，我根本是上了賊船。」

修格傻眼地抱怨完後，也跟著開心地笑了起來。

「看來今後的生活不愁沒有樂子了。」

「對吧？」

「嗯，我就拭目以待啦。」

我們相視而笑，只見雷翁等人從遠處朝向這邊跑過來。

「那麼，我們走吧。」

最狂輔助職業【話術士】世界最強戰團聽我號令

The most notorious "TALKER", run the world's greatest clan.

2
著 Jaki
繪 fame

最狂
The most notorious "TALKER",
run the world's greatest clan.
輔助職業【話術士】
世界最強戰團聽我號

監獄一案之後的發展就如我所料，修格立刻被無罪釋放。

許多記者爭相前來，一連好幾天請求採訪。修格是很想拒絕，但我命令他必須受訪。他確實已洗刷汙名，不過考慮到今後的事情，最好還是做得徹底一點。

不光是修格，我也成了矚目與吹捧的焦點。畢竟是我想方設法助修格出獄、揭穿司法省的不公，並且擊倒襲擊監獄的殺手們，如今已然成為帝都的英雄。

嵐翼之蛇的知名度也如日中天，許多贊助商主動提議投資。儘管還不到八百億菲爾，這筆錢仍足夠我執行其他計畫。

「所以啊，安東拉斯先生，我們並不是來要錢的，只希望你能表現出一點誠意。」

我對著眼前的安東拉斯露出微笑。這天深夜，我和修格造訪安東拉斯的宅邸。這並不是經過正式預約的會面，而是我們暗中潛入安東拉斯的辦公室，以軟禁的方式與他談判。

「請放心，我們不會洩漏和你見過面，畢竟這樣對你來說也比較好吧？」

「我、我……」

安東拉斯緊張得滿頭大汗，唇齒打顫。桌上則放著我帶來的資料，內容是關於安東拉斯的盜賣紀錄。

「倘若這東西落入司法省的手裡，你就肯定完蛋囉？我也不是哪來的惡魔，我可一點都不願看見如你這般有用的人才邁向滅亡。我說修格啊，你也這麼認為吧？」

「嗯，我也是這麼認為。」

修格點頭同意，並從背後接近安東拉斯，一手搭在他的肩膀上。

「往事就隨它過去吧，安東拉斯大人，今後讓我們好好相處如何？」

「唔、唔～～……」

安東拉斯發出彷彿脖子被人掐住的呻吟聲。曾遭自己栽贓的對象就站在背後，只會令人感到無比可怕。相信他肯定快要嚇死了。

「我、我明白了……你們想要多少錢……？我會準備好的。」

「我想想喔，姑且先拿個十億菲爾來花花吧。」

「姑、姑且？」

「沒錯，就是姑且，我們想和你築起一段長長久久的深厚交情，所以你姑且先給個十億菲爾即可。」

「你、你這個惡魔……」

安東拉斯狠狠瞪了我一眼，不過修格的手仍搭在他的肩上。修格只是稍稍動一下手，安東拉斯隨即不敢造次，並且開始發抖。

「你的答覆是？」

「……我、我知道了。」

安東拉斯選擇屈服，心灰意冷地低下頭去。眼見這場談判非常順利，我和修格相視而笑，就在這時——

「唔⁉唔嘎嘎嘎嘎⁉」

安東拉斯猛然起身，開始不停搔著自己的頭。

「好痛⁉好痛好痛好痛好痛好痛啊啊啊啊‼」

安東拉斯突然顯得很痛苦，抱著頭在地上打滾。

「諾艾爾，這究竟是⁉」

「快後退，修格！情況有異！」

在我們拉開距離的下個瞬間——

「啊、啊啊啊啊啊啊啊啊啊啊啊啊啊啊啊啊啊啊——！」

隨著這陣駭人的慘叫聲，安東拉斯的腦袋當場炸開，從中竄出大量的蒼蠅。這些蒼蠅在愣住的我們面前組成一個骷髏頭形狀，然後從敞開的窗戶飛走了，現場只剩下失去頭顱慘死的安東拉斯。

「……蒼蠅王……嗎……」

我想起菲諾裘提過的這個名字。至於對方的真正身分，洛基還在調查中。不過此刻已能肯定，蒼蠅王才是真正的幕後黑手。

「糟糕，我們繼續待在這裡會被當成犯人的。」

語畢，修格伸手指著門。

「走吧，諾艾爾，我們被人撞見的話會很不妙。」

「嗯，快走吧。」

我對著焦急的修格點了個頭，然後揚起嘴角，在臉上浮現一個彎月狀的笑容。

「情況似乎變得很有意思……」

蒼蠅王之所以殺死安東拉斯，明顯是為了妨礙我。要不然根本沒理由動手殺人。實際上因為安東拉斯的死去，害我平白痛失一棵搖錢樹。

蒼蠅王為何要妨礙我？我已想出好幾個理由，現階段卻無法得出正確答案。但也因此才有意思，畢竟玩一場能完封對手的遊戲實在太無趣了。有對手阻擋在前，才更值得我努力登上頂點。

能感受到自己心中燃起一股滾燙的鬥志之火。

「蒼蠅王，看我也將你一口吞下。」

†

貧民窟廢墟裡出現三道人影。一名是穿著黑色長袍的怪人——蒼蠅王，另一名是頭戴骷髏面具的女狐獸人，最後一名則是披著白色長大衣的青年。

三人身旁飄著一面外觀詭異的鏡子，鏡面並非倒映出周邊的景色，而是顯現出截然不同的地點。能從中看見失去腦袋身亡的安東拉斯，以及神情錯愕的諾艾爾和修格。看來是某種遠觀技能。

「這樣就好了嗎？罪惡囊。」

蒼蠅王詢問女狐獸人。只見名為罪惡囊的狐獸人開心地點頭回應。

「嗯，真是幫了個大忙，因為無論如何都不能讓蛇掌握安東拉斯。重點在於不能讓比賽一面倒，得設法令兩方勢均力敵。如此一來，他們就會自相殘殺。」

「……罪惡囊，妳想讓蛇跟誰競爭？」

「人魚鎮魂歌。」

罪惡囊露出一抹淺笑地給出答案。

「我想借蛇的手殺了該戰團團長約翰・艾斯菲爾特。此人過於危險，比起里奧、吉克以及維克托爾等其他探索者都來得棘手。」

「嗯～但我實在不認為這男人值得妳如此警惕……」

「奉勸你別妄下定論比較好，他是非排除不可的存在，理由是——」

蒼蠅王聽完罪惡囊的解釋便點頭認同。

「原來如此，的確是很危險的存在……不過蛇真能殺了約翰嗎？」

「很難說，不過蛇是個聰明人，就算無法殺死約翰，或許可以代為削弱他們的戰力，這樣的發展對我們來說是相當有利。」

「嗯，也只能祈求事情發展得如此順利。話說回來——」

蒼蠅王將目光移向一身白色長大衣的青年。

「這位是？」

「啊～想想到現在都還沒介紹，他是我們的新同伴。」

「喲～意思是空缺終於有人補上了。」

「就是說啊。來，能麻煩你自我介紹一下嗎？」

在罪惡囊的催促下，青年緩緩地張開嘴巴。

「我是士魂之至高天（Empireo）。」

最狂輔助職業【話術士】世界最強戰團聽我號令

The most notorious "TALKER", run the world's greatest clan.

浮文字

最狂輔助職業【話術士】世界最強戰團聽我號令2

（原名：最凶の支援職【話術士】である俺は世界最強クランを従える2）

著　　者／jaki　繪　　者／fame　譯　　者／御門幻流
榮譽發行人／黃鎮隆　美術總監／沙雲佩　國際版權／黃令歡、梁名儀
總 經 理／陳君平　美術編輯／陳聖義　文字校對／施亞蒨
協　　理／洪琇菁　執行編輯／曾鈺淳　內文排版／謝青秀
總 編 輯／呂尚燁　企劃宣傳／楊玉如、洪國瑋

出　　版／城邦文化事業股份有限公司 尖端出版
台北市中山區民生東路二段一四一號十樓
電話：（〇二）二五〇〇—七六〇〇
傳真：（〇二）二五〇〇—二六八三
E-mail: 7novels@mail2.spp.com.tw

發　　行／英屬蓋曼群島商家庭傳媒股份有限公司城邦分公司 尖端出版
台北市中山區民生東路二段一四一號十樓
電話：（〇二）二五〇〇—七六〇〇（代表號）
傳真：（〇二）二五〇〇—一九七九

中彰投以北經銷／楨彥有限公司（含宜花東）
電話：（〇二）八九一九—三三六九
傳真：（〇二）八九一四—五五二四

雲嘉經銷／智豐圖書有限公司　嘉義公司
電話：（〇五）二三三—三八五二
傳真：（〇五）二三三—三八六三
客服專線：〇八〇〇—〇二八—〇二八

南部經銷／智豐圖書有限公司　高雄公司
電話：（〇七）三七三—〇〇七九
傳真：（〇七）三七三—〇〇八七

香港經銷／一代匯集
香港九龍旺角塘尾道六十四號龍駒企業大廈十樓 B&D 室
電話：（八五二）二七八三—八一〇二
傳真：（八五二）二五八二—一五二九

新馬經銷／城邦（馬新）出版集團 Cite（M）Sdn. Bhd.
E-mail: cite@cite.com.my

法律顧問／王子文律師　元禾法律事務所
台北市羅斯福路三段二十七號十五樓

二〇二二年一月一版一刷

■中文版■

郵購注意事項：
1.填妥劃撥單資料：帳號：50003021戶名：英屬蓋曼群島商家庭傳媒(股)公司城邦分公司。2.通信欄內註明訂購書名與冊數。3.劃撥金額低於500元，請加附掛號郵資50元。如劃撥日起 10～14日，仍未收到書時，請洽劃撥組。劃撥專線TEL：(03)312-4212 ・ FAX：(03)322-4621。E-mail：marketing@spp.com.tw

國家圖書館出版品預行編目資料

最狂輔助職業【話術士】世界最強戰團聽我號令 / jaki 作；御門幻流譯. -- 1版. -- [臺北市]：城邦文化事業股份有限公司尖端出版：英屬蓋曼群島商家庭傳媒股份有限公司城邦分公司發行, 2022.01-

冊； 公分

譯自：**最凶の支援職【話術士】である俺は世界最強クランを従える**

ISBN 978-626-316-347-8（第 2 冊：平裝）

861.57 110018897

最狂 The most notorious "TALKER", run the world's greatest clan.
輔助職業【話術士】
世界最強戰團聽我號令

最狂輔助職業【話術士】世界最強戰團聽我號令

The most notorious "TALKER", run the world's greatest clan.